FĂRĂ CUVINTE

RALUCA VUȚĂ

For information contact:

Address: info@ralucavuta.com

www.ralucavuta.com

Book and Cover design by Beniamin Vuta

Publication: 7 FEBRUARIE 2017

ISBN 978-0-578-43730-9

Cuprins

Cuprins

CUVÂNT ÎNAINTE

✳✳✳

Nu m-am gândit nici o secundă la ideea de a scrie o carte, cred că era ultimul lucru la care m-aș fi gândit, dar într-o dimineață, m-am trezit și primul lucru care mi-a venit în minte a fost acest nume frumos:"FĂRĂ CUVINTE".

Era un mesaj din partea Lui Dumnezeu pentru cartea pe care trebuia să o scriu, pe loc venindu-mi ideea de a scrie o carte. În mintea mea mă gândeam că ideea e clar de la Dumnezeu dată, dar în puterea și gândirea mea, nu eram eu cea potrivită. Am știut însă că Dumnezeu mă va călăuzi pe tot parcursul scrierii acestei cărți și îmi va da mesajele și ideile potrivite pentru a fi transmise omeniri așa cum dorește.

Știu și nu m-am îndoit nici un moment de acest lucru, că El îmi va da înțelepciune, îmi va lumina mintea și că tot ce voi scrie va venii din partea Lui și nimic nu va fi de la mine.

Am toată încrederea că El mă va folosi ca o unealtă adecvată pentru trezirea acestei lumi păcătoase,cum a și făcut-o de foarte multe ori. Dumnezeu lucrează și transformă viața omului în cel mai minunat mod, care nu poate fi descris și conceput în cuvinte privind lucrările Lui mărețe pe care le are în planul de mântuire pentru omenire.

El este dispus întotdeauna să ne ajute, să ne sprijine în tot ceea ce noi avem nevoie.

Lasă-te în mâna Domnului ca El să lucreze în inima și mintea ta, pentru a te transforma și a schimba, tot ceea ce El dorește să te schimbe, să te curățească și să te facă după caracterul Său Cel Sfant!

.

PLATA PĂCATULUI

✳✳✳

După cum știm cu toții, plata păcatului este moartea.

Dumnezeu L-a trimis pe Fiul Său în lume să ne învețe și să ne îndrume și pe noi cum să trăim în această lume plină de păcat.

El nu a fost nici un moment ocolit de ispite și de toate aceste rele cu care ne confruntăm și noi în această lume, ci El L-a avut ca țintă pe Dumnezeu, fiind într-o continuă și strânsă legătură cu Divinitatea, fără să fi neglijat vreun moment rugăciunea, cu toate că era Fiu de Dumnezeu. A simțit de asemenea nevoia în permanență să vorbească cu Tatăl.

Isus ne înțelege slăbiciunile, deoarece pe aici a trecut și El și știe că suntem ființe supuse păcatului, dar în numele Domnului Isus, putem fi biruitori.

El și-a dat viața pentru ca noi să avem parte de mântuire, iar făgăduința că El va veni și ne va lua acasă, a fost imprimată în mintea și inima noastră, că acolo unde este El să fim și noi.

Aceasta e speranța noastră și îl așteptăm să vină pe norii cerului și să strigăm toți într-un glas: "Osana, Osana, Mielului Cel Sfânt".

Trăim în această lume în care viața ni se scurge ca o secundă, gândindu-ne că în Ceruri vom trăi lângă Domnul o veșnicie; nimic nu se compară cu viața ce-o vom avea în cerul minunat.

Fiindcă plata păcatului este moartea, dar darul Lui Dumnezeu este viața veșnică în Isus Hristos, Domnul nostru (Romani 6:23).

Poate de multe ori te întrebi, oare o să fiu eu mântuit? Sunt eu vrednic de mântuire? O să am eu viață veșnică?

Pentru a avea viață veșnică, trebuie în primul rând să ajungem la o stare interioară de cercetare în care să ne dăm seama de situația noastră păcătoasă și să recunoaștem că am păcătuit împotriva Lui Dumnezeu.

"Căci toți au păcătuit și sunt lipsiți de Slava Lui Dumnezeu" (Romani 3:23).

"Toți suntem păcătoși, și nici unul nu suntem fără de păcat, toți am merita să fim pedepsiți, dar Dumnezeu Își arată dragostea față de noi prin faptul că, pe când eram noi încă păcătoși, Hristos a murit pentru noi" (Romani 5:8).

Isus Hristos Cel fără de păcat, Fiul Lui Dumnezeu din veșnicii, S-a făcut om și a murit pentru a plăti pedeapsa noastră.

Hristos a murit pe cruce luând asupra Lui pedeapsa pe care noi o merităm. După 3 zile, El a înviat din morți dovedind astfel biruința Sa asupra păcatului și a morții.

Binecuvântat să fie Dumnezeu, Tatăl Domnului nostru Isus Hristos, care după îndurarea Sa cea mare, ne-a născut din nou prin învierea Lui Isus Hristos din morți, la o nădejde vie. Prin credință, noi trebuie să ne întoarcem de la păcatele noastre și să ne îndreptăm către Hristos pentru a primi mântuirea.

Dacă ne punem credința în El crezând în moartea Sa pe cruce pentru plata păcatelor noastre, suntem iertați și avem viață veșnică în Cer. "Fiindcă atât de mult a iubit Dumnezeu lumea, că a dat pe singurul Lui Fiu, pentru ca oricine crede în El să nu piară, ci să aibă viață veșnică" (Ioan 3:16)

„Dacă mărturisești deci cu gura ta pe Isus ca Domn, și dacă crezi în inima ta că Dumnezeu L-a înviat din morți vei fi mântuit" (Romani 10:9).

Numai credința în lucrarea desăvârșită a Lui Hristos pe cruce este singura cale către viața veșnică!

Și aceasta nu vine de la noi, ci este darul Lui Dumnezeu.

Nu prin fapte ca să nu se laude nimeni (Efeseni 2:8-9).

Dacă doriți să Îl acceptați pe Isus Hristos ca Mântuitor personal, iată o rugăciune simplă care vă va ajuta.

Rostirea acestei rugăciuni sau a altei, nu te va mântui, ci doar credința ta în Isus Hristos; această rugăciune fiind doar modalitatea de a-ți exprima credința și mulțumirea către Dumnezeu că ți-a dat mântuirea.

Doamne, știu că am păcătuit împotriva Ta și că merit pedeapsa, însă Isus Hristos a luat pedeapsa pe care o meritam eu asupra Lui și Tu ai spus că eu pot fi mântuit prin credința în El.

Te rog să mă ierți; mă întorc acum de la păcatele mele și îmi pun întreaga mea credință în Tine. Îți mulțumesc pentru harul și darul Tău minunat și pentru iertarea păcatelor. Amin!

ESENȚA

CUVÂNTULUI

***

Nu știam ce să vă scriu în acest capitol. Mă întrebam în sine și spuneam: Doamne, ce aș putea să scriu? nu îmi trece nimic prin minte. Imediat Dumnezeu mi-a dat și răspunsul:"Vorbește despre Biblie". Biblia este Cartea cea mai veche și cea mai citită din lume. Ea este Cuvântul Lui Dumnezeu.

A fost scrisă de oameni aleși cu diferite funcții, o revărsare divină i-a îndrumat, luminându-le mintea dându-le înțelepciune pentru a fi scris Cuvântul Domnului așa cum voiește El: cu mesajele și traiectoriile potrivite.

Acolo găsim cum să mergem pe calea desăvârșirii, cum să Îl cunoaștem și să-l găsim pe Dumnezeu, cum El și-a dat viața pentru păcatele noastre.

Este ca o lumină care ne conduce, de la această lume în cunoaștere și-n adevăr, luminați fiind la minte și înțelepciune dându-ne Dumnezeu, ca să știm decizia ce o avem de urmat, dacă nu ne întoarcem de la acele fapte pline de păcat.

Duhul Sfânt ne face să conștientizăm că suntem ființe căzute în păcat, de n-ar fi Cuvântul scris de Dumnezeu, am fi totdeauna despărțiți de El.

Cuvântul Lui Dumnezeu ne dă cunoștința și ne

spune că suntem păcătoși, că păcatul ne desparte de Creator, că suntem înrădăcinați în forfoteala acestei lumi și preocupați mai mult de-a face bani, de-a avea din abundență mai mult decât ce-i necesar, crezând că toate acestea ne aduc fericirea pe care o căutăm și pe care nu o vom găsi decât în Creator, calea spre Creator fiind acel Cuvânt, dat pentru a-l citi și al folosi pentru veșnicii.

Domnul ne-a lăsat fiecăruia o carte Sfântă, Biblia, o Carte care oricărui creștin n-ar trebui să îi lipsească din casă. Dumnezeu prin ea ne transmite mesajele Lui.

Biblia este o călăuză în această lume plină de ispite și ne dă îndrumarea potrivită pentru a ajunge să-L cunoaștem pe El.

Acolo găsim cum să mergem pe calea desăvârșirii, cum să-L cunoaștem și cum Îl găsim pe Dumnezeu. Este ca o hartă a vieții, care ne călăuzește în această lume. Acolo învățăm cum să trăim frumos, fără păcat, cum Domnul a trăit mergând pe calea umilinței și slujind oamenilor.

Mai sus de toate e Domnul, care ne-a dat suflarea și noi suntem ființe ce aparțin Divinități, făcuți pentru a sluji, pentru a ne bucura unii cu alți, pentru dragostea Divină, care e doar Domnul, pentru binecuvântările lăsate de Dumnezeu; suntem făcuți din El, suntem ai Lui, de El creați, făpturi așa de minunate.

Studierea Bibliei ar trebui să fie în concordanță cu rugăciunea. Înainte de a începe citirea Scripturii trebuie să avem un timp în care să ne rugăm și să cerem călăuzirea Lui Dumnezeu asupra gândurilor noastre, pentru a ne putea concentra și înțelege corect acele mesaje din partea Domnului, care ne sunt adresate tuturor.

Când se face studierea Cuvântului, e necesară rugăciunea pentru a nu se ajunge într-un punct unde să se înțeleagă greșit lucrurile și să fie transmise în aceeași măsură, pentru a debusola pe cei care nu știu sau n-au citit Cuvântul și a-i duce într-o rătăcire permanentă.

Cuvântul a fost, este și va fi același până la sfârșit.

Noi, oamenii, citim Scriptura, dar nu toți o înțelegem la fel, cu toate că Domnul a lăsat același mesaj pentru toți.

E important să primim lumina și înțelegerea Cuvântului, cunoștința și puterea de a fi cercetați de Duhul Sfânt.

Trebuie ca studiul să se facă în fiecare zi cu râvnă și multă rugăciune pentru ca Domnul să ne descopere lucruri noi pe care nu le-am înțeles de la început. E o continuă cercetare și niciodată nu va fi îndeajuns, pentru că vom ajunge să cunoaștem în permanență lucruri și noutăți care ne sunt ascunse și vom înțelege din ce în ce mai bine lucrurile care odată pentru noi erau neclare și greu de înțeles.

Avem nevoie de cercetarea Duhului Sfânt, să înțelegem în totalitate Scriptura, deoarece sunt pasaje pe care nu le poate înțelege orice făptură fără un timp de rugăciune și consacrare.

Bine e să nu interpretăm greșit Scriptura, și să diformizăm Cuvântul Domnului, doar pentru a face și a lua din context doar ce ne place.

Suntem diferiți, gândim diferit și facem lucrurile diferit.

Avem un singur Cuvânt și un singur Tată și trebuie să slujim toți după cum ni s-a dat Cuvântul.

Avem aceeași lege și aceeași poruncă să Îl iubim pe Dumnezeu cu toată ființa noastră, să facem voia Lui și de multe ori să ne întrebăm: Chiar slujim Domnului așa cum trebuie, așa cum a lăsat El scris în Cuvânt? Sau suntem pe drumul rătăcirii?

E timpul trezirii, e timpul să luăm Cuvântul așa cum ni s-a dat, să-l punem în aplicare în viețile noastre și să-L lăsam pe Domnul să lucreze în inimile noastre.

Să renunțăm la eul, personalitatea și îngâmfarea care ne duce la pieire, să studiem Scriptura și să ne rugăm pentru aflarea mesajului corect ce îl avem de făcut pentru pregătirea noastră spirituală și consacrarea vieții veșnice.

Să nu cădem in ispita celui rău și să mințim sau să jurăm necuviincios pe Biblie.

Studierea Scripturii e o sarcină pe care trebuie să o aibă orice creștin, să studieze și să ducă Cuvântul mai departe la cei care nu au cunoștință de el; să le vorbească cu înțelepciune și blândețe de mesajul și revenirea Domnului Isus.

Aceasta este o sarcină și o cerință pe care o are Domnul pentru noi creștinii, să mergem și să propovăduim Evanghelia la orice făptură și să vestim despre dragostea și sacrificiul făcut pentru noi.

Acesta e misiunea pe care trebuie să o împlinească fiecare copil al Domnului; să meargă la semenul lui și să vorbească așa cum Isus a vorbit. Îl avem de exemplu pe Domnul Isus, avem ca exemplu viața Lui, faptele Lui, dragostea Lui pentru oameni, și sacrificiile făcute pentru noi.

Dumnezeu nu ne dă mai mult decât putem noi duce, nu ne-a promis o viață ușoară, dar ne-a promis că El va fi cu noi până la sfârșitul vieții.

Bucuria Domnului și prezenta Lui, e acolo unde copiii Lui merg și se încurajează uni pe alți, acolo unde oamenii devin sensibili la nevoile celorlalți, unde e dragoste, și post, rugăciune, studiul Bibliei și muzică cântată spre lauda Sa. Să ne ajute Domnul și să fie călăuza noastră, de acum și până în veci!

ZILE DE HAR

***

Trăim într-o lume a păcatului plină de controverse, plină de necazuri şi suferinţe, de probleme, de patimi şi ispite, întro lume a mâhnirii, a lucrurilor făcute în întunericul nopţi şi a multor alte rele petrecute în necunoscutul acestei lumi.

E o lume zbuciumată, o lume care merge în zadarul necunoscut în frământare şi alergare, în necunoaşterea adevărului, o lume care pentru unii n-are sens, iar pentru copiii Domnului e o descoperire şi o cunoaştere continuă, o lume a adevărului şi a vieţii fericite, o binecuvântare, şi o veşnicie lângă Domnul.

Trăim într-o lume în care ne confruntăm pe toată perioada vieţii cu mari probleme şi ispite, dobândind păcate, şi chiar de e lumea plină de păcat, aşa cum Domnul a şi spus, atunci când păcatul se va înmulţi, Harul Domnului se va înmulţi şi mai mult (Romani 5-20).

Dumnezeu ne-a dat la fiecare timp de har să ne pregătim pentru acele zile care vor veni, zile grele şi înfricoşătoare, zile de mare necaz, zile cum n-au fost şi nu vor mai fi, unde va fi plânsul şi necazul mare, unde suferinţa nu va avea răbdare, unde copiii Celui Preaînalt vor fi ocrotiţi de Măreţul Har, care-i protejează şi va fi cu ei, la acel necaz, şi le va da mângâiere mare, bucurie-n suflet, dragoste nespusă și nădejdea vieții că vor fi cu Domnul, negreșit, nespus, pentru veșnicii, în locul promis, că acolo-n cer, unde Domnul e, o să fim și noi alături de El.

Va fi o bucurie nespus de mare să trecem cu Domnul prin strâmtorare, căci El ne-a promis, că alături de El, vom fi mereu învingători, vom fi negreșit ca El și vom uita acel necaz, când pe Isus Îl vom vedea, venind pe nori în Slava Sa.

Ce amar și grea durere, ce plâns fără mângâiere, va cunoaște lumea toată în timpul de Judecată, când Domnul Judecător se va arăta pe nori, iar celor răi le va spune: plecați răilor de la Mine, c-am fost gol și dezbrăcat și de Mine ați uitat, c-am fost flămând și în-setat și la Mine nu v-ați uitat, am fost închis și părăsit și la Mine n-ați venit, iar celor buni le va spune: veniți fiilor la Mine și gustați Cerescul bine, c-am fost gol și dezbrăcat și de Mine n-ați uitat, c-am fost flămând și însetat și la masă m-ați chemat, c-am fost închis și părăsit, și la Mine ați venit.

Judecata de Apoi este ziua în care Isus Hristos va judeca pe toți oamenii care au trăit vreodată. Lumea aceasta nu va dura la infinit în forma în care se află acum. Va veni o vreme când se va sfârși aceasta și va începe alta, Cerul și Pământul se vor înnoi și copiii Lui Dumnezeu vor fi și ei transformați din oameni pământești material cum suntem fiecare dintre noi, vom deveni ființe cu însușiri duhovnicești, nesupus putrezirii.

Trăim într-o lume în care nu ne mai ajunge ceea ce Dumnezeu ne-a dat, nu mai observăm, nu ne mai interesează adevărata frumusețe care Domnul ne-a lăsat-o pentru fericirea noastră.

Ne facem probleme, ne facem mereu de lucru, ca mințile și corpurile noastre să fie mereu în acțiune, nu ne mai uităm la semeni noștri, nu ne mai interesează familia, nimic din jur, ci doar acea lăcomie și propriu nostru egoism care a pus stăpânire pe viața noastră.

Nu ne mai interesează că suntem din Divinitate, că prioritatea noastră în viață e sufletul nostru și cu acel suflet ne prezentăm în fața Divinități.

Nu-L interesează pe bunul Dumnezeu, bogățiile noastre pământești, casa pe care am construit-o, mașina ce o conducem și alte lucruri materiale care le-am făcut pentru dispunerea de bine a stării noastre trupești. Nu cu aceste lucruri ne vom prezenta în fața Divinități, nu aceste lucruri ne duc la mântuire, ci faptele și starea noastră sufletească, cum am petrecut în această viață, cum am fost găsiți când harul se va închide, așa ne vom prezenta în fața Divinității.

Acolo nu vom ascunde nimic, nu vom mai putea înșela pe nimeni, totul va fi ieșit la suprafață.

Dumnezeu cunoaște gândurile, faptele și răutățile, cum unii sunt conduși numai de interese, se folosesc mereu de alții, doar pentru a-și atinge anumite scopuri.

Grijile acestei lumi îți iau mințile, ele te duc pe drumul spre ruină, nu te lasă să îți vezi starea în care te afli și să te cercetezi ca să îți dai seama încotro te duci.

Omule, te duci, încetul cu încetul, pe drumul pieirii, pe drumul plângerii, acolo unde e doar chin și lacrimi amare, acolo unde e numai întuneric și răutate, invidie, frustrare şi lăcomie.

Fiecare are un timp lăsat de Dumnezeu pentru a se cerceta şi a-şi da seama că trebuie să se întoarcă la El până nu e prea târziu. Suntem binecuvântaţi pentru că Domnul ne-a lăsat acest timp de har şi încă putem, chiar dacă am păcătuit împotriva Domnului, să ne mai întoarcem şi să-L găsim. El e singurul nostru salvator, El ne poate ierta şi ajuta ca noi să ajungem la o stare interioară de cercetare.

Încă mai e timp de întoarcere, dar Domnul zice:

"Astăzi, dacă auziţi glasul Meu nu vă împietriţi in-imile" (Evrei 3-7,8).

Suntem fericiţi în aceeaşi măsură pentru că Domnul e cu copiii Lui în fiecare clipă şi ne arată drumul care îl avem de parcurs în fiecare moment al vieţii noastre şi nu ne părăseşte în această lume plină de păcat.

Domnul ne-a dat şi întotdeauna ne va da o portiţă de ieşire din necazuri şi probleme, întotdeauna ne dă şi soluţia, ne-a lăsat la propria noastră alegere şi ne-a pus în faţă binele şi răul, sfătuindu-ne să alegem binele pentru că binele va birui pentru veşnicie.

Să profităm de aceste timpuri bune, măreţe de har, să ne căim pentru faptele noastre pe care le facem din obişnuinţă şi din neglijenţă pentru viaţa noastră, să ne împăcăm cu bunul Dumnezeu şi să ne îndreptăm de la acele rele care ne fac să cădem în ispita celui rău.

Să mergem pe drumul desăvârşiri pentru a avea biruinţa ce Domnul ne-a lăsat-o, să ne întoarcem cu o inimă zdrobită înaintea Domnului, pentru o cer-cetare curată, să conştientizăm că trăim timpuri din urmă, timpuri ce se vor termina, în care vom plânge

amarnic. Am avut o şansă mare, c-am avut harul de-
schis, iar când Domnul ne-a vorbit, noi n-am vrut să
ascultăm, urechile ni leam astupat, ochii ni i-am tul-
burat, după prostii ne-am luat şi de Domnul am uitat.

Să ne întoarcem fraţilor la El cu inima şi mintea noa-
stră, să putem sluji cu o inimă curată Celui ce merită
slava şi cinstea noastră.

Trăim într-un secol al vitezei, nu mai avem timp
pentru cei dragi nouă, pentru cei care ne iubesc cu
adevărat, pentru părinţi noştri, familia noastră; nu
ştim să dăruim, nu ştim să facem bucurii uni altora,
să ne mai bucurăm de lucrurile mărunte, să mai iubim
frumos, acea dragoste pură şi necondiţionată, care nu
pizmuieşte şi întotdeauna iartă.

Am ajuns să fim reci, ca un sloi de gheaţă, să nu
mai avem sentimente pentru nimeni şi nimic, aşa cum
scrie în Scripturi:" în vremurile din urmă dragostea
celor mai mulţi se va răci". (Matei 24-12).

Trăim acele timpuri şi ar trebui să le observăm
pentru că nimic nu este şi nu va mai fi ca înainte.
Am ajuns să fim ca nişte roboţi puşi încontinu într-o
frământare trupească, sufletească şi psihică, care nu
duce la nimic bun; totul este o deşertăciune, aşa cum
zice în Cuvântul Domnului, Eclesiastul, care descrie
realitatea acestei vieţi.

Totul îşi are cursul ei, râsul şi fericirea, plânsul
şi necazul, viaţa noastră, iar toate relele vor pieri şi
împreună cu ele şi toţi cei răi.

Totul este o goană după ceva efemer, cum adie
vântul aşa ne învârtim şi noi, ca o frunză în vânt,
astăzi este vie şi frumoasă, mâine moartă şi uscată.

Mai e puțin, foarte puțin, mai puțin decât ne în-
chipuim, și se va întâmpla ca în zilele lui Noe când
oamenii beau, se distrau, se căsătoreau, și nimeni nu
își imagina că sfârșitul este atât de aproape.

Supraviețuim într-o lume plină de păcat în care pă-
catul se afundă din ce în ce mai tare, și omul crede că
nu mai are nici o scăpare, apoi intră într-o neglijență
totală față de Dumnezeu.

Nu ne mai dăm seama cât de scurtă este viața, că
suntem călători pe acest pământ și musafirii aces-
tei lumi, că suntem aici pentru a ne pregăti pentru a
merge în veșnicii, acolo ne este casa, acolo e fericirea,
acolo e Domnul ce ne așteaptă, acolo e viața și patria
noastră promisă de Isus.

Să ne ajute Dumnezeu să conștientizăm lucrurile
adevărate, acele lucruri importante pentru viața și su-
fletul nostru, acele lucruri ce vin de la Domnul, care
ne dau și ne umple inima de fericire. Doar acea feri-
cire ne face să trăim frumos și plini de dragoste, așa
cum a trăit Creatorul nostru. Trebuie să trăim din El,
prin El, și pentru El ca să găsim adevărata fericire.
Numai în Domnul nostru care a murit pe cruce pentru
păcatele noastre, numai la El găsim adevărata viață.

Dacă suntem încătușați de una din aceste probleme
ale societăți, să ne rugăm Domnului dintr-o inimă
sinceră, și să chemăm din tot sufletul pe Domnul Isus
în viața noastră, ca să ne conducă și să ne dezlege de
aceste vicii pentru care numai El ne poate da biruința.

Întotdeauna numele Domnului când este strigat,
vine cu mare bucurie pentru a despovăra și alunga
pe cel rău care ne ține legat de toate aceste păcate.

Dumnezeu este cel mai mare și cel mai puternic din Întreg Universul.

Trăim astăzi clipe de grele încercări, când tot ce e bun sau rău acceptăm, când plăcerea și lumea, pe toți ne-a învins și, fără să știm, cu toții ne-am stins. Atinge-ne ochii și fă să vedem: în candele oare, avem noi ulei? Ne umple, o Doamne, cu Duhul Tău Sfânt în clocot să fim aici pe pământ. Avem parte de întâlniri care sunt în zadar, trăim părtașii azi lipsite de har, cu toții ne propunem ca mai mult să fim, dar nu ne întrebăm dacă noi chiar trăim. Trecem prin clipe lungi, petrecute-n hotar, trăim zile-n șir, risipind orice har, ne stingem ușor și nu mai avem, în candela noastră nici pic de ulei.

Aprinde-ne viața cu-al dragostei jar, atinge-ne ochii și dă-ne iar har, ne scoate din starea în care trăim, și fă-ne azi vrednici cu Tine să fim!

PROFEȚIILE

AMERICII

***

America a fost, este și va fi pentru puțin timp o țară prosperă, bună și binecuvântată de Dumnezeu.

Toate nenorocirile care vor veni peste America sunt pentru că această națiune L-a exclus pe Dumnezeu din viața și inima lor, trecând la fapte foarte păcătoase și lucruri scârboase, greu de imaginat. Așa va fi în curând, cum a fost o dată în acele vremuri, pe timpul lui Noe, când ei se distrau, beau si dansau...așa va fi și-n timpurile noastre.

Moralitatea americană se va perverti și va scădea considerabil în ceea ce privește îmbrăcămintea femeilor, părul tăiat, drepturile și așa mai departe.

Țara care a luptat pentru libertate întinde mâna Papalități. Profețiile se împlinesc sub ochii noștri.

Dumnezeu Își va retrage toată prosperitatea, binecuvântarea și dragostea de la această națiune.

America e pe punctul de a intra într-o perioadă grea, în care timpul prosper pentru ea va fi foarte scurt.

Va fi un timp plin de dezastru din toate părțile, o eră a dezastrului. Când nu se așteaptă sa fie mai rău de atât, vor veni și alte nenorociri și situația se va înrăutăți și mai tare.

Vor fi evenimente ce vor scădea puterea și influența

Americii.

Coasta de Este şi de Vest vor suferi mari dezastre.

Deodată marea va urca şi va veni un tsunami neaşteptat, mai înalt decât hotelurile şi clădirile cum n-a fost şi nu s-a mai văzut vreodată. Acest val va depăşi înălţimea celor mai înalte clădiri.

Avertizez oamenii să plece de pe Coasta de Est şi Vest.

Acest tsunami puternic va devasta oraşele de pe coastă, şi va intra în pământ cu multe mile adâncime.

Florida va fi distrusă.

Washington-ul va fi sub apă.

Portul din New York va fi inundat cu întreg oraşul.

În Carolina de Nord apa va ajunge până la munte. Apa nu va depăşi înălţimea muntelui Apalaches.

Milioane de oameni îşi vor pierde viaţa.

De pe faţa pământului va fi ştearsă Sodoma Contemporană: New York-ul, nu va rămâne fără răsplată nici Gomora: Los Angeles.

Aceste serii de evenimente vor paraliza America şi o vor îngenunchia. America îşi dă seama că nu mai este o naţiune puternică, ce a fost o odată.

Aceste dezastre vor fi cu câţiva ani înainte de revenirea Domnului Isus. Dumnezeu vorbeşte oamenilor prin Duhul Sfânt, El vorbeşte ca noi să fim pregătiţi şi ne atenţionează de aceste nenorociri care vor avea loc asupra Americii în foarte scurt timp.

Barajele se vor rupe şi vor inunda oamenii din partea de jos, în special Barajul Hoover fiind unul dintre cele ce se vor rupe.

Sursele de energie electrică vor fi distruse în oraşele

mari şi oameni vor rămâne fără lumină.

Clădirile se vor prăbuşi şi vor cădea în apă. Apoi va cădea şi o bombă nucleară.

Vor fi cutremure mari, crăpături imense şi înalte în pământ, ca rezultat al acestor dezastre naturale.

Mulţi oameni vor muri pentru că medicamentele vor fi puţine în aceste timpuri.

Vor fi persoane omorâte cu arme de foc pentru că legea marţială va fi înlocuită cu legea civilă a naţiuni.

Aplicarea legi marţiale semnifică suspendarea tuturor drepturilor civile ce au fost substituite pentru autoritatea militară.

Vor deschide focuri de arme, vor fi blocate străzile, punctele de lucru.

În Decembrie 2013, Obama a semnat puterea de guvern pentru a promulga legea marţială introdusă în timpuri de pace.

America va cădea din cauza răutăţii şi a păcatelor ei.

Dumnezeu e Cel ce ridică şi tot El e Cel ce face să cadă.

Domnul binecuvântează naţiunile ce păzesc poruncile Lui şi blesteamă naţiunile ce nu se supun poruncilor Lui.

Toate aceste lucruri care se vor întâmpla asupra naţiuni vor fi rezultatul propriilor păcate.

Drepturile omului ar trebui să fie libertate, în vreme ce în realitate întâlnim sclavie. Homosexualitatea nu este un drept civil, fiind o sclavie a impurităţi sexuale ce distruge păcatul matrimonial stabilită de Dumnezeu.

Avortul este o altă sclavie, ce cauzează distrugeri emoționale ce are loc atunci când se ia viața unui copil inocent. Păcatul este sclavie și toate păcatele sunt scârboase înaintea Lui Dumnezeu.

America e ca un pui, Dumnezeu i-a dat naștere ca să fie un aliat al Israelului, dar ea a părăsit Israelul și s-a întors împotriva lui. Ea va scădea în timp ce Israelul va crește în final. În ultimele zile nu va fi națiune mai mare ca Israelul.

Vor fi evenimente ce vor diminua puterea și influența Americii. Mulți oameni nu vor crede aceste lucruri, dar se vor întâmpla pentru că așa a vorbit Dumnezeu și El își avertizează copii să fie pregătiți pentru că toate aceste lucruri se vor întâmpla înainte de revenirea Domnului Isus.

Națiunile ce au fost întotdeauna puternice nu vor mai fi pentru că Domnul le va declara căzute, El fiind Tatăl Atotputernic ce poate termina cu o națiune prin respirația Lui, cu vocea Lui putând aplatiza munții, muta insule, crea cutremure, inundații și foamete.

Omul este fără putere în comparație cu puterea Lui cea mare și înfricoșătoare. Dar aceasta e frumusețea noastră de copii al Celui Atotputernic. El va proteja și conduce poporul Lui ales și sfânt.

Vreau să știți că este fără importanță ceea ce se vor arăta în toate aceste timpuri, în vreme ce noi, copiii Lui suntem în Mâna Domnului.

Cu toate aceste lucruri și informații ce par atât de dezastruase și oribile, știm că putem să ne uităm la Domnul nostru și să știm că El este puterea și turnul nostru pentru că putem fugi la El, iar El ne va proteja în acele momente cu aşa mari nenorociri. Şi în aceste timpuri oribile, Dumnezeu a spus că mulţi vor fi salvaţi, şi de frică că sfârşitul se apropie, El va face ca oamenii să caute creştini pentru a afla adevărul.

Să nu se uite că toate trebuie să se întâmple, după cum Sfânta Scriptură a spus-o. "Domnul Dumnezeu nu face nimic fără să-şi descopere taina Sa slujitorilor Săi proroci" (Amos 3:7).

Sabia va fi războiul nuclear.

Foametea va fi când Domnul va reţine ploaia.

Războiul va dura cinci ani şi foametea va fi rapidă.

Copii Lui Dumnezeu vor avea nevoie de Duhul Sfânt ca să îi călăuzească şi să supravieţuiască acestor timpuri grele de foamete. Oameni se vor omorî pentru ultimele alimente din supermarket. Mâncarea va fi rară, dar copii Lui Dumnezeu vor fi pregătiţi pentru foamete. Este precaut să începem să facem o magazie cu provizii de alimente.

Dumnezeu ne dă semne ca să avertizăm naţiunea Sa.

Peisajele din America vor fi schimbate.

Apa va fi otrăvită. Dealurile se vor scutura, stelele îşi vor pierde strălucirea.

Soarele va emite flash-uri de radiaţii, clima se va schimba, soarele va dogorî.

Aceste lucruri nu sunt coincidenţe pentru Dumnezeu, El va face să aibă loc aceste fenomene chiar cu mâna Lui întinsă peste omenire. Majoritatea meteorologilor vor avea o explicaţie pentru aceste fenomene climatice, ei vor spune că totul se desfăşoară raţional, până când oamenii îşi vor da seama că El este Isus, şi că El are tot controlul asupra omenirii.

În planul central va fi un mare uragan ce va aduce mari cantități de ploaie.

Oceanul va ajunge la Munții Rocky în unele arii ale Coastei de Vest. Grand Canyon va fi umplut de ape.

Lacurile mari se vor uni și vor forma un singur lac și plăcile tectonice se vor schimba.

Războiul vine în America, va exista răul în locuri înalte atât spiritual cât și natural.

Este intrigă în spatele scenelor pentru a se termina cu America. Informații cruciale le-au fost date rușilor cu privire la America și rușii vor utiliza aceste informații pentru a ataca infrastructura națiunii americane. Mulți oameni au auzit de acest plan, dar îl ignoră gândind că niciodată nu s-ar putea întâmpla aceste lucruri națiuni iubite. Există răutăți în locuri înalte ale guvernului, la bănci și în companii independente ce umple buzunarele cu aur în detrimentul poporului.

Țara a fost convertită într-o națiune mincinoasă.

Întunericul stă să ia națiunea sa. Un profund întuneric o să cadă asupra națiunii pentru că iubește minciuna și nu adevărul. Dar nu trebuie să se deznădăjduiască poporul Lui Dumnezeu, pentru că la finalul întunericului vine lumina Lui Glorioasă.

Iadul se extinde și acest lucru Îl face pe Dumnezeu să se întristeze pentru că El niciodată nu a creat iadul pentru oameni. Cei ce sunt în rebeliune și neascultare a Creatorului Său vor fi veșnic condamnați.

Domnul va stabili orașe de refugiu pentru cei care au o relație specială cu El, o relație apropiată (intimă). Acela va fi un loc sigur unde își va coborî inima pentru protejarea credincioșilor.

Începe să ai o relație apropiată cu El, o relație de prietenie, invită-L în viața ta, citește Cuvântul, acordă timp rugăciunii cu Isus și cu Tatăl Ceresc. Este un timp pentru a ne apropia mai mult, și mai mult de Creatorul nostru.

Începând cu anul 2017 se vor face demersuri pentru începerea Războiului Mondial: Rusia cu China împotriva Americii.

După cum se știe, Rusia este cea mai puternică țară din lume.

America are foarte multe tuneluri immense, de mii de km, proiectate ca ascunzișuri, mulți chiar locuind deja în ele. Acolo au cantități mari de provizii, aparatură pentru monitorizarea ceasurilor ce indică ora Coreei și Moscovei, și multe altele. Totul este monitorizat din josul tunelului, sunt pregătiți pentru orice catastrofă cu locuri făcute pentru refugiu. Toată America e conectată cu tuneluri subterane.

Unele din planurile războiului sunt: reducerea populației, implantarea microcipului și implementarea unui Guvern Mondial.

Totul este pus de acord cu America astfel încât în cazul unei uniuni comune să nu apară probleme.

Totul va fi un haos pe pământ și toate aceste evenimente care se vor întâmpla sunt stabilite și bine programate pentru a se crea un Guvern Mondial și a-i reprezenta pe oameni într-o falsă venire a extratereștrilor.

Incepand cu anul 2017 va fi teribil, catastrofal

Aerul va fi contaminat cu tot felul de bacterii.

Oameni se vor omori între ei, poliția va fi foarte agresivă. Vor fi mai multe dezastre, foamete mondială, epidemii, război; acel război va reduce drastic populația.

Mâncarea va fi otrăvită cu tot felul de substanțe toxice.

Vor fi dezastre teroriste, boli create pentru reducerea populației, bacterii ce atacă pielea și o mănâncă încetul cu încetul până distruge tot organismul.

Nimic nu este adevărat din tot ce apare la TV, totul este înșelătorie, minciună și escrocherie, ei nu vor ca noi să știm, după cum Scriptura a zis: toate lucrurile se fac în ascuns.

Evenimente ce vor avea loc în curând:

Se aud trompete ale Apocalipsei.

Va cădea un meteorit în Ocean și, un pic mai târziu, un Vulcan situat în una din insulele Canaria, se va prăbuși în Oceanul Atlantic producând un tsunami ce în câteva locuri va ajunge până la 500 de metri înălțime și va zdrobi coasta Americii, în special America și Brazilia.

Se aud trompete ale Apocalipsei.

Asteroidul Pelin Cade pe Pământ. Posibil să cadă pe o centrală nucleară sau pe un depozit de Arme Nucleare.

Se aud trompete ale Apocalipsei.

Praful suspendat în atmosferă cauzat de asteroidul Pelin va bloca o tremie din lumina soarelui 13 luni și jumătate.

De ceva timp aveam o presimțire, că aici unde mă aflu în California, se va întâmpla ceva, ceva ce nu știam, și acel gând nu-mi dădea pace, dar într-o zi Dumnezeu mi-a vorbit: eu trebuie să plec, să plec din California, că va veni curând acea nenorocire, pe care o și simțeam și parcă o și vedeam. Oameniii stăteau la plajă și toți se bucurau când valul s-a ridicat și tsunami-ul s-a apropiat. Oamenii strigau, și strigau, cu un strigăt de moarte.

După ceva timp, Dumnezeu iarăși mi-a vorbit și mi-a spus când și unde trebuie să merg, întru-un loc mai sigur, pentru că Domnul are și va avea mereu grijă de copii Lui!

Au început cei șapte ani Sabatici, anul ebraic la Rosh Ha-Shanah. Vor începe tot felul de evenimente devastatoare și se va împlini cu repeziciune profeția.

Evreii se întorc acasă, mulți s-au întors și se vor mai întoarce, pentru că vremea e pe sfârșite și Domnul va reveni.

Israelul este într-un mare pericol, Iranul amenință Israelul, vor să o șteargă de pe mapă, cu arme nucleare, amândouă țări fiind foarte bine înarmate.

Când Israelul va fi în război, toate popoarele vor fi și ele în război, când Israelul va fi în pace și celelalte popoare vor avea pace. Israelul este poporul Lui Dumnezeu iubit, El la iubit și îl va iubi mereu.

Dumnezeu a binecuvântat America pentru că ea a susținut Israelul, însă America s-a întors împotriva Israelului și Domnul le va retrage binecuvântările, din pricina păcatelor și pentru războiul pe care-l vor avea împotriva Israelului, blestemele neîntârziind să vină peste America.

Rusia și Iran-ul cu regulile ei islamice vor invada

Israelul. Într-o perioada de trei ani și jumătate, Rusia, Iran-ul, Statul Islamic, China, Europa și tot ce a mai rămas din America, cea distrusă de mâna Lui Dumnezeu, înainte de venirea Domnului, se vor uni și vor merge la război împotriva Israelului.

Domnul spune dacă ne vom ruga pentru pacea Israelului, Domnul va lasă pacea Sa peste toți ai tăi.

Țările care vor fi implicate în al treilea război mondial vor fi: Rusia, Israel, Iran, China, Coreea de Nord, Turcia, India, Pakistan, Siria, America.

Războiul va avea la bază scopul reducerii populației, pentru a controla mai ușor oamenii, a avea controlul mai eficient asupra resurselor naturale și a obține puterea absolută asupra umanității.

Al doilea motiv va fi creat pentru intimidarea omenirii. Oamenii, epuizați atât fizic cât și psihic, vor dori să aibă din nou acea liniște și pace ce-au avut-o cândva, atunci ei vor profita și vor veni cu așa zisele soluții și anume:

• Înființarea Noii Ordinii Mondiale.

• Instaurarea monedei electronice mondială.

• Implantarea unui microcip pentru fiecare persoană cu informația lui biometrică, cu datele și banii electronici din cont, pentru a avea tot controlul asupra tuturor persoanelor.

• Crearea unei crize financiare, unui colaps economic între euro și dolar. Mulți oameni își vor pierde munca în Europa și Statele Unite.

• Organizarea de proteste, grupuri teroriste, anti-sisteme false gata să provoace episoade punctuale de cauză, nesiguranța și crimă.

În Europa şi Statele Unite se vor face paşi diferiţi.

În Europa, nici o ţară nu va putea ieşi singură din situaţii grave, motiv pentru care se va stabili un Guvern European Centralizat.

Mai e puţin, foarte puţin până la revenirea Domnului, şi toate aceste semne se vor întâmpla într-o perioadă scurtă de timp. Să ne rugăm şi să veghem că Domnul va veni în curând. Să ne prindă pregătiţi când El va veni pe nori Cerului!

Înainte de venirea mea din Noua Zeelandă în America, Dumnezeu mi-a arătat de multe ori, în vis, cum e în America, cum bărbaţi se ţineau de mână, femeile si ele erau împreună, cum se întâmpla pe stradă multe nenorociri, cum unii se băteau, iar alţi se împuşcau, şi Domnul îmi spunea: "Asta e Sodoma şi Gomora!"

Dar ştiu că nimic nu e întâmplător, Domnul m-a adus aici cu-n plan şi negreşit Îl va duce la bun sfârşit.

El are pentru toţi un plan, roagă-L să te folosească şi cu siguranţă iţi va arăta ce plan are pentru tine.

Să ne ajute Dumnezeu ca să putem ducem planurile Lui la bun sfârşit!

DAR ȘI RECUNOȘTINȚĂ

***

Trăim timpuri care avertizează vremurile grele ce vor veni, acele vremuri pentru care acum, cu siguranță, cei mai mulți dintre noi nu suntem pregătiți. Dacă noi acum, în timpurile bune, nu suntem pregătiți, cum vom fi găsiți pregătiți în acele timpuri grele!?

Cei mai mulți oameni și multe biserici sunt într-o amorțire și-o adormire continuă. Câți dintre noi ne preocupăm să acordăm și Lui Dumnezeu din timpul nostru limitat, să stăm de vorba cu El? Câți dintre noi Îl rugăm pe Domnul să ne arate măcar o mică parte din acei oameni care au nevoie de ajutorul nostru, să ne îndrume la cei care nu au avut încă binecuvântarea noastră, să Îl cunoască pe Dumnezeu cum noi am avut-o, în schimb, grijile noastre sunt la preocupările și interesele noastre de viețuire și de confort, mai mult decât în a avea grijă și a dărui din aceste bogății ale noastre, și celor ce duc lipsă după ele, la care mulți nu s-au gândit sau au visat vreodată.

De câte ori ne oprim doar pentru o secundă să privim și să gândim un pic la cei care duc lipsă atât fizic cât și spiritual? Dar cred că cea mai mare lipsă nu o duc cei săraci, pentru că nu au ce mânca sau ce îmbrăca, cea mai mare lipsă o duc tot bogații. Acea lipsă se numește lipsă spirituală. Cei mai nefericiți oameni pe care i-am văzut până acum, nu au fost săracii ci bogații. Săracii poate duc lipsă pentru un moment, dar ea se poate acoperi fără probleme, spre deosebire de cel mai mare gol în suflet care dă senzația de singurătate și neputință, celui ce nu Îl are pe Dumnezeu.

Oamenii în goana și alergarea lor continuă după avuții, nu mai au timp să se îngrijească și de sufletul lor". "Și ce ar folosi unui om să câștige toată lumea, dacă și-ar pierde sufletul? Sau ce ar da un om în schimb pentru sufletul său?" (Matei 16:26).

Am întâlnit oameni cu o cariera de top: actori, regizori, oameni politici, oamenii cu foarte mulți bani am vrut să văd cum e și viața lor, viața celor de la Hollywood, dar am fost uimită să constat la toți același lucru, că mereu căutau ceva, aveau un gol și o necesitate în suflet, dar ei nu știau exact unde să meargă și toți mergeau în aceeași direcție greșită.

Am văzut că nu banii sau faima aduc fericirea, nici numărul de filme scoase pe bandă rulantă la Hollywood, ci fericirea o găsim doar într-un singur loc, la Cel ce ne-a creat, ce ne-a făcut după Chipul si asemănarea Lui; de aceea noi căutăm ceva în viața noastră și anume necesitatea și dependența omenească care suspină după Creatorul nostru. Și aceasta e necesitatea noastră spirituală și cea mai mare, pentru că degeaba ești îmbrăcat în haine scumpe și exteriorul arată bine, dacă interiorul e sărac și gol. Dacă nu Îl ai pe Domnul Isus, ești cel mai nenorocit om de pe fața pământului. Să știți că nimic nu aduce fericirea în această lume, după cum a spus înțeleptul Solomon, că totul este deșertăciune și goană după vânt, iar la finalul trudei nu rămânem cu nimic, și la sfârșitul vieții constatăm că am pierdut și veșnicia.

Crezi că are rost să te zbați în această lume fără nici un rost? Toate cum vin așa și pleacă, nimic nu este mai de preț decât o viață lângă Dumnezeu. Trebuie să ne luptăm cu firea noastră pământească și cu toate aceste lucruri lumești, care nu au nici o valoare pentru Dumnezeu; să încercăm să punem mereu în viața și prioritatea noastră întotdeauna pe Dumnezeu, așa cum El ne pune mereu pe noi.

Alegerea și slujirea pentru El e cea mai mare fericire pentru noi; El vrea să ne întoarcem acasă așa cum s-a întors fiul risipitor, va fi o mare sărbătoare în cer pentru un singur suflet rătăcit. Am constatat că nu există o bucurie și-o împlinire mai mare ca acea bucurie în care îți predai viața totalmente în mâinile Lui Dumnezeu și Îl lași să lucreze în ea, așa după cum dorește El, să te curățească și să te împlinească după voia Lui. Este o fericire măreață să ne numim copii ai Domnului, să mergem împreună cu El, să vorbim și să constatăm că El întotdeauna ne răspunde, ne conduce pașii în lumea aceasta care pentru noi este o necunoscută și o cercetare continuă și vedem de multe ori minunățiile și frumusețile, pe care Le-a pus deseori în viețile noastre.

Sunt multe binecuvântări pe care noi nu vrem sau nu suntem dispuși să le vedem. Înainte de toate cea mai mare binecuvântare este că putem încă să ne trezim dimineața, că suntem sănătoși, că ne putem deplasa, mișca, vedea, auzi, ș.a. Pe lângă acestea, dacă mai adăugăm și copiii noștri dăruiți de Dumnezeu, familia noastră cu care am fost binecuvântați, munca și banii noștri, iar lista poate continua la nesfârșit. Ce dar și recunoștință aducem noi Lui Dumnezeu pentru aceste lucruri? Cu câte lucruri mari și mărețe nu ne-a binecuvântat El?

El ne dă aer, hrană, îmbrăcăminte, natură, ploaie și toate celelalte pentru noi, nu s-a gândit doar la unii, ne-a dat la toți din dragostea Lui. Întrebarea este câți realizăm aceste lucruri neimportante pentru unii, pentru că le avem, și le avem din abundență, dar dacă ele nu ar mai fi, atunci ar deveni cu siguranță importante? Câți dintre noi ne oprim să privim Cerul și să ne aducem aminte de Creatorul nostru? Știu că există acel telefon mobil performant, care ne acaparează atât mintea cât și ochii și nu mai putem privi decât în jos.

Dacă am privi și în sus, poate viața ne-ar fi mai frumoasă, ne-am delecta ochii cu cerul minunat și ne-am reaminti că aparținem noi acelei lumi noi, lumea aceasta, nu este lumea noastră, ci noi suntem aici pentru o perioadă bine definită și programată de Dumnezeu.

Câte lucruri nu face Dumnezeu pentru noi, câte lucruri nu ne-a dat și ne-a creat pentru a avea fericirea desăvârșită, și numai în El prin El și pentru El, toate lucrurile se vor face. Am fost creați să fim ca El, să avem un caracter nepătat, neprihănit, caracterul Domnului Isus; suntem chemați în dragostea Lui, la o pocăință sinceră față de El și semenii noștri, în care să ne consacrăm, așa cum El s-a consacrat și să slujim cum ne-a slujit și El pe noi, la o slujire adevărată, să ne legăm cu toții într-o dragoste sinceră și frățească, curată, cum Domnului Îi place.

Câte lucruri nemaipomenite, câte binecuvântări și câtă grijă are de noi bunul nostru Tată să nu ducem lipsă de nimic, de parcă noi am merita ceva din ceea ce El ne oferă și parcă suntem datori să ni se ofere, când noi nu facem nimic pentru El, cu siguranță noi nu putem să Îi oferim nimic Lui Dumnezeu, pentru că El e Cel care a creat lumea și pe noi în ea, dar Dumnezeu nu are nevoie ca noi să-Î oferim ceva, pentru că toate lucrurile sunt ale Lui și El ni le-a dat nouă cu plăcere.

Bucuria Lui e atunci când noi ne oprim din treburile și grijile noastre și ne conectăm cu Tatăl nostru Ceresc, pentru a avea o conversație ca între tată și fiu, să venim înaintea Lui așa cum suntem: cu slăbiciunile, ispitele, problemele și preocupările noastre. A le aduce înaintea Sa, cu toate că El ne cunoaște exact așa cum suntem, mult mai bine decât ne cunoaștem noi.

Dumnezeu vrea și ne cere să ne amintim de El pentru că cei mai mulți au uitat cui aparțin și au făcut din eul, egoismul și banii lor un idol pentru ei. După cum a zis Domnul Isus: unde este comoara voastră, acolo este și inima voastră. Haideți să ne strângem comori în cer, acolo unde nu mucegăiesc și nu le pot fura hoții!

Gândiți-vă și răspundeți fiecare: câte comori pământești ați strâns și câte comori cerești ați adunat?

Vreau să vă spun că cele cerești sunt veșnice, comparative cu cele pământești care sunt trecătoare și amăgitoare. Așa cum ne-am născut din pântecele maici noastre, așa vom părăsi lumea aceasta. Nimic nu e tainic sub soare, totul își are cursul ei; și nașterea și viața și moartea, toate au fost cunoscute de Dumnezeu înainte să ne întocmească în pântecele mamei noastre.

Viața nu este a noastră, noi nu putem face cu ea doar ce ne place, Domnul ne-a dat-o și tot El ne-o poate lua.

"Bucură-te tinere în tinerețea ta, fii cu inima veselă cât ești tânăr, umblă pe căile alese de inima ta și plăcute ochilor tăi; dar, să știi că pentru toate acestea, te va chema Dumnezeu la judecată."(Eclesiastul 11:9). El ne va chema la Judecată și fiecare din noi vom da socoteală înaintea Lui Dumnezeu.

Scopul creației noastre n-a fost ca noi să ne înecăm în amarul acestei lumi, fiecare în poftele și plăcerile lui, în care cel rău lucrează pentru a-și atrage adepți, pentru a-i înșela cu lucruri distructive pentru minte, fizic și suflet atât cât și pentru familiile lor, care vor avea mereu de suferit din pricina opțiunilor lor greșite.

Acolo unde guvernează cel rău, întotdeauna va fi o luptă, un război între prieteni, familii și copii. Copii vor suferi cel mai mult și vor rămâne traumatizați deseori pe viață.

De ce unor oameni le place sa trăiască urât, murdar, groaznic și fără nici o urmă de speranță? De ce vedem atâtea nenorociri? De ce trebuie mereu să suferim? De ce alergăm și alegem răul? De ce ne frământăm și ne ostenim pentru el? De ce facem toate aceste lucruri doar pentru a fi mereu nefericiți? Ce satisfacție ne aduc ele?

Nu așa ne-a creat bunul Dumnezeu, pentru a ne chinui și tortura continu. El ne-a dat un scop în această lume, să trăim în dragoste unul pentru celălalt, să Îl punem pe Dumnezeu în prim plan în viețile noastre, apoi să-i iubim pe semenii noștri, să trăim și să lucrăm pentru dragostea și bucuria lor, să fim mereu dispuși să ajutăm acolo unde suntem trimiși, să fim mereu slujitori ai Domnului, să slujim cu dragoste și credință, mereu să fim umili și întotdeauna să punem aproapele mai presus de noi. Tot ceea ce voiți să vă facă vouă oamenii, faceți-le și voi la fel.

Ce bine ar fi dacă ar fi așa, ca fiecare să facă ceea ce el ar vrea să primească, să facă și el altora.

Ce bine ar fi dacă tot timpul ne-am pune în pielea aproapelui nostru și dacă vreodată ne-ar fi trecut prin cap să înșelăm, să mințim sau să furam pe aproapele nostru, cu siguranță că nu am mai face-o. Ce bine ar fi dacă s-ar trăi în dragoste și armonie, cred că ne-am face singuri viața mai frumoasă, am avea bucurii nespuse, am trăi fericiți, am zâmbi si am râde mai mult cu siguranță.

Văd mulți oameni încruntați, triști, nefericiți și tot timpul posomorâți. Trist este că asemenea oameni sunt puși la birouri sau ghișee, unde au contact cu publicul.

Asemenea oameni au o suferință în viața lor pe care nu o pot ascunde, mai târziu ea înrădăcinându-se în suflet și astfel apare ulterior răutatea unora care se revarsă asupra altor oameni.

Noi suntem creați din Divinitate, suntem făcuți pentru a fi veseli, bucuroși, radianți de dragoste și compasiune pentru ceilalți, întotdeauna trebuie să fim deschişi, primitori şi săritori pentru a ajuta pe cei care au nevoie de noi, întotdeauna trebuie să fim amabili şi să ne oferim pentru a sluji. Dacă cineva vrea să fie cel mai mare în Împărăţia Lui Dumnezeu, trebuie să fie cel mai simplu şi umil aici pe pământ, pentru că aici noi suntem într-o pregătire, pentru ca apoi să fim duşi în Împărăţia Lui Dumnezeu. Dacă nu ne vom strădui să ne pregătim aici, nu vom putea fi pregătiţi şi transferaţi în Împărăţia Lui Dumnezeu.

Câte lucruri minunate ne dă bunul Dumnezeu!

Fiecare din noi este înzestrat cu câte un talent,cel puţin, pentru a fi folosit şi a aduce roade pentru a creşte la înălţimea cerută de Dumnezeu. Acolo unde este Dumnezeu, totul este cu putinţă, nu este nimic care să nu poată face, El oferind totul după cum consideră de cuviinţă.

Unii oameni sunt înzestraţi cu mai multe capacitaţi intelectuale, alţii cu mai puţine, dar, în putinţa fiecăruia, toţi trebuie să lucrăm după cum ni s-a dat şi Domnul va cere socoteală fiecăruia după talantul lui, celor care li s-a dat mult, li se va cere mult, celor care li s-a dat puţin, li se va cere puţin.

Toţi suntem valoroşi şi puşi în faţa Lui Dumnezeu la acelaşi rang, nu este nimeni mai presus de celălalt.

Cel bogat nu are valoare mai mare ca cel sărac, nici cel cu capacităţi mai slab intelectuale faţă de cel mai înzestrat. Toţi suntem copiii Lui Dumnezeu, avem un Tată şi ne numim fraţi. Suntem fraţi în Hristos, El Şi-a dat viaţa pentru noi, pentru păcatele noastre ca noi să avem viaţă veşnică în El.

Întotdeauna a făcut lucruri măreţe pentru noi şi încă

mai face, dar noi nu conştientizăm şi nu ne gândim că aceste lucruri şi fapte binecuvântate ale Domnului se vor sfârşi.

Să ne oprim din ritmul nostru alert de viaţă, măcar câteva secunde şi să analizăm cât suntem de binecuvântaţi că avem mai mult decât gândim sau cerem. Nu vedem lucrurile acestea pentru că suntem orbiţi de cel rău şi de lumea aceasta care ne atrage privirea în jos, care ne amăgeşte cu lucruri deşarte, averi, plăceri şi destrăbălări ce nu aduc satisfacţie, amăgindu-ne cu ele crezând că ne aduc iubirea, dar ele aduc doar deşertăciune în inima şi în viaţa noastră.

Cât timp ne acordă Dumnezeu nouă? Tot timpul. El este mereu la dispoziţia noastră; nu va spune niciodată că e prea ocupat, că nu are timp îndeajuns pentru noi.

Căutaţi-L acum cât mai este de găsit, pentru că va veni un timp în care vom vrea să Îl căutăm şi nu-L vom mai găsi.

Domnul te cheamă astăzi să îţi predai inima Lui şi să vii la El aşa cum eşti: păcătos şi nenorocit înaintea Lui, iar El va face din tine un vas ales.

Datoria noastră de Cetăţeni ai Cerului este să ne facem misiunea, să lucrăm cu mintea şi corpurile noastre pentru Dumnezeu şi semenii noştri. Cât muncim cu corpul, mintea şi spiritul nostru pentru lucrările noastre şi cât pentru lucrarea Domnului? Răspunsul şi-l dă fiecare personal.

La final aş dori să închei cu o poezie foarte frumoasă, pe care am învăţat-o din primul moment în care am auzit-o este o poezie dragă şi de suflet mie.

Se numeşte „Scrisoarea de dragoste a Lui Dumnezeu pentru noi".

„Copilul meu, poate că tu nu mă cunoşti, dar eu ştiu totul despre tine, ştiu când stai jos şi când te ridici şi cunosc toate căile tale. Iţi cunosc până şi numărul firelor de păr, ai fost creat după Chipul Meu, în Mine ai viaţa, mişcarea şi fiinţa.

Tu eşti al Meu, înainte să fi fost întocmit în pântecele mamei tale, te cunoşteam, te-am ales înainte de întemeierea lumii, nu eşti rodul unei greşeli, căci toate zilele tale au fost scrise în cartea Mea, eu am hotărât chiar şi ziua naşterii tale şi locul unde vei trăi, eşti o făptură aşa de minunată, eu te-am ţesut în pântecele mamei tale şi te-am sprijinit în ziua naşterii tale, am fost înţeles greşit de cei care nu mă cunosc, dar nu sunt nepăsător, nici supărat, ci sunt dragostea desăvârşită şi dorinţa Mea este să revărs această iubire asupra ta, doar pentru faptul că tu eşti copilul Meu iar eu Tatăl tău. Eu îţi ofer mai mult decât ţi-ar putea oferi vreodată tatăl tău pământesc, pentru că Eu sunt cel mai bun tată; orice lucru bun pe care îl primeşti, vine din mâna Mea, pentru că Eu sunt cel ce-ţi poartă de grijă în toate nevoile tale. Dintotdeauna am gândit pentru tine un viitor plin de speranţă, pentru că te iubesc cu o dragoste veşnică, mă gândesc la tine de tot de atâtea ori câte boabe sunt pe malul mării şi sunt plin de bucurie de dragul tău; nu voi înceta niciodată să-ţi fac bine, căci tu eşti comoara mea nepreţuită. Eu doresc din toată inima Mea şi din tot sufletul Meu, să-ţi fac bine şi vreau să-ţi arăt lucruri mari şi minunate, dacă mă vei căuta cu toată inima mă vei găsi, desfătarea ta să fie în Mine, și Eu îți voi da ce îți dorește inima, pentru că eu dau și voința și înfăptuirea, pot face pentru tine nespus mai mult decât ceri sau gândești, pentru că eu sunt cel care te întărește, dar și Tatăl care te mângâie în toate necazurile tale. Când inima ți-e zdrobită, sunt aproape de tine, așa cum un pastor își duce miei pe brațe, așa te-am adus și Eu aproape de inima Mea.

Într-o zi, Eu voi șterge orice lacrimă din ochii tăi și voi îndepărta de la tine toată suferința îndurată pe acest pământ. Eu sunt Tatăl tău și te iubesc la fel de mult cum L-am iubit pe fiul Meu Isus, pentru că în Isus ți-am descoperit dragostea mea pentru tine. El este întru totul asemenea Mie. El a venit ca să-ți arate că Eu sunt de partea ta și nu împotrivă; și să îți spună că nu mai țin socoteala păcatelor tale; Isus a murit ca tu și cu Mine să putem fi împăcați. Moartea Lui a fost dovada supremă a iubirii Mele pentru tine. Am renunțat la tot ce-am avut mai scump ca să-ți câștig dragostea. Dacă primești darul fiului Meu Isus, mă primești pe Mine și nimic nu te va mai despărți vreodată de dragostea Mea. Întoarce-te acasă și vei avea parte de cea mai mare sărbătoare pe care a văzut-o vreodată cerul, ți-am fost dintotdeauna Tată și îți voi rămâne întotdeauna Tată. Întrebarea este: vrei și tu să fii copilul Meu? Te aștept, cu drag Tatăl tău, Dumnezeul Cel Atotputernic!!"

Scrisoarea de Dragoste a Tatălui dezvăluie inima Lui Dumnezeu, cuprinzând versete parafrazate de la Geneza până la Apocalipsa. Se bazează pe aproximativ 50 de citate din Scriptură.

TOTUL DAT ÎN DAR
***

ŞTII TU CU ADEVĂRAT, CĂ DUMNEZEU TE IUBEŞTE?

A înţelege că Dumnezeu e dragoste şi că El te iubeşte este diferit faţă de a cunoaşte şi a experimenta dragostea Lui în mod personal. Ceea ce credem porneşte de la un gând şi după cum scrie şi în Proverbele 23:7 „Un om este definit de ceea ce simte în inima lui."

Dragostea Lui Dumnezeu este extraordinară!

În 1 Ioan 4:16 scrie că Dumnezeu este dragoste.

Versetul 18 spune: „În dragoste nu este frică; ci dragostea desăvârşită izgoneşte frica..."

Dragostea Lui Dumnezeu poate să dea la o parte frica din viaţa noastră. Este medicamentul care poate vindeca orice rană a sufletului nostru. În Romani 8:37 scrie: "noi suntem mai mult decât biruitori, prin Acela care ne-a iubit. "Când cunoşti cu adevărat dragostea Lui Dumnezeu, nu trebuie să-ţi fie teamă că vei face greşeli.

Poţi să păşeşti cu tărie prin credinţă, indiferent de ceea ce El îţi cere să faci. Ştii cine eşti în Hristos şi ai încredere că poţi să faci ceea ce trebuie să faci în viaţă cu ajutorul Lui Dumnezeu.

Dumnezeu ne iubeşte necondiţionat! El ne-a ales. În Efeseni 1:4 scrie: „El ne-a ales în dragostea Lui, ne-a ales ca să fim ai Lui, ne-a ales în Hristos dinainte de întemeierea lumii, ca să fim sfinți (puși deoparte pentru El), să fim fără vină înaintea Lui, chiar fără cusur înaintea Lui, în dragoste."

Când știi că Dumnezeu te iubește te simți valoros, te simți acceptat și simți că ai un scop. Știi că păcatele tale sunt iertate și ești liber de vină și de condamnare, indiferent ce ai făcut, Hristos poate să-ți dea un nou început.

Cel mai important lucru înaintea Lui Dumnezeu este să ne iubim necondiționat unii pe alții. In 1 Corinteni 13:4-7 scrie:„dragostea este îndelung răbdătoare și plină de bunătate, dragostea nu pizmuiește; dragostea nu se laudă, nu se umflă de mândrie... (nu este arogantă și plină de sine), nu se poartă necuviincios, (nemanierată).

Dragostea... nu insistă să-și împlinească propria dorință, nu caută folosul său; nu se mânie, nu se gândește la rău, nu se bucură de nelegiuire, ci se bucură de adevăr.

Dragostea acoperă totul, crede totul, întotdeauna se gândește la binele celuilalt, nădăjduiește totul, indiferent de circumstanță și suferă totul (fără să se clatine)."

Noi tindem să fim egoiști, dar soluția pentru a duce o viață altruistă este să iubești puternic. Dumnezeu ne-a chemat să trăim în libertate prin Hristos, „numai nu lăsați ca libertatea voastră să fie o oportunitate sau o scuză a egoismului, ci prin dragoste să slujiți unii altora. (Galateni 5:13).

Am descoperit că atunci când atenția mea e centrată pe ceilalți și pe modul în care pot să-i ajut, am mai multă pace şi mai multă bucurie.

Gândeşte-te cum poţi să faci pe cineva să zâmbească şi fă ceva care poate aduce bucurie în viaţa cuiva. Încrede-te în Dumnezeu că-ţi va purta de grijă. Dacă vei fi ocupat încercând să-i ajuţi pe ceilalţi, nu vei mai avea timp să-ţi faci griji pentru tine. Te vei bucura de viaţă în fiecare zi.

De multe ori suntem adeseori stresaţi de timp. Nu ne mai ajunge timpul pentru nimic, nici pentru vizitarea unor bolnavi, nici pentru vizitarea celor dragi, pentru cei ce au nevoie de noi atunci când le este greu. Parcă clepsidra timpului fuge ca un bumerang. În primul rând, se întâmplă aceasta fiindcă oamenii, de obicei, îşi petrec timpul în maşinăria activităţilor, cum ar fi: gospodăria, grădinăritul, îngrijirea copiilor, mâncarea şi tot ce ţine de întreţinerea unei case. Dar oare care dintre toate acestea ocupă primul loc în viaţa noastră? Cui îi datorăm cel mai mult din timpul nostru?

Acestor lucruri care sunt trecătoare, dar pe care nu trebuie să le neglijăm, trebuie să le facem în aşa fel încât să-i dăm Domnului primul loc din timpul nostru. „Ce un ceas n-aţi putut să vegheaţi împreună cu Mine"! (Matei 26:40).

Dumnezeu ne spune să petrecem în fiecare zi un timp cu El. „Vegheaţi şi rugaţi-vă, ca să nu cădeţi în ispită; duhul, în adevăr, este plin de râvnă, dar carnea este neputincioasă". (Matei 26:41).

„Rugaţi-vă neîncetat. Doar cei ce trăiesc după îndemnurile Duhului umblă după lucrurile Duhului" pe când umblarea după lucrurile Duhului este viaţă şi pace". (Romani 8:5-6).

Dumnezeu, Cel care a creat acest univers măreț până în cele mai mici detalii, poate fi cunoscut de noi. El ne spune diferite lucruri despre Sine, dar nu Se oprește aici: ne cheamă chiar să avem o relație personală cu El, vrea să ajungem să Îl cunoaștem. Deci, nu e vorba numai că putem ști câte ceva despre El, ci Îl putem cunoaște chiar pe El, și încă îndeaproape.

„Așa vorbește Domnul: „Înțeleptul să nu se laude cu înțelepciunea lui, cel tare să nu se laude cu tăria lui, bogatul să nu se laude cu bogăția lui. Ci cel ce se laudă să se laude că are pricepere și că Mă cunoaște, că știe că Eu sunt Domnul, care fac milă, judecată și dreptate pe pământ! Căci în acestea găsesc plăcere Eu, zice Domnul" (Ieremia 9:23,24).

De Dumnezeu te poți apropia cu mare ușurință! Dumnezeu ne invită să vorbim cu El și să-L implicăm și pe El în tot ceea ce ne preocupă. Dumnezeu este iubitor și gata să ne primească la El. „Domnul este lângă toți cei ce-L cheamă, lângă cei ce-L cheamă cu toată inima" (Psalmul 145:18).

Tot ceea ce facem noi, oamenii, este construit cu materiale deja existente, după niște planuri prestabilite.

Dumnezeu însă are capacitatea de a porunci ca lucrurile să ia ființă și nu vorbim aici doar de galaxii și forme de viață, ci și de soluții la problemele de zi cu zi. Dumnezeu știe cum să ne ajute, dorește să Îi cunoaștem puterea și să ne bizuim pe ea. „Mare este Domnul nostru și puternic prin tăria Lui, priceperea Lui este fără margini." (Psalmul 147:5).

"Ajutorul îmi vine de la Domnul, care a făcut

cerurile și pământul. (Psalmul 121:1,2).

Noi, oamenii, păcătuim. Înclinația noastră firească este de a acționa de capul nostru, nu așa cum dorește Dumnezeu. Dumnezeu ne vorbește despre Sine în mod clar, întocmai unei persoane care îți îngăduie să Îi cunoști gândurile și sentimentele. Iar dacă Dumnezeu ne face o promisiune, de orice fel, putem conta pe El, că o va îndeplini. „Descoperirea cuvintelor Tale dă lumină, dă pricepere celor fără răutate. Cuvântul Tău este o candelă pentru picioarele mele și o lumină pe cărarea mea." (Psalmul 119:130,105).

Înțelepciunea Sa este fără margini. El înțelege toate elementele unei situații, mai ales că știe și ce s-a întâmplat înainte și ce se va întâmpla după aceea. Nu este nevoie să Îi aducem la cunoștință ultimele noutăți, să Îi dăm sfaturi sau să Îl convingem să facă ceea ce noi vrem. Va face întotdeauna ceea ce e bine, pentru că Îi stă în putere și este bun și blând cu noi.

Putem avea totală încredere că va face ceea ce se cuvine în orice împrejurare și în orice clipă. „Da, toți cei ce nădăjduiesc în Tine nu vor fi dați de rușine: ci de rușine vor fi dați cei ce Te părăsesc fără temei" (Psalmul 25:3).

De atâtea ori ni se repetă ideea ca suntem liberi de a alege între bine și rău. Ei bine, suntem liberi, însă alegerea pe care o facem trebuie să conștientizăm că ne va afecta viitorul dacă va fi alegerea greșită. Dacă alegem binele, vom fi răsplătiți cu bine, pe când dacă alegem răul, vom fi răsplătiți cu răul. Însă, chiar dacă alegem binele, trebuie să ne gândim la faptul că pe calea cea bună, respectiv pe calea Lui Dumnezeu nu vom întâmpina numai momente fericite, fără temeri, ci vom avea de toate și momente mai bune și momente mai grele. Calea Lui Dumnezeu ne îndeamnă, în primul rând, la pocăință și la frică de Dumnezeu.

Atât timp cât ne temem să păcătuim înseamnă că ne temem de Dumnezeu. Atunci când vrem să facem ceva bun, cel rău vine și el cu ofertele lui, care, în aparență par atrăgătoare, neobservând pe moment că tot ceea ce ne oferă el are consecințe și chiar dacă aparent pare frumos, vom observa că de fapt a dus la rău, și uneori vor fi efecte chiar dezastruase. Scopul celui rău este de a ne îndepărta de calea cea bună, care ne duce spre mântuirea noastră.

Trebuie ca mereu să respingem propunerile celui rău și să vedem dincolo de fapte consecințele lor. Mereu să dorim ca ținta noastră să fie calea Lui Dumnezeu!

„Dacă lipsește ținta, viața este o rătăcire."

Vestea bună care trebuie să o știe fiecare om este aceea că fiecare dintre noi am fost creați de Dumnezeu cu un scop bine definit și cu toții avem posibilitatea de a ne atinge acest scop, pentru că suntem creați după chipul și asemănarea Lui Dumnezeu; fiecare având în noi resurse și un potențial imens de a trăi o viață cu sens.

Poți trăi în lumea aceasta la cel mai înalt nivel de bunăstare, să ai atâția bani cât o națiune întreagă, să deții o frumusețe fizică de invidiat, chiar să ai cele mai bune diplome, dar, dacă vei închide ochii dându-ți ultima răsuflare fără să-ți îndeplinești adevărata menire, ești un eșec, un marginal.

Avem deja prin însăși creația noastră tot ce este

nevoie pentru a ne atinge scopul suprem. Nu există nimic în interiorul sau exteriorul nostru, ceva care să ne împiedice ca noi să nu ajungem acolo unde Dumnezeu Și-a propus să ne ducă. Dacă, pentru a-ți atinge potențialul, ar fi fost nevoie să fii mai înalt, Dumnezeu te-ar fi făcut mai înalt. Dacă ai fi avut nevoie de un aspect fizic fără reproș, Dumnezeu ți-ar fi dat acest aspect fizic. Dacă, pentru a ajunge acolo unde El vrea, ai fi avut nevoie de și mai mulți bani, de un coeficient de inteligență maxim, de reputație sau poziție, toate acestea și multe altele ți le-ar fi dat. Exact așa cum te-a creat, Dumnezeu ți-a oferit totul pentru a împlini scopul ultim al vieții tale.

Dacă îți neglijezi ființa și refuzi să celebrezi zilnic modul în care ai fost făcut, niciodată nu vei ajunge să înțelegi scopul pentru care ai fost făcut. „Vai de cine se ceartă cu Făcătorul său! Un ciob dintre cioburile pământului! Oare lutul zice el celui ce-l înfăptuiește: „Ce faci?" Sau poate vasul să zică despre olar: „El nu se pricepe?" (Isaia 45,9; Isaia 29,16).

E important să știm că nu minusurile fizice, slăbiciunile sau eșecurile noastre sunt responsabile pentru neatingerea scopului divin, ci cum ne raportăm la ele.

Ține minte că nimic, absolut nimic, nu ne poate devia de la scopul ultim dorit de Dumnezeu pentru viețile noastre decât dacă alegem să credem altfel de cum El ne-a spus.

Dumnezeu a știut ce face atunci când te-a creat așa cum a făcut-o. El ți-a dat inteligența și frumusețea necesară, talentele, temperamentul și personalitatea de care aveai nevoie. Exact așa cum ești și exact atât cât ți-a dat, ai tot ce trebuie pentru ca să fii ceea ce Dumnezeu te-a creat să fii. Dar care este scopul acela ultim? Pentru ce am fost creați?

Consider că acest verset din cartea Exodul 19:4, exprimă cel mai frumos scopul ultim pe care Dumnezeu L-a gândit pentru noi și anume: „v-am adus la Mine".

Acest program de viață al Lui Dumnezeu, singurul care aduce împlinire autentică, bulversează tot ce am știut noi despre sensul vieții. Deși Dumnezeu are în vedere și contribuie la excelarea noastră în această viață de sub soare, scopul suprem al creeri noastre este viața cu El, atât sub soare cât mai ales dincolo de soare.

Planul Lui Dumnezeu cu noi nu este de-a ne ajuta să intrăm la cea mai bună școală, de-a avea o slujbă împlinitoare, o casă mare, o mașină scumpă, o familie reușită, de-a avea afaceri prospere. Planul Lui Dumnezeu cu fiecare dintre noi este să fim ai Lui și să ne regăsim ca ființe împlinite în El.

Toate binecuvântările enumerate mai sus ne sunt date în vederea acestui scop, ca, primindu-le și bucurându-ne de ele, să le tratăm doar ca niște daruri perisabile care să ne umple și mai mult de recunoștință față de Tatăl nostru etern.

Când iubirea noastră de Dumnezeu crește sau scade în funcție de darurile primite, înseamnă că nu L-am iubit niciodată pe Dumnezeu.„N-aveți nevoie de Canaan, dacă Mă aveți pe Mine, Eu sunt Canaanul vostru!" este mesajul Lui Dumnezeu de la Sinai. Avraam a înțeles asta cu patru sute de ani înainte, Exod: „cuvântul Domnului a vorbit lui Avram într-o vedenie şi a zis: „Avrame, nu te teme; Eu sunt scutul tău şi răsplata ta cea foarte mare."(Geneza 15:1; Evrei 11:8-10). Poporul, din nefericire, nu a înţeles.

Noi ne temem că ne pierdem locul de muncă, asigurarea de sănătate şi beneficiile pensionării, aşa că ne străduim să agonisim, crezând că, cu cât avem mai mult, cu atât ne vom simţi mai în siguranţă. Aceeaşi nesiguranţă i-a motivat şi pe cei care au construit Turnul Babel: „Haidem! să ne zidim o cetate şi un turn al cărui vârf să atingă cerul şi să ne facem un nume, ca să nu fim împrăştiaţi pe toată faţa pământului" (Geneza 11:4).

La fel cum noi agonisim bani, bunuri materiale şi proprietăţi, tot la fel ei au adunat şi au strâns dorind ca turnul averii lor să ajungă până la cer. Apoi au spus: „Suntem în siguranţă!" Dar Dumnezeu a zis: „Nu, nu sunteţi"

Biblia spune: „Îndeamnă pe bogaţii veacului acestuia să nu se îngâmfe, şi să nu-şi pună nădejdea în nişte bogăţii nestatornice, ci în Dumnezeu, care ne dă toate lucrurile din belşug, ca să ne bucurăm de ele.

Îndeamnă-i să facă bine, să fie bogaţi în fapte bune, să fie darnici, gata să simtă împreună unii cu alţii, aşa ca să-şi strângă pentru vremea viitoare drept comoară o bună temelie pentru ca să apuce adevărata viaţă". (1 Timotei 6:17,18).

Bogăţiile nu ne aduc siguranţa. Cu cât ai mai mult, cu atât poţi pierde mai mult! Este o ironie, cu cât strângi mai mult, cu atât devii mai protector şi cu atât este mai mare îngrijorarea ta că totul va fi măturat de evenimente pe care nu le poţi controla.

Nu aşa a dorit Dumnezeu să trăieşti! El doreşte să ai hambarele pline, dar, în acelaşi timp, să semeni, iar când ai făcut toate acestea, înţelepciunea îţi cere să nu te încrezi în nimic altceva decât în Dumnezeu. Psalmistul a spus: „vieţuitoare mici şi mari…Toate aceste vieţuitoare,Te aşteaptă, ca să le dai hrana la vreme" (Psalmul 104:25-27). Iar EI o face.

Dumnezeu e marele Dătător, generozitatea absolută şi cu totul demn de încredere. Răsunătorul mesaj al Scripturii este clar: Lui Dumnezeu Îi aparţine totul.

Dumnezeu oferă totul. Aşadar, pune-ţi încrederea în El, nu în avuţii. Nimic din ceea ce primim ca binecuvântare nu este şi nu trebuie să devină scop în sine.

Primim sănătate nu ca să trăim mai mult, ci să-I dăm slavă pentru mai multă vreme. Primim daruri financiare nu pentru a ne crea aici propriul Rai, ci pentru a-i investi în a aduce pe mulţi spre singurul Rai care există. Primim inteligenţă şi înţelepciune nu pentru a ne făuri un nume vremelnic, ci pentru a gândi şi a ne păstra veşnic numele scris de Dumnezeu în Ceruri.

Să nu uităm că darurile trec, Dătătorul rămâne. Cu ce vrei să te alegi după fiecare zi? Dar după o viaţă întreagă? Dacă Dumnezeu nu este esenţa tuturor lucrurilor, acţiunilor şi vieţii noastre, atunci tot ce suntem şi am făcut este fără nici o esenţă.

„Numai văzându-L pe Creatorul său, omul devine cu adevărat om. Doar văzându-şi propriul Creator, omul poate surprinde o idee din scopul pentru care a fost creat.

Numai văzându-L pe Domnul Isus, omul îşi poate cunoaşte originea." Când viaţa noastră este plină de

El, atunci ne vom găsi semnificația.

Știi tu cu adevărat cine ești? Știi cât de prețios ești? Când șirul vieții tale se va sfârși, te-ai întrebat unde vei merge? Nu știu pentru ce trăiești tu, dar cineva a murit pentru tine într-o zi! Nu știu ce iubești tu, dar cineva te-a iubit atât de mult încât a murit pentru păcatele tale.

Nu știu ce dă valoare vieții tale, însă tu ai fost atât de valoros pentru cineva că a ales să moară pentru tine! Tu ești un om important, ești mai valoros decât crezi!

Viața cuiva ar fi lipsită de valoare fără tine! Probabil nu te-ai întrebat niciodată ce te așteaptă dincolo de moarte, dincolo de ea, e veșnicia, dar, depinde de tine, dacă te vei bucura o veșnicie sau vei regreta...

Într-o zi, Dumnezeu ți-a spus, că te iubește, că Și-a dat viața ca toate păcatele tale să fie aruncate în marea uitării, ca tu să fii liber de trecut, să te poți bucura de viitor.

Într-o zi, Dumnezeu te-a chemat să Îl urmezi, dar tu l-ai privit nepăsător; ești un om special, pentru că ești creația Lui, iar Dumnezeu te-a creat cu un scop, El vrea să fii fericit, nu doar pe pământ, ci și în veșnicia care urmează, poate, pentru ultima dată, Dumnezeu te mai cheamă.

O NOUĂ VIAȚĂ

✳✳✳

O viață nouă este acea viață pe care o lași să ți-o conducă Bunul Dumnezeu. Trebuie doar ca noi să o punem la dispoziția Lui și El va lucra în viața noastră în cel mai frumos mod. El va scoate tot ce este rău din ea și-o va împrospăta cu frumusețea naturală, radiantă.

El dă sens vieții noastre și vom merge întotdeauna în direcția cea bună. Dumnezeu ne-a lăsat ca exemplu pe Fiul Său Isus Hristos, iar noi trebuie să facem ceea ce El a făcut, să umblăm pe urmele Lui.

Trebuie să conștientizăm că suntem ființe căzute în păcat, să ne ridicăm din valea umbrei morții, și să venim la Domnul Isus pentru că numai El ne poate curăți în sângele Său vărsat pentru noi la Golgota.

Să venim pentru a ne cură ți și a primi apoi Botezul pentru spălarea păcatelor noastre și reînnoirea pentru a duce o viață de sfințenie lângă Dumnezeu. El este exemplul nostru, El a intrat în apă pentru a fi botezat de Ioan Botezătorul, și apoi Duhul Sfânt s-a pogorât în chip de porumbel.

Botezul este cufundarea unei persoane în apă și scoaterea ei la suprafață.

Botezul în apă simbolizează sfârșitul modului de viață din trecut al cuiva și începutul unuia nou în calitate de creștin dedicat Lui Dumnezeu.

Botezul şi paşii premergători acestuia constituie măsurile luate de Dumnezeu pentru ca o persoană să obţină o conştiinţă curată pe baza credinţei în jertfa Lui Isus Hristos (1 Petru 3:21).

Prin urmare, Isus a spus că discipolii săi trebuie să fie botezaţi (Matei 28:19,20).

Biblia arată că putem fi curăţaţi de păcate numai prin sângele vărsat al Lui Isus (Romani 5:8,9; 1 Ioan 1:7).

Pentru a beneficia de pe urma jertfei Lui Isus însă, o persoană trebuie să exercite credinţa în Isus, să-şi aducă modul de viaţă în conformitate cu învăţăturile lui şi să se boteze (Faptele apostolilor 2:38; 3:19).

Botezul creştin este pentru persoanele suficient de mature încât să înţeleagă şi să creadă în "Evanghelia Împărăţiei Lui Dumnezeu şi a Numelui Lui Isus Hristos" (Faptele Apostolilor 8:12). El este pus în legătură cu auzirea cuvântului Lui Dumnezeu, cu acceptarea lui şi cu căinţa, acţiuni pe care un copil mic nu le poate face (Faptele apostolilor 2:22,38,41).

În plus, Biblia arată că Dumnezeu îi consideră sfinţi sau curaţi, pe copiii mici ai creştinilor datorită modului de viaţă fidel al părinţilor lor (1 Corinteni 7:14).

Dacă botezul celor mici ar fi valid, atunci ei nu ar avea nevoie să beneficieze de favoarea divină pe baza calităţilor părinţilor lor.

Relatarea despre convertirea temnicerului arată că cei care au fost botezaţi au înţeles „Cuvântul Lui Isus" şi "s-au bucurat mult" (Faptele apostolilor 16:32,34).

Prin urmare, putem trage concluzia că niciun

copilaş din casa temnicerului nu a fost botezat, întrucât nu putea înţelege Cuvântul Lui Dumnezeu.

În multe biserici se practică botezul copiilor şi, dacă privim în Biblie, nu găsim nicăieri o astfel de practică, din cauza că botezul are o anumită logică şi o anumită esenţă. Şi anume omul care a înţeles ce este salvarea ce o oferă Dumnezeu şi o primeşte prin credinţă, poate afirma prin botez că el deja a crezut în Hristos ca Mântuitor şi Domn.

Despre botezul în apă al celui ce se converteşte la credinţa în Isus Hristos s-a vorbit mult şi se va mai vorbi.Unele grupări creştine practică botezul copiilor mici. O practică nescripturală rămasă din vremea împăratului Constantin. Nu voi aduce argumente pro sau contra acestui botez, ci voi vorbi despre botezul practicat de cei ce se numesc creştini şi care au înţeles că botezul în apă trebuie să se facă la o vârstă la care cel ce primeşte botezul să aibă discernământ şi să ştie ce face.

Marcu 16 :16: "Cine va crede şi se va boteza, va fi mântuit; dar cine nu va crede, va fi osândit."

Botezul făcut de părinţi în copilărie nu este biblic şi deci, nu este valabil, pentru că nu are la bază credinţa personal în Domnul Isus Hristos. Prin urmare, se spune că mai întâi trebuie să fie credinţa şi apoi botezul, iar un bebeluş nu poate crede, deci nu poate fi botezat.

Un sugar nici nu ştie despre ce este vorba, nici nu are deosebirea păcatului şi nici nu poate să se pocă-iască.

Cultele care practică botezul celor mici au rezolvat dilema spunând că pentru ei cred naşii lor. De ce naşii și nu părinții? Nu cred că un credincios sincer, care studiază Biblia și care vrea cu adevărat să-i fie plăcut Lui Dumnezeu se poate încurca în acest argument combătut de toată învățătura Sfintelor Scripturi.

În Sfânta Scriptură și în primele secole după Hristos, nu există nici un indiciu care să arate că a fost botezat vreun sugar. Sfânta Scriptură nu cunoaște nași de botez și nici nu pomenește ceva despre faptul că sugarul ar fi eliberat prin botez de păcatul moștenit. Nașii ar avea nevoie mai întâi să fie luminați și să primească botezul.

Cum să mărturisească pentru alții ceea ce nici ei nu au înțeles și trait? Nicăieri nu găsim în Biblie că vre-un prunc a fost botezat, ceea ce găsim scris este că numai cei care Îl acceptă ca Domn și Mântuitor pe Isus Hristos și se pocăiesc de viața lor sunt botezați. Cum ar putea un prunc să înțeleagă sau sa creadă mesajul proclamat de Hristos?

"Credința vine în urma auzirii, iar auzirea vine prin Cuvântul Lui Hristos" (Romani 10:17).

Din Faptele apostolilor 16:31;33 reiese că toți au fost destul de maturi ca să înțeleagă ce li se propovăduise și au crezut.

Cuvântul "Crede" din Faptele apostolilor 16:31, arată că apostolii, ca și în celelalte locuri, nu botezau oameni care nu credeau în Hristos.

De-a lungul istoriei, creștinii au fost botezați, după convertire. De exemplu, unii afirmă că trebuie să treacă un timp până vei primi botezul. Ce este de fapt botezul? De ce un creștin trebuie să se boteze? Și când e cel mai bine să facă acest pas?

Botezul nu te salvează, ci doar credința ta in Isus

Hristos. Este o anumită ordine în Biblie legată de botez și anume: întâi credința și apoi botezul, ca o confirmare a credinței. Apoi le-a zis: "Duceți-vă în toată lumea și propovăduiți Evanghelia la orice făptură. Cine va crede și se va boteza, va fi mântuit; dar cine nu va crede, va fi osândit (Marcu 16:16).

Nu apa spală păcatele, ci sângele Domnului Isus.

Suntem spălați de păcate prin credință, prin botez doar demonstrezi faptul că deja ești spălat de păcate.

În toată creștinătatea se practică botezul, dar, din păcate, și de la această taină a avut loc o deviere gravă.

Probabil că cititorii vor fi surprinși când vor afla că mulți care în exterior sânt slujitori ai Lui Dumnezeu se află ei înșiși în rătăcire.

Dar este cunoscut faptul că bisericile și organizațiile religioase nu se țin întotdeauna de Biblie, ci lucrează conform indicațiilor și cunoștințelor denominației lor.

Domnul nostru spune: „Cine va crede și se va boteza, va fi mântuit "(Marcu 16:16).

Această primă condiție pentru botez o cere însuși Domnul și anume: cel ce primește botezul să creadă. Așa cum se spune în Romani 10:17, credința vine din predică, iar predica vine din Cuvântul Lui Dumnezeu.

Din cauza aceasta a ieșit porunca misionară de a vesti Evanghelia, iar, în continuare, cel devenit credincios să fie botezat. Acest fapt este confirmat la prima predică a lui Petru și în toată practica apostolică: „

Cei ce au primit propovăduirea lui, au fost botezați" (Faptele apostolilor 2: 41).

Trebuie să fie respectat acest principiu, și este

nevoie ca fiecare creştin să se boteze. Odată ce Isus le-a poruncit, atunci înseamnă că pentru El aceste lucruri sunt foarte importante şi, deci, trebuie să fie şi pentru noi.

"Duceţi-vă şi faceţi ucenici din toate neamurile, botezându-i în Numele Tatălui şi al Fiului şi al Sfântului Duh. Şi învăţaţi-i să păzească tot ce v-am poruncit.

Şi iată că Eu sunt cu voi în toate zilele, până la sfârşitul veacului"(Matei 28).

O înţelegere a esenţei salvării este necesară; atunci când eram copii nu prea înţelegeam, adică nu înţelegeam deloc ce se întâmpla, deci ar fi bine să fie făcut, corect când înţelegi ce faci.

O altă piedică pentru a primi botezul pot fi anumite frici, care vor cere ceva mai mult de la viaţa de credinţă pe care o trăieşti; o dată ce primeşti botezul, demonstrezi public ceea ce deja ai decis în interior.

O dată ce demonstrezi public că eşti creştin, va fi şi nevoie să trăieşti ca un creştin.

"Pe când îşi urmau ei drumul, au dat peste o apă. Şi famenul a zis: "Uite apă; ce mă împiedică să fiu botezat? Filip a zis: "Dacă crezi din toată inima, se poate." Famenul a răspuns: "Cred că Isus Hristos este Fiul lui Dumnezeu". A poruncit să stea carul, s-au pogorât amândoi în apă, şi Filip a botezat pe famen.

Când au ieşit afară din apă, Duhul Domnului a răpit pe Filip, şi famenul nu l-a mai văzut. În timp ce famenul îşi vedea de drum, plin de bucurie...(Faptele apostolilor 8:35;39).

Textul arată că credinţa personală în Domnul Isus a fost condiţia de bază pentru famen ca să fie botezat de

Filip şi doar atunci când el singur, personal, cu gura proprie, a mărturisit credinta sa în Domnul Isus şi a cerut să fie botezat, aceasta s-a întâmplat.

Botezul este un moment important, şi trebuie să conştientizezi de ce faci acest pas. Este porunca Lui Isus şi ceea ce aduce botezul de multe ori este creşterea spre maturitate în Isus.

Botezul nu e ultimul pas în viaţa spirituală, ci aş spune că este al doilea. Primul este credinţa, al doilea botezul, iar al treilea şi toate celelalte sunt viaţa de ucenicie.

„Cei ce au primit propovăduirea lui au fost botezaţi; şi în ziua aceea, la numărul ucenicilor s-au adăugat aproape trei mii de suflete" (Faptele apostolilor 2:41).

Odată ce ai acceptat planul Lui Dumnezeu de mântuire, adică de salvare, eşti liber faţă de păcatele care te ţineau odată rob, eşti liber să ai o relaţie personală cu Dumnezeu. Într-un cuvânt, eşti un om fericit.

Relaţia pe care ai început-o cu Dumnezeu trebuie întreţinută prin comunicare: El îţi vorbeşte în fiecare zi prin Cuvântul Său, Biblia, iar tu îi vei vorbi zilnic prin rugăciune.

Fără citirea Bibliei şi rugăciune pierzi legătura cu Dumnezeu şi pierzi astfel puterea de a te împotrivi lucrurilor care îţi fac rău.

Studierea Bibliei te va ajuta să descoperi principiile după care trebuie să-ţi ghidezi viaţa. Cât despre momentele de slăbiciune, când firea ta pământească, păcătoasă îşi va mai face simţită prezenţa, ai o promisiune:

"Copilaşilor, vă scriu aceste lucruri ca să nu păcătuiți, dar, dacă cineva a păcătuit, avem la Tatăl un Mijlocitor, pe Isus Hristos, Cel neprihănit: 1 Ioan 2:1

"Poți găsi iertare la Dumnezeu prin rugăciune, dar nu glumi cu păcatul pentru că lucrul acesta va duce la moarte spirituală și la nefericire.

Rămâi unit cu Dumnezeu și El va câștiga biruința prin tine asupra oricărui lucru rău!"

Priviți exemplele care ne arată că botezul se poate realiza numai și numai după ce omul a crezut în Hristos urmând-L printr-o trăire în ascultare și dedicare pentru Dumnezeu.

(Faptele apostolilor 2:38,41,42) "S-au pocăit, au crezut și abia după ce au fost botezați și toți stăruiau în Învățătura apostolilor".

(Faptele apostolilor 8:12) "Au crezut și abia după au fost botezați".

(Faptele apostolilor 8:37-38) "Famenul a crezut în Fiul Lui Dumnezeu și abia după a fost botezat".

(Faptele apostolilor 9:18) "Apostolul Pavel a crezut și abia după a fost botezat".

(Faptele apostolilor 10:43-48) "Corneliu și cei din casa lui au crezut și abia după au fost botezați".

(Faptele apostolilor 16:14-15) "Dumnezeu i-a deschis inima Lidiei, a crezut și abia după a fost botezată".

(Faptele apostolilor 16:31-33) "Temnicerul și toată casa lui au crezut în Domnul Hristos și abia după au fost botezați".

(Faptele apostolilor 18:8) "Ucenicii au crezut în Hristos și abia după au fost botezați".

Nu există nici un timp de așteptare în practica

primilor creștini, între momentul în care au înțeles Evanghelia și botez, între momentul în care au crezut în Hristos și botez, nu vedem nici un timp de așteptare.

Nu există nici un pasaj ca să ne arate un moment de așteptare între convertire și botez.

Ce se întâmplă cu cei care au înțeles Evanghelia și vor să fie botezați imediat, dar sunt respinși pe baza pretextului că trebuie să mai aștepte trei-șase luni pentru pregătire?!

Ca să îl supui pe om la o așteptare de luni întregi, când el e pregătit să se boteze și zice că a în-țeles Evanghelia, s-a pocăit și vrea să fie botezat și să nu îl botezi, este un mare păcat. Întâlnim cazuri în care cei ce au o boală gravă și cer să fie botezați sunt respinși ca să mai aștepte câteva luni!

Acești lideri, care resping să boteze noii convertiți care cu adevărat au primit Duhul Sfânt, nu au suport biblic. Totuși aceștia sunt respinși pe baza că așa vor unii conducători religioși sau așa e tradiția lor, spunându-le să mai aștepte, dar conform spuselor apostolului Petru în Faptele apostolilor 10:47: "Se poate opri apa ca să nu fie botezați aceștia, care au primit Duhul Sfânt ca și noi?" Răspunsul este nu, nu se cade să fie oprită apa, dar totuși unii îi opresc pe alții să se boteze, cu toate că aceștia au Duhul Sfânt și au fost schimbați. Famenul din Faptele apostolilor 8:36 care spune: "Uite apa, ce mă împiedică să fiu botezat?"

Cu toate că Filip a botezat imediat pe famenul care a crezut cu adevărat în Hristos Domnul, totuși sunt unii care resping botezul unora pe baza că nu au pregătire, lucru nebiblic.

Uneori, este utilă pregătirea pentru botez, ca oamenii să fie cercetați, învățați, conștientizați și formați, ca, nu cumva, dintr-un impuls, produs de anturaj sau dintr-o împingere de la spate, să își dorească să se boteze fără să înțeleagă Evanghelia și fără să-L fi primit pe Domnul Isus ca Domn și Mântuitor.

Filip nu a așteptat să-l mai cunoască pe famen, ci l-a botezat când l-a văzut pe acesta hotărât pentru a încheia un legământ cu Domnul Isus. La fel a făcut și Petru. (Faptele apostolilor 10:47).

Ioan Botezătorul cerea și era necesar ca cei botezați să se fi pocăit de păcate și de vechea viață. "Faceți, dar, roade vrednice de pocăința voastră" (Matei 3:8).

Firea pământească trebuie răstignită la cruce împreună cu Hristos, prin credința în El așa cum scrie în Romani 6:6-13." Știm bine că omul nostru cel vechi a fost răstignit împreună cu El, pentru ca trupul păcatului să fie dezbrăcat de puterea lui, în așa fel ca să nu mai fim robi ai păcatului.

" În Romani 6:4 spune: "Noi deci, prin botezul în moartea Lui, am fost îngropați împreună cu El, pentru ca, după cum Hristos a înviat din morți, prin slava Tatălui, tot așa și noi să trăim o viață nouă.

" Galateni 3:27: "Toți care ați fost botezați pentru Hristos v-ați îmbrăcat cu Hristos."

În timpul lui Ioan Botezătorul, al Domnului nostru Isus Hristos și al apostolilor, s-a botezat numai prin scufundare. Cel ce primea botezul și cel ce boteza, coborau în apă.

Astfel s-a întâmplat și la botezul Lui Isus Hristos:

"De îndată ce a fost botezat, Isus a ieşit afară din apă" (Matei 3:16).

Un botez în care cel ce primeşte botezul nu intră în apă pentru a fi botezat prin scufundare, urmând să iasă apoi afară din apă, nu este botezul Lui Hristos, nici al apostolilor, un astfel de botez nu este botezul biblic.

Aceste două pasaje ne arată că botezul biblic trebuie realizat prin scufundare în apă şi nu stropire sau turnare cu apă.

Faptele apostolilor 8:39 şi Matei 3:16: ei tocmai au ieşit afară din apă. Cuvântul "ieşit" ne arată că cei botezaţi au ieşit de sub scufundarea din apă, nu de sub stropirea sau turnarea cu apă.

Stropirea se face cu mâinile sau alte obiecte de stropit, iar turnarea se face cu cana sau cu un vas pentru turnat, lucruri nebiblice pe care mulţi le practică.

Botezul, prin semnificaţia lui din limba greacă, înseamnă a „scufunda în apă", nicidecum stropire sau turnare.

Botezul ilustrează identitatea creştinului cu moartea şi învierea Sa în Hristos la o nouă viaţă. (Romani 6:3-4).

Acţiunea de scufundare în apă ilustrează moartea şi îngroparea creştinului împreună cu Hristos faţă de lume şi păcat. El exemplifică părăsirea vieţii vechi şi explică schimbarea radicală a omului născut din nou.

Tâlharul de pe cruce s-a pocăit de păcate atunci când a zis :"Pentru noi este drept, căci primim răsplata cuvenită pentru fărădelegile noastre,, şi a şi crezut în Isus Hristos, când a zis "Doamne, adu-Ţi aminte de mine, când vei veni în Împărăția Ta!"(Luca 23:41-43).

Nu actul botezului iartă păcatele, o relatare în acest sens avem în Sfânta Scriptură cu tâlharul de pe cruce, iar pasajul a fost lăsat ca să ne arate că la iertarea de păcate nu contribuie botezul, ci numai Isus Hristos. Tâlharul nu a fost botezat în apă, dar totuși a fost mântuit de către Domnul Isus.

Deci, botezul este un act de ascultare față de Dumnezeu și nu un act de iertare de păcate precum spune și în 1 Petru 3:21"…botezul, care nu este o curățare de intonațiuni trupești, ci mărturia unui cuget curat înaintea Lui Dumnezeu, prin învierea Lui Isus Hristos.

Singurul care poate să ierte păcatele este doar Isus Hristos. Sângele Domnului Hristos ne curăță de orice păcat, nu apa.

Hristos schimbă inima omului, iar omul având natura Duhului Sfânt tânjește după voia Lui Dumnezeu și după sfințenie.

"În El avem răscumpărarea, prin sângele Lui, iertarea păcatelor, după bogățiile harului Său."(Efeseni 1:7)

"Dar, dacă umblăm în lumină, după cum El însuși este în lumină, avem părtășie unii cu alții; și sângele Lui Isus Hristos, Fiul Lui, ne curăță de orice păcat". (1 Ioan 1:7)

Dacă ne mărturisim păcatele, El este credincios și drept ca să ne ierte păcatele și să ne curețe de orice nelegiuire.

Cei care sunt născuți din Duhul Sfânt și cer botezul, să şi fie botezaţi. Îndemnarea Domnului Hristos pentru orice om este ca după ce a primit Duhul Sfânt şi a fost schimbat, acesta să intre în apa botezului mărturisind asta cu toată fiinţa lui.

Botezul a avut loc în toate cazurile din Biblie în public, ca sa aibă martori văzuţi şi nevăzuţi şi ca să slujească drept mărturie pentru Domnul Hristos.

Botezul Lui Isus a avut loc în public, făcându-l cunoscut pe Hristos ca Mesia, Mielul Lui Dumnezeu care ridică păcatul lumii şi, totodată, ca Unicul Fiu al Lui Dumnezeu.

Ioan 1:29: "A doua zi, Ioan a văzut pe Isus venind la el şi a zis: „Iată Mielul Lui Dumnezeu care ridică păcatul lumii!"

Botezul era şi este un act de ascultare. Din momentul în care te-ai unit cu Hristos, primul lucru pe care trebuie să-l comunici public este intrarea în apă. Este una din ocaziile în care omul zice public "Doamne, te ascult şi te urmez până la sfârşitul vieţii".

Dovada ascultării este botezul, sfinţenia şi o trăire în curăţie. Apostolul Pavel a scris către Biserica din Efes: „un singur Domn, o singură credinţă, un singur botez" (Efeseni 4:4,5).

Astăzi există multe orientări de credinţă, diferite feluri de botezuri şi, tot aşa, există diferite cunoştinţe despre Domnul. Dar mărturia unitară şi armonioasă a Scripturii, în ce priveşte botezul, nu poate fi trecută cu vederea.

Învăţăturile stabilite la început, în timpul creştinismului primar, este modelul unic valabil, atâta timp cât Biserica Domnului nostru este pe pământ.

Dacă oamenii întreabă astăzi, ca în ziua întâi de Rusalii, ce trebuie să facă pentru a fi mântuiți, atunci trebuie să le dăm același răspuns: „ Pocăiți-vă și fiecare din voi să fie botezat în Numele lui Isus Hristos, spre iertarea păcatelor voastre, apoi veți primi darul Duhului Sfânt "(Faptele apostolilor 2:38).

Aici trebuie să ne întrebăm ce este o învățătură falsă, ce este corect și ce este fals? „Așa vorbește Domnul: "Stați în drumuri, uitați-vă și întrebați care sânt cărările cele vechi, care este calea cea bună: umblați pe ea, și veți găsi odihnă pentru sufletele voastre!" (Ieremia 6:16).

ADUCEREA AMINTE
✳✳✳

Trăim într-un timp în care oamenii au cam uitat de Dumnezeu și Legea Lui. Cele 10 Porunci sunt date atât pentru evrei cât și pentru neamuri.

Cele 10 Porunci le-a dat Dumnezeu poporului Israel la scurt timp după scoaterea lor din Egipt.

Primele patru porunci fac referire la relația noastră cu Dumnezeu, iar celelalte șase porunci vizează relația noastră cu semenii nostri.

Următoarele Zece Porunci le găsim în Biblie în Exod 20:1-17, și Deuteronom 5:6;21.

Atunci Dumnezeu a rostit toate aceste cuvinte și a zis:

*   1. „Eu sunt Domnul, Dumnezeul tău, care te-a scos din țara Egiptului, din casa robiei. Să nu ai alți dumnezei afară de Mine".

*   2. „Să nu-ți faci chip cioplit, nici vreo înfățișare a lucrurilor care sunt sus în ceruri, sau jos pe pământ, sau în apele mai de jos de cât pământul. Să nu te închini înaintea lor, și să nu slujești; căci Eu, Domnul, Dumnezeul tău, sunt un Dumnezeu gelos, care pedepsesc nelegiuirea părinților în copii până la al treilea și al patrulea neam al celor ce Mă urăsc, și Mă îndur până la al miilea neam de cei ce Mă iubesc și păzesc poruncile Mele".

*   3. "Să nu iei în deșert Numele Domnului,

Dumnezeului tău; căci Domnul nu va lăsa nepedepsit pe cel ce va lua în deșert Numele Lui".

• 4. "Adu-ți aminte de ziua de odihnă, ca s-o sfințești. Să lucrezi șase zile, și să-ți faci lucrul tău. Dar ziua a șaptea este ziua de odihnă închinată Domnului, Dumnezeului tău să nu faci nici o lucrare în ea, nici tu, nici fiul tău, nici fiica ta, nici robul tău, nici roaba ta, nici vita ta, nici străinul care este în casa ta.

Căci în șase zile a făcut Domnul cerurile, pământul și marea, și tot ce este în ele, iar în ziua a șaptea S-a odihnit, de aceea a binecuvântat Domnul ziua de odihnă și a sfințit-o".

Aceasta este singura poruncă care începe cu: "Adu-ți aminte." E ciudat, dar este porunca pe care oamenii au uitat-o. Dumnezeu spune că trebuie să ne-o amintim.

• 5. „Cinstește pe tatăl tău și pe mama ta, pentru ca să ți-se lungească zilele în țara, pe care ți-o dă Domnul, Dumnezeul tău".

• 6. „Să nu ucizi."

• 7. „Să nu preacurvește.

• 8. „Să nu furi."

• 9. „Să nu mărturisești strâmb împotriva aproapelui tău."

• 10. „Să nu poftești casa aproapelui tău; să nu poftești nevasta aproapelui tău, nici robul lui, nici roaba lui, nici boul lui, nici măgarul lui, nici vreun alt lucru, care este al aproapelui tău."

Prin Isus este clarificată relația noastră cu Legea Lui Dumnezeu.

„Să nu credeţi că am venit să stric Legea sau Proro-cii; am venit nu să stric, ci să împlinesc. Căci adevărat vă spun, câtă vreme nu va trece cerul şi pământul, nu va trece o iotă sau o frântură de slova din Lege, înainte ca să se fi întâmplat toate lucrurile"(Matei 5:17,18).

Legea Lui Dumnezeu ne oferă direcţia potrivi-tă. Datoria noastră este să ascultam de Legea Lui Dumnezeu. „Să ascultăm dar încheierea tuturor în-văţăturilor: Teme-te de Dumnezeu şi păzeşte porun-cile Lui. Aceasta este datoria oricărui om "(Eclesias-tul 12:13).

Este oare necesar să ţinem toate poruncile?

„Căci, cine păzeşte toată Legea şi greşeşte într-o singură poruncă, se face vinovat de toate. Căci, Cel ce a zis: "Să nu preacurveşti", a zis el: "Să nu ucizi." Acum, dacă nu preacurveşti, dar ucizi, te faci călcător al Legii (Iacov 2:10,11).

Care este scopul Legii?

„Căci nimeni nu va fi socotit neprihănit înaintea Lui, prin faptele Legii, deoarece prin Lege vine cunoştinţa deplină a păcatului "(Romani 3:20).

Suntem oare mântuiţi prin ţinerea Legii?

"Unde este dar pricina de laudă? S-a dus. Prin ce fel de lege? A faptelor? Nu; ci prin legea credinţei. Pentru că noi credem că omul este socotit nepri-hănit prin credinţă, fără faptele Legii. Sau, poate, Dumnezeu este numai Dumnezeul Iudeilor? Nu, este şi al Neamurilor? Da, este şi al Neamurilor; deoarece Dumnezeu este unul singur şi El va socoti nepri-hăniţi, prin credinţă, pe cei tăiaţi împrejur, şi tot prin credinţă şi pe cei netăiaţi împrejur. Deci, prin credinţă desființăm noi Legea? Nicidecum. Dimpotrivă, noi întărim Legea" (Romani 3:27-31).

"În nimeni altul nu este mântuire: căci nu este supt cer nici un alt Nume dat oamenilor, în care trebuie să fim mântuiți"(Faptele Apostolilor 4:12).

Legea ne arată păcatul. Nu poți ști ce este păcatul dacă nu e o lege care să-ți spună. "Prin Lege vine cunoștința deplină a păcatului" (Romani 3:20).

"Păcatul nu l-am cunoscut decât prin Lege. De pildă, n-aș fi cunoscut pofta, dacă Legea nu mi-ar fi spus: "Să nu poftești!" (Romani 7:7).

Legea ne spune că noi suntem păcătoși și avem nevoie de Harul Lui Hristos. Unii oameni nu au plăcere să știe că sunt păcătoși. Ei spun că Legea este înlăturată. Am auzit spunându-se: "Nu mă voi coborî să țin legea veche. Dar ascultați ce spune apostolul Pavel: "Așa că Legea, negreșit, este sfântă și porunca este sfântă, dreaptă și bună." (Romani 7:12).

Pavel nu a respins Legea. El spunea că este sfântă, dreaptă și bună. Legea are un rol important în mântuire. Ea arată că suntem păcătoși și avem nevoie de mântuire. Dacă n-ar fi Legea, n-ar exista nici un păcătos .

Este Legea înlăturată, dată la o parte?

"Unde nu este o lege, acolo nu este nici călcare de lege" (Roman 4:15).

Nu suntem mântuiți prin ținerea Legii, dar Legea ne arată nevoia noastră de Hristos care ne mântuiește prin Harul Său.

Dumnezeu ne dă o ilustrație minunată despre scopul Legii. "Fiți împlinitori ai Cuvântului, nu numai ascultători, înşelându-vă singuri.

Căci dacă ascultă cineva Cuvântul şi nu-l împline-şte cu fapta, seamănă cu un om, care îşi priveşte faţa firească într-o oglindă; şi, după ce s-a privit, pleacă şi uită îndată cum era.

Dar cine îşi va adânci privirile în legea desăvârşită, care este legea slobozeniei şi va stărui în ea, nu ca un ascultător uituc, ci ca un împlinitor cu fapta, va fi fericit în lucrarea lui."(Iacov 1:22-25).

Dumnezeu spune că Legea este ca o oglindă. Scopul Legii este să ne arate păcatul, ne spune ce este păcatul.

Când noi descoperim că suntem păcătoşi, trebuie să mergem la Isus Hristos pentru a fi curăţiţi în sânge-le Lui.

Aceasta este calea prin care omul poate fi mântuit.

Legea arată urgenta necesitate de curăţire, dar nu-mai Isus poate să cureţe şi să mântuiască pe om de păcat.

Poate cineva încă mai spune: "Acea lege veche a fost înlăturată. Nu trebuie să mai ţinem Sabatul."

Dacă legea care conţine Sabatul a fost înlăturată, aceasta este legea celor Zece Porunci.

Dacă o poruncă este distrusă, toate cele zece sunt distruse. Atunci eu pot să mă închin la chipuri, să în-jur, să înşel, să fur, să mint, să ucid şi să comit adulter.

"O, nu", spun ei, un creştin nu va face aceste lucruri.""Bine, dar aţi spus că Legea a fost înlăturată la cruce." Nu, înţelesul este altul", spun ei.

Când ei vorbesc despre Sabat, ei spun că Legea este înlăturată, dar când sunt implicate celelalte nouă porunci, ei spun că acestea încă sunt în vigoare și e nevoie de ele.

Nici o biserică nu o să spună: Trebuie să țineți numai nouă porunci. "Căci, cine păzește toată Legea și greșește într-o singură poruncă, se face vinovat de toate." (Iacov 2:10).

Trebuie să ținem toate cele Zece Porunci, dacă nu, este ca și cum n-am ține nici una din ele. Legea nu a fost distrusă. Iată ce spune Isus în Matei 5:17: "Să nu credeți că am venit să stric Legea sau Proorocii; am venit nu să stric, ci să împlinesc.

Isus continuă în Matei 5:18: „Căci adevărat vă spun, câtă vreme nu va trece cerul și pământul, nu va trece o iotă sau o frântură de slovă din Lege, înainte ca să se fi întâmplat toate lucrurile."

Ce spune Domnul în Proverbe 28:9: „Dacă cineva își întoarce urechea ca să n-asculte legea, chiar și rugăciunea lui este o scârbă." Nu este vorba de cei ce nu cunosc Legea.

"Dumnezeu nu ține seama de vremurile de neștiință, și poruncește acum tuturor oamenilor de pretutindeni să se pocăiască"(Faptele Apostolilor 17:30).

"Cunoaștem că iubim pe copiii Lui Dumnezeu prin aceea că iubim pe Dumnezeu și păzim poruncile Lui.

Căci dragostea de Dumnezeu stă în păzirea poruncilor Lui. Și poruncile Lui nu sunt grele."(1 Ioan 5:2,3). "Și prin aceasta știm că Îl cunoaștem, dacă păzim poruncile Lui."

Cine zice: "Îl cunosc" și nu păzește poruncile Lui, este un mincinos și adevărul nu este în el." (1Ioan 2:3-4).

"Dacă Mă iubiți, veți păzi poruncile Mele. "(Ioan 14:15).

Legea va fi standardul pentru judecată a Lui Dumnezeu. "Aici este răbdarea sfinților, care păzesc poruncile Lui Dumnezeu și credința Lui Isus" (Apocalipsa 14:12).

Legea și credința merg împreună. Legea Lui Dumnezeu este ca un lanț cu zece zale. Dacă distrugi o singură zală, ai distrus tot lanțul.

Singurele cuvinte pe care le-a scris Dumnezeu în Biblie au fost Cele Zece Porunci. "Și Domnul a scris pe table cuvintele legământului, cele zece porunci" (Exodul 34:28).

"Și Domnul v-a vorbit din mijlocul focului; voi ați auzit sunetul cuvintelor Lui, dar n-ați văzut nici un chip, ci ați auzit doar un glas. El Și-a vestit legământul Său, pe care v-a poruncit să-l păziți, Cele Zece Porunci; și le-a SCRIS pe două table de piatră" (Deuteronom 4:12-13).

Singurul pasaj din Biblie scris cu însuși degetul Lui Dumnezeu. Primele patru porunci arată iubirea noastră față de Dumnezeu. Ultimele șase porunci arată iubirea noastră față de oameni.

Mulți oameni calcă Sabatul și spun că este bine. Ei calcă una din poruncile care arată iubirea față de Dumnezeu. Dar cum știm că suntem păcătoși și avem nevoie să fim salvați? Legea ne spune:

Și după ce suntem salvați, ținem Legea din iubire pentru că este scrisă în inimile noastre.

Isus a ținut Legea și El locuiește în noi. „Am fost răstignit împreună cu Hristos și trăiesc…. dar nu mai trăiesc eu, ci Hristos trăieşte în mine. Şi viaţa, pe care o trăiesc acum în trup, o trăiesc în credinţa în Fiul Lui Dumnezeu, care m-a iubit şi S-a dat pe Sine Însuşi pentru mine"(Galateni 2:20).

Noi nu putem să ne închipuim că Isus ar locui în inima unui călcător de Lege. Isus ne spune în Ioan 15:10: "Dacă păziţi poruncile Mele, veţi rămâne în dragostea Mea, după cum şi Eu am păzit poruncile Tatălui Meu şi rămân în dragostea Lui."

Vrei să rămâi în dragostea Lui Isus? Atunci păzeşte poruncile Lui.

Biblia ne arată starea nenorocită a celor ce refuză să ţină poruncile după ce ei ştiu că trebuie să le ţină. "Căci, dacă păcătuim cu voia, după ce am primit cunoştinţa adevărului, nu mai rămâne nici o jertfă pentru păcate, ci doar o aşteptare înfricoşată a judecaţii şi văpaia unui foc, care va mistui pe cei răzvrătiţi"(Evrei 10:26-27).

El a murit în locul meu! Pentru că Îl iubesc, vreau să ascult de El. Isus Îşi întinde braţele iubitoare şi spune: "Vino la Mine şi vei găsi odihnă; vino şi primeşte mântuirea." Dar El de asemenea pledează: "Dacă Mă iubiţi, veţi păzi poruncile Mele."

Isus Hristos S-a supus Tatălui Său. Isus Hristos a fost exemplul suprem de supunere faţă de Tatăl nostru Ceresc. El a spus: „M-am pogorât din cer ca să fac nu voia Mea, ci voia Celui ce M-a trimis" (Ioan 6:38).

Întreaga Sa viaţă a fost devotată supunerii faţă de Tatăl Său, deşi nu I-a fost întotdeauna uşor. El a fost ispitit în toate lucrurile ca şi ceilalţi muritori (Evrei 4:15). În Grădina Ghetsimani, El S-a rugat spunând:

„Tată, dacă este cu putință, depărtează de la Mine paharul acesta! Totuși, nu cum voiesc Eu, ci cum voiești Tu" (Matei 26:39).

Deoarece Isus S-a supus voinței Tatălui în toate lucrurile, El a făcut ca salvarea să fie posibilă pentru noi toți.

Acum să detaliem cele 10 Porunci:

"SĂ NU AI ALȚI DUMNEZEI AFARĂ DE MINE".

În porunca întâi, Dumnezeu ne amintește că este Făcătorul nostru, Stăpânul nostru și Tatăl nostru ceresc.

De aceea trebuie să-L cinstim și să-I dăm slavă.

Noi Îl cinstim pe Dumnezeu dacă credem în Cuvântul Lui, dacă Îl iubim mai presus de toate, și Îi slujim ca singurului Stăpân împlinind poruncile Sale.

Aceasta poruncă ne învață că Dumnezeul cel din ceruri este adevăratul și singurul Dumnezeu, Căruia I se cuvine slujirea și slava dumnezeiască și oprește închinarea la alți dumnezei (idoli).

Omul trebuie să creadă, să nădăjduiască și să-L iubească pe Dumnezeu mai presus de orice. Trebuie să avem credință, nădejde și dragoste, și să fim într-o legătură strânsă și continuă cu Dumnezeu.

"SĂ NU-TI FACI CHIP CIOPLIT, NICI VREO ÎNFĂȚIȘARE A LUCRURILOR CARE SUNT SUS ÎN CERURI, SAU JOS PE PĂMÂNT, SAU ÎN APELE MAI DE JOS DECÂT PĂMÂNTUL.

SĂ NU TE ÎNCHINI ÎNAINTEA LOR ŞI SĂ NU
SLUJEŞTI; CĂCI EU, DOMNUL, DUMNEZEUL
TĂU, SUNT UN DUMNEZEU GELOS, CARE
PEDEPSESC NELEGIUIREA PĂRINŢILOR
ÎN COPII PÂNĂ LA AL TREILEA ŞI LA AL
PATRULEA NEAM AL CELOR CE MĂ URĂSC,
ŞI MĂ ÎNDUR PÂNĂ LA AL MIILEA NEAM DE
CEI CE MĂ IUBESC ŞI PĂZESC PORUNCILE
MELE".

Porunca a doua învaţă creştinul că nu trebuie să se
închine la idoli, adică la lucruri făcute de mâini ome-
neşti sau la alte făpturi ale Lui Dumnezeu.

Creştinii nu se mai gândesc astăzi la zei, adică la
idoli, aşa cum credeau unele popoare din vechime.

Dar cuvântul "idol" mai înseamnă şi alte lucruri,
de pildă patimă, poftă şi lăcomia numită de Apostolul
Pavel "închinare la idoli" (Coloseni 3:5); tot aseme-
nea mâncărurile şi băuturile, căci dumnezeul lacomu-
lui este pântecele (Filipeni 3:19). Deci, banii, mân-
carea, hainele şi alte lucruri care ar face pe credincios
rob al lor, pot fi considerate pe bună dreptate ca idolii
lui.

Omul trebuie să iubească pe Dumnezeu mai pre-
sus de orice. Nu cumva prin cinstirea şi închinarea la
icoane creştinii calcă porunca aceasta?

Da, este păcat să te închini la icoane, după cum
Domnul a zis să te închini Lui singurului Dumnezeu!

"Sunt ruşinaţi toţi cei ce slujesc icoanelor şi care
se fălesc cu idolii, toţi dumnezeii se închină înaintea
Lui" (Psalmul 97, 7). Doresc să scot în evidenţă cât

de absurd şi ridicol este omul care îşi confecţionează singur dumnezeii. Profetul Isaia surprinde în cuvinte simple, dar ironice, "procesul tehnologic" al acestei industrii: "Meşterul toarnă idolul şi argintarul îl îmbracă cu aur şi-i toarnă lănţişoare de argint. Iar cine este sărac, alege ca dar un lemn care nu putrezeşte; îşi caută un meşter iscusit care să facă un idol care să nu se clatine" (Isaia 40: 19-20).

Ridicolul în care poate cădea omul, în dorinţa lui de a-şi vedea dumnezeul, de a-l simţi material lângă sine şi de a-l atinge, reiese şi dintr-un alt pasaj al cărţi lui Isaia:

"Din acelaşi lemn pe care-l pune pe foc pentru a se încălzi sau a-şi pregăti hrana, meşterul îşi face un dumnezeu căruia i se închină, fără să fie conştient de absurditatea gestului său" (Isaia 44:13-20).

"Nici unul nu intră în sine însuşi, şi n-are nici minte, nici pricepere să-şi zică: Am ars o parte din el în foc, am copt pâine pe cărbuni, am fript carne şi am mâncat-o: şi să fac din cealaltă parte o scârbă? Să mă închin înaintea unei bucăţi de lemn?

El se hrăneşte cu cenuşă, inima lui amăgită îl duce în rătăcire, ca să nu-şi mântuiască sufletul şi să nu zică:" N-am oare o minciună în mână?" (Isaia 44:19,20).

„Fiindcă n-aţi văzut nici un chip în ziua când v-a vorbit Domnul din mijlocul focului, la Horeb, vegheaţi cu luare aminte asupra sufletelor voastre, ca nu cumva să vă stricaţi, şi să vă faceţi un chip cioplit, sau o înfăţişare a vreunui idol sau chipul vreunui om sau chipul vreunei femei, sau chipul vreunui dobitoc de pe pământ, sau chipul vreunei păsări care zboară în ceruri, sau chipul vreunui dobitoc care se târâște pe pământ, sau chipul vreunui pește care trăiește în apele dedesubtul pământului.

Veghează asupra sufletului tău, ca, nu cumva, ridicându-ți ochii spre cer și văzând soarele, luna și stelele, toată oștirea cerurilor, să fii târât să te închini înaintea lor și să le slujești: căci acestea sunt lucruri pe cari Domnul, Dumnezeul tău, le-a făcut și le-a împărțit ca să slujească tuturor popoarelor, sub cerul întreg" (Deuteronom 4:15-19).

În acest pasaj este spus clar cine se include în chipul cioplit. După cum bine vedem este vorba și despre chipul unui bărbat sau chipul unei femei.

Chiar dacă nu suntem așa de idolatori încât să ne închinăm la dobitoace și păsări, totuși, unii oamenii se închină la chipuri de bărbați și femei care pot fi găsite din abundență oriunde și anume icoanele.

"Dar țara lor este plină și de idoli, căci se închină înaintea lucrării mâinilor lor, înaintea lucrurilor făcute de degetele lor". (Isaia 2:8)

"Omul va trebui să-și plece în jos privirea semeață și îngâmfarea lui va fi smerită: numai Domnul va fi înălțat în ziua aceea". (Isaia 2:11).

"În ziua aceea, oamenii își vor arunca idolii de argint și idolii de aur pe care și-i făcuseră ca să se închine la ei, îi vor arunca la șobolani și la lilieci; și vor intra în găurile stâncilor și în crăpăturile pietrelor, de frica Domnului și de strălucirea măreției Lui, când Se va scula să îngrozească pământul.

Nu vă mai încredeți, dar, în om, în ale cărei nări nu este decât suflare: căci ce preț are el?" (Isaia 2:20-22).

Cei ce fac idoli, toţi sunt deşertăciune şi cele mai frumoase lucrări ale lor nu slujesc la nimic.

Ele înşală mărturisesc lucrul acesta: n-au nici vedere, nici pricepere, tocmai ca să rămână de ruşine.

Cine este acela care să fi făcut un dumnezeu sau să fi turnat un idol şi să fi tras vreun folos din el!?

Iată, toţi închinătorii lor vor rămâne de ruşine, căci înşişi meşterii lor nu sunt decât oameni; să se strângă cu toţii, să se înfăţişeze, şi tot vor tremura cu toţii şi vor fi acoperiţi de ruşine.

"Fierarul face o secure, lucrează cu cărbuni, şi o făţuieşte şi-i dă un chip cu lovituri de ciocan şi o lucrează cu puterea braţului; dar, dacă-i este foame, este fără vlagă; dacă nu bea apă, este sleit de puteri.

Lemnarul întinde sfoara, face o trăsătură cu creionul, făţuieşte lemnul cu o rindea şi-i însemnează mărimea cu compasul; face un chip de om, un frumos chip omenesc, ca să locuiască într-o casă" (Isaia 44:9-13).

"Toţi sunt ruşinaţi şi uluiţi, toţi pleacă plini de ocară, făuritorii idolilor". (Isaia 45:16).

"Cu cine Mă veţi pune alături ca să Mă asemănaţi? Cu cine Mă veţi asemăna şi Mă veţi potrivi?

Ei varsă aurul din pungă şi cântăresc argintul în cumpănă; tocmesc un argintar să facă un dumnezeu din ele şi se închină şi îngenunchează înaintea lui.

Îl poartă, îl iau pe umăr, îl pun la locul lui; acolo rămâne, şi nu se mişcă din locul lui. Apoi strigă la el, dar nu răspunde, nici nu-i scapă din nevoie.

Ţineţi minte aceste lucruri şi fiţi oameni! Veniţi-vă în fire, păcătoşilor" (Isaia 46:5-8).

"Vor da înapoi, vor fi acoperiţi de ruşine cei ce se încred în idoli ciopliţi şi zic idolilor turnaţi: "Voi sunteţi dumnezeii noştri!" (Isaia 42:17).

"Veţi socoti ca spurcate argintul care vă acoperă idolii şi aurul cu care sunt poleite chipurile turnate. Ca pe o necurăţie le vei arunca şi le vei zice: "Afară cu voi de aici!" (Isaia 30:22).

"Îmi voi rosti judecăţile împotriva lor, din pricina întregii lor răutăţi, pentru că M-au părăsit şi au adus tămâie altor dumnezei şi s-au închinat înaintea lucrării mâinilor lor" (Ieremia 1:16).

"Copiii strâng lemne, părinţii aprind focul, şi femeile frământă plămădeala ca să pregătească turte împărătesei cerului şi să toarne jertfe de băutură altor dumnezei ca să Mă mânie.

Pe Mine Mă mânie ei oare, zice Domnul; nu pe ei înşişi, spre ruşinea lor?" (Ieremia 7:18-19)

"Atunci orice om se vede cât este de prost cu ştiinţa lui, orice argintar rămâne ruşinat de chipurile lui cioplite; căci idolii lui nu sunt decât minciună şi n-au nicio suflare în ei! Sunt o nimica toată şi o lucrare de râs: când le vine pedeapsa, pier cu desăvârşire!" (Ieremia 51:17-18).

"Toţi laolaltă sunt proşti şi fără minte, ştiinţa idolilor nu este decât deşertăciune, e lemn!

Ei aduc din Tarsis foiţe de argint şi aur din Ufaz; meşterul şi mâna argintarului le pun în lucru; hainele acestor dumnezei sunt de materii vopsite în albastru şi în purpură, toate sunt lucrate de meşteri iscusiţi". (Ieremia 10:8-9)

"Dimpotrivă, iată cum să vă purtaţi cu ele: să le

surpaţi altarele, să le sfărâmaţi stâlpii idoleşti, să le tăiaţi pomii închinaţi dumnezeilor lor şi să ardeţi în foc chipurile lor cioplite". (Deuteronom 7:5).

"Să nu vă întoarceţi spre idoli şi să nu vă faceţi dumnezei turnaţi. Eu sunt Domnul Dumnezeul vostru". (Levitic 19:4).

"Dacă cineva se duce la cei ce cheamă pe morţi şi la ghicitori, ca să curvească după ei, Îmi voi întoarce faţa împotriva omului aceluia şi-l voi nimici din mijlocul poporului lui". (Levitic 20:6).

"Să nu vă duceţi la cei ce cheamă duhurile morţilor, nici la vrăjitori: să nu-i întrebaţi, ca să nu vă spurcaţi cu ei. Eu sunt Domnul Dumnezeul vostru". (Levitic 19:31)

"Dumnezeul nostru este în cer, El face tot ce vrea.

Idolii lor sunt argint şi aur, făcuţi de mâini omeneşti.

Au gură, dar nu vorbesc, au ochi, dar nu văd, au urechi, dar n-aud, au nas, dar nu miros, au mâini, dar nu pipăie, picioare, dar nu merg; nu scot nici un sunet din gâtlejul lor.

Că ei sunt cei ce-i fac, toţi cei ce se încred în ei"(Psalmi 115:3-8).

"La ce ar putea folosi un chip cioplit, pe care-l cioplește lucrătorul? La ce ar putea folosi un chip turnat care învaţă pe oameni minciuni, pentru ca lucrătorul care l-a făcut să-şi pună încrederea în el, pe când el făureşte numai nişte idoli muţi?

Vai de cel ce zice lemnului: "Scoală-te", şi unei pietre mute: "Trezeşte-te!" Poate ea să dea învăţătură? Iată că este împodobită cu aur şi argint, dar în ea nu este un duh care s-o însufleţească.

Domnul însă este în Templul Lui cel sfânt. Tot pământul să tacă înaintea Lui!" (Habacuc 2:18-20).

Pe când spunea Isus aceste vorbe, o femeie din norod și-a ridicat glasul și a zis: "Ferice de pântecele care Te-a purtat și de țâțele pe care le-ai supt!" Și El a răspuns:

"Ferice mai degrabă de cei ce ascultă Cuvântul Lui Dumnezeu și-L păzesc!" (Luca 11:27-28).

"Dar vine ceasul, și acum a și venit, când închinătorii adevărați se vor închina Tatălui în duh și în adevăr; fiindcă astfel de închinători dorește și Tatăl. Dumnezeu este Duh; și cine se închină Lui trebuie să I se închine în duh și în adevăr." (Ioan 4:23-24).

"Căci este un singur Dumnezeu și este un singur mijlocitor între Dumnezeu și oameni: Omul Isus Hristos, care S-a dat pe Sine însuși ca preț de răscumpărare pentru toți; faptul acesta trebuia adeverit la vremea cuvenită, și propovăduitorul și apostolul Lui am fost pus eu, spun adevărul în Hristos, nu mint, ca să învăț pe Neamuri credința și adevărul" (1 Timotei 2:5-7).

"Nimeni să nu vă răpească premiul alergării, făcându-și voia lui însuși, printr-o smerenie și închinare la îngeri, amestecându-se în lucruri pe care nu le-a văzut, umflat de o mândrie deșartă, prin gândurile firii lui pământești, și nu se ține strâns de Capul din care tot trupul, hrănit și bine închegat, cu ajutorul încheieturilor și legăturilor, își primește creșterea pe care i-o dă Dumnezeu". (Coloseni 2:18-19).

Fiindcă, măcar că au cunoscut pe Dumnezeu, nu L-au proslăvit ca Dumnezeu, nici nu I-au mulțumit; ci s-au dedat la gândiri deșarte, și inima lor fără pricepere s-a întunecat. S-au fălit că sunt înțelepți, și au înne-bunit; și au schimbat slava Dumnezeului nemuritor într-o icoană care seamănă cu omul muritor, păsări, dobitoace cu patru picioare și târâtoare. (Romani 1:21-23)...căci au schimbat în minciună adevărul Lui Dumnezeu și au slujit și s-au închinat făpturii în lo-cul Făcătorului, care este binecuvântat în veci! Amin (Romani 1:25).

"Eu, Ioan, am auzit și am văzut lucrurile acestea. Și, după ce le-am auzit și le-am văzut, m-am aruncat la picioarele îngerului care mi le arăta, ca sa mă închin lui. Dar el mi-a zis: "Ferește-te să faci una ca aceas-ta! Eu sunt un împreună slujitor cu tine și cu frații tăi, prorocii, și cu cei ce păzesc cuvintele din cartea aceasta. Închină-te Lui Dumnezeu"(Apocalipsa 22:8-9).

"A Împăratului veșniciilor, a nemuritorului, nevăzu-tului și singurului Dumnezeu, să fie cinstea și slava în vecii vecilor! Amin"(1Timotei 1:17).

"Vrednic ești Doamne și Dumnezeul nostru, să primești slava, cinstea și puterea, căci Tu ai făcut toate lucrurile și prin voia Ta stau în ființă și au fost făcute!" (Apocalipsa 4:11).

"De aceea, preaiubiții mei, fugiți de închinarea la idoli" (1Corinteni 10:14).

"Copilașilor, păziți-vă de idoli. Amin"(1Ioan 5:21).

"Și toți îngerii stăteau împrejurul scaunului de dom-nie, împrejurul bătrânilor și împrejurul celor patru făpturi vii. Și s-au aruncat cu fețele la pământ în fața scaunului de domnie, și s-au închinat Lui Dumnezeu, și au zis: "Amin.

A Dumnezeului nostru să fie lauda, slava, înțelep-
ciunea, mulțumirile, cinstea, puterea și tăria, în vecii
vecilor! Amin." (Apocalipsa 7:11-12)

"Deci, cât despre mâncarea lucrurilor jertfite
idolilor, știm că în lume un idol este totuna cu nimic
și că nu este decât un singur Dumnezeu. Căci chiar
dacă ar fi așa numiți "dumnezei" fie în cer, fie pe
pământ (cum și sunt în adevăr mulți "dumnezei" și
mulți "domni"), totuși pentru noi nu este decât un sin-
gur Dumnezeu: Tatăl, de la care vin toate lucrurile și
pentru care trăim și noi, și un singur Domn: Isus Hris-
tos, prin care sunt toate lucrurile, și prin El și noi".
(1Corinteni 8:4-6)

Așadar toți cei ce vă închinați la idoli (icoane,
moaște, sfinți și orice fel de obiecte făcute de om) în-
toarceți-vă de la aceste fapte de idolatrie, dați-I Slavă
și închinați-vă singurului Dumnezeu adevărat!!

**"SĂ NU IEI ÎN DEȘERT NUMELE DOMNU-
LUI, DUMNEZEULUI TĂU; CĂCI DOMNUL
NU VA LĂSA NEPEDEPSIT PE CEL CE VA LUA
ÎN DEȘERT NUMELE LUI".**

Numele Lui Dumnezeu se poate lua în deșert
în multe chipuri, dar cele mai răspândite sunt:
purtarea necuviincioasă în biserică, înjurături, ble-
steme, făgăduințe neîmplinite, călcarea jurământului
cu știință și voință, cârtirea împotriva Cuvântului Lui
Dumnezeu, jurământul mincinos, folosirea numelui
Lui Dumnezeu fără evlavie și cinste în convorbiri
frecvente de ex: „Isuse!" sau "Dumnezeule!", este

păcat pentru că Dumnezeu este Sfânt, şi nu trebuie să pronunţăm cu uşurinţă în convorbirile noastre obişnuite Numele Lui!!

Este păcat să facem rugăciunile formale, fără evlavie şi atenţie.

Cei ce trăiesc în chip făţarnic, arătându-se credincioşi şi evlavioşi doar de ochii lumii, şi nu-şi arată din fapte credinţa lor, doar mărturisesc că sunt credincioşi, dar faptele lor sunt departe de credinţa mărturisită Îl iau pe Dumnezeu în deşert. "Dar Eu vă spun: Să nu vă juraţi nicidecum; nici pe cer, pentru că este scaunul de domnie al Lui Dumnezeu; nici pe pământ, pentru că este aşternutul picioarelor Lui; nici pe Ierusalim, pentru că este cetatea marelui Împărat.

Să nu juri nici pe capul tău, căci nu poţi face un singur păr alb sau negru. Felul vostru de vorbire să fie: "Da, da; nu, nu"; ce trece peste aceste cuvinte, vine de la cel rău" (Matei 5:34-37).

"Dacă faci o juruinţă Domnului, Dumnezeului tău, să nu pregeţi s-o împlineşti; căci Domnul, Dumnezeul tău, iţi va cere socoteală, şi te vei face vinovat de un păcat.

Dacă te fereşti să faci o juruinţă, nu faci un păcat.

Dar să păzeşti şi să împlineşti ce-ţi va ieşi de pe buze, şi anume juruinţele pe care le vei face de bună voie Domnului, Dumnezeului tău, şi pe care le vei rosti cu gura ta. " (Deuteronom 23:21-23).

"Dacă ai făcut o juruinţă Lui Dumnezeu, nu zăbovi s-o împlineşti, căci Lui nu-I plac cei fără minte; de aceea împlineşte juruinţa, pe care ai făcut-o. Mai bine să nu faci nici o juruinţă, decât să faci o juruinţă, şi să n-o împlinești."(Ecclesiastul 5:4,5).

Porunca a treia ne cheamă la reverență, la respect față de tot ce e legat de Numele sfânt al Lui Dumnezeu.

Îngerii ființe cerești care zboară cu viteza gândului și care excelează în slavă și putere își acoperă fața cu aripile lor atunci când rostesc Numele sfânt al Lui Dumnezeu.

Dacă suntem candidați ai Împărăției cerurilor, acolo unde Numele Lui Dumnezeu e rostit cu cea mai mare reverență, atunci trebuie să învățăm încă de aici această prețioasă lecție.

Generația noastră este pe cale să piardă una din cele mai nobile moșteniri ale umanității: respectul față de sacru.

Pericolul zilelor noastre este acela de a nu mai face diferența între sacru și secular, între ceea ce este sfânt și ceea ce nu este sfânt. Această poruncă nu condamnă doar hula, blestemele și înjurăturile, cazuri evidente de lipsă de respect sfânt. Expresia „a lua în deșert,, înseamnă a nesocoti, a lua în râs, fără rost, Numele Lui Dumnezeu.

Porunca a treia vizează viața de zi cu zi a omului, cuprinzând în primul rând vorbirea, dar și viața practică: gesturi, fapte, atitudini, obiceiuri.

Fără să ne dăm seama, uneori, putem călca porunca a treia în zeci și sute de moduri posibile. Este vorba de blasfemia de fiecare zi, aceea din conversațiile, uneori nostime, în care suntem angrenați, dar și aceea din faptele pe care le facem fără să ne dăm seama că ele aduc dezonoare Numelui Lui Dumnezeu.

„Când serafimii ființe cerești pline de slavă și

putere își acoperă fața când rostesc Numele sfânt al Lui Dumnezeu, cum poate omul păcătos și lipsit de slavă să rostească cu atâta ușurătate și neglijență acest Nume ?" (Isaia 6:2,3).

„Mai mult decât atât, Domnul ne avertizează că „ în ziua judecații oamenii vor da socoteală de orice cuvânt nefolositor pe care-l vor fi rostit" (Matei 12:36).

Folosirea, în limbajul obișnuit, a unor expresii ca: „Dumnezeule!", „ce Dumnezeu !" sau „pentru Numele Lui Dumnezeu !", fără să fim în dialog cu El în rugăciune nu este recomandată.

Repetarea excesivă a Numelui Lui Dumnezeu în rugăciune. "Când vă rugați, să nu bolborosiți aceleași vorbe, ca păgânii, cărora li se pare că, dacă spun o mulțime de vorbe, vor fi ascultați. Să nu vă asemănați cu ei, căci Tatăl vostru știe de ce aveți trebuință mai înainte ca să cereți voi"(Matei 6:7,8).

Lipsa de respect în biserică prin râsete, șoapte, glume, aluzii grosolane sau priviri cu înțeles sunt alte greșeli ce pot fi comise. Din nefericire, biserica a devenit pentru unii creștini un club de socializare, o sală obișnuită de adunare publică, un loc de întâlnire socială. Dacă dorim ca Mântuitorul să vină în mijlocul bisericii Sale, atunci trebuie să acordăm respectul cuvenit locului în care este chemat Numele sfânt al Lui Dumnezeu.

Porunca a treia poate fi încălcată și prin gestul de a ne servi de Numele Lui Dumnezeu pentru a ne satisface vanitatea. Când omul își atribuie gloria și lauda ce I se cuvin doar Lui Dumnezeu, fără să-și dea seama de cele mai multe ori, el ia în deșert Numele Lui.

Lipsa de respect față de „ziua Domnului", față de Cuvântul Său, Biblia, precum și față de slujitorii Lui Dumnezeu din biserica Sa, încălcarea cuvântului dat, neglijarea de a împlini o promisiune făcută, încălcarea unui legământ făcut înaintea Lui Dumnezeu, încălcarea oricărei alte porunci din Decalog reprezintă, în același timp, și o călcare a poruncii a treia. Principiul interacțiunii între poruncile Decalogului este enunțat clar de apostolul Iacov:

„Căci cine păzește toata Legea și greșește într-o singură poruncă, se face vinovat de toate" (Iacov 2:10).

Porunca a treia nu are de-a face doar cu vorbirea, ci cu întreaga viață a omului: gândire, intenții, vorbire, fapte și obiceiuri. Să nu se facă Jurământ fals, mincinos! „Să nu jurați strâmb pe Numele Meu, căci ai necinsti astfel Numele Dumnezeului tău. Eu sunt Domnul" (Levitic 19:12).

Poate că cel mai grav aspect al călcării poruncii a treia îl reprezintă ceea ce azi numim, în limbaj modern, furtul de identitate.

În societatea modernă, furtul de identitate este un fenomen obișnuit. Nu ne mira să auzim că o persoană s-a folosit de numele, identitatea, influența, documentele și autoritatea altei persoane, în propriul interes, fără să aibă dreptul acesta. Nimeni nu s-ar simți bine să afle că numele lui, documentele sale, influența sa și tot ce aparține de viața lui privată, au fost folosite de altcineva, în propriul interes, fără să aibă acordul său.

Porunca a treia ne avertizează să fim atenți cum folosim Numele Lui Dumnezeu, semnul identității Sale.

Când un om devine creştin, el ia asupra Lui Numele Lui Hristos şi, ca o consecinţă, tot ce va spune şi va face din acel moment, va fi spus şi făcut în Numele Lui Dumnezeu.

Când un om, deşi poartă Numele Lui Hristos asupra sa, împrumută identitatea Mântuitorului! Dacă nu trăieşte viaţa Lui, acest fapt reprezintă o încălcare a poruncii a treia. Înţelegem de aici că porunca a treia nu se referă doar la vorbire, ci la întreaga viaţă a omului, în toată complexitatea ei.

O să vă istorisesc o poveste reală, adevărată! S-a întâmplat în anul 2005 în localitatea Campinas, Brazilia.

Un grup de prieteni beţi au luat în drum o altă prietenă.

Mama fetei a însoţit-o până la maşină şi, îngrijorată de starea în care se aflau prietenii ei, i-a spus, ţinând-o de mănă pe fiica ei ce se aşezase deja în maşină: „ Fiica mea, mergi cu Dumnezeu şi fie ca El să te apere."

Răspunsul fetei a fost: „Poate doar dacă El, Dumnezeu, merge în portbagaj, pentru că aici, înăuntru…e deja plin."

Peste câteva ore, a sosit vestea că tinerii au fost implicaţi într-un accident mortal. Toţi au murit, maşina era de nerecunoscut şi nu se mai putea spune nici măcar ce marcă de maşină fusese. Însă, în mod surprinzător, portbagajul era intact. Politia a declarat că nu vedea în ce mod a putut rămâne intact portbagajul.

Spre surprinderea lor, în portbagaj, au găsit un carton cu ouă, iar ouăle erau toate întregi !

Candidatul la funcția de președinte al Braziliei, Tancredo Neves, a declarat în timpul campaniei prezidențiale că dacă ar obține 500 000 de voturi, nici Dumnezeu nu l-ar putea îndepărta de la președinție.

El a reușit să obțină voturile, însă cu o zi înainte de a deveni președinte, s-a îmbolnăvit și a murit...

Constructorul Titanicului, întrebat despre cât de sigur este vasul, a răspuns pe un ton ironic: „Nici chiar Dumnezeu nu-L poate scufunda."

Ceea ce s-a întâmplat cu Titanicul în noaptea dintre 14 și 15 aprilie 1912, știm cu toții... Lista poate continua...

Ceea ce s-a amintit din trista istorie umană a răzvrătirii împotriva Lui Dumnezeu este însă suficient ca să dăm deplină dreptate Cuvântului Lui Dumnezeu care ne avertizează cu toată seriozitatea și dragostea: „ Nu vă înșelați: Dumnezeu nu se lasă să fie batjocorit. Ceea ce seamănă omul, aceea va și secera" (Galateni 6:7).

Biblia ne spune că: „În nimeni altul nu este mântuire și nu este sub cer nici un alt Nume dat oamenilor, în care trebuie să fim mântuiți." (Faptele Apostolilor 4:12).

Se ridică o întrebare firească: dacă acest singur Nume prin care putem fi mântuiți este desconsiderat, luat în deșert, calomniat, defăimat și neglijat, atunci care nume din lumea aceasta ne-ar mai putea mântui? Niciunul! De aceea, „să nu iei în deșert Numele Domnului, Dumnezeului tău..."

"ADU-ȚI AMINTE DE ZIUA DE ODIHNĂ, CA S-O SFINȚEȘTI. SĂ LUCREZI ȘASE ZILE, ȘI SĂ-ȚI FACI LUCRUL TĂU. DAR ZIUA A ȘAPTEA ESTE ZIUA DE ODIHNĂ ÎNCHINATĂ DOMNULUI, DUMNEZEULUI TĂU: SĂ NU FACI NICI O LUCRARE ÎN EA, NICI TU, NICI FIUL TĂU, NICI FIICA TA, NICI ROBUL TĂU, NICI ROABA TA, NICI VITA TA, NICI STRĂINUL CARE ESTE ÎN CASA TA. CĂCI ÎN ȘASE ZILE A FĂCUT DOMNUL CERURILE, PĂMÂNTUL ȘI MAREA, ȘI TOT CE ESTE ÎN ELE, IAR ÎN ZIUA A ȘAPTEA S-A ODIHNIT: DE ACEEA A BINECUVÂNTAT DOMNUL ZIUA DE ODIHNA ȘI A SFINȚIT-O".

Singura poruncă pe care noi am uitat-o spune: "Adu-ți aminte." E ciudat, dar aceasta este singura poruncă pe care oamenii au uitat-o.

Dumnezeu știa că oamenii vor uita de Sabatul Său, așa că El a început această poruncă, cu expresia "Adu-ți aminte." Dumnezeu spune că trebuie să ne-o amintim.

Această poruncă învață două lucruri și anume: datoria muncii în timpul celor șase zile ale săptămânii și datoria de a sărbători ziua a șaptea, ca zi de odihnă, închinată Domnului. Munca este o datorie pentru fiecare creștin, după cum spune și apostolul Pavel:

"Dacă cineva nu vrea să lucreze, acela nici să nu mănânce" (2 Tesaloniceni 3:10).

Dumnezeu a dat omului porunca muncii încă de la început, când l-a așezat în grădina Edenului "ca s-o lucreze și s-o păzească" (Geneza 2:15).

Aceasta înseamnă că omul avea îndatorirea să muncească și înainte de căderea în păcat; firește că munca aceea nu era deloc obositoare și grea; totuși, era o îndatorire de viață. Însă, după săvârșirea păcatului strămoșesc, când puterile omului au slăbit și pământul a fost blestemat din pricina păcatului, munca s-a făcut mai cu greutate, omul trebuind să-și câștige pâinea vieții sale "în sudoarea feței" (Geneza 3:19).

Este lesne de înțeles că, din pricina asprimii ei, munca n-a fost făcută cu plăcere. Lumea din vechile timpuri căuta să scape de ea, o privea ca o înjosire, se rușina de ea și o lăsa pe seama sclavilor.

Învățătura creștină a schimbat părerea din vechime asupra muncii și a ridicat-o, din nou, la cinstea dată ei de Dumnezeu.

După tradiția creștină, Mântuitorul Însuși a lucrat până la vârsta de 30 de ani în atelierul de tâmplărie, iar pe ucenicii Săi și i-a ales dintre pescarii de pe marginea lacului Ghenizaret, care erau muncitori. De altfel, Sfânta Scriptură este plină de pilde îndemnătoare la muncă:

"Leneșul nu-și frige vânatul, dar comoara de preț a unui om este munca." (Proverbe 12:27). Potrivit Cuvântului Mântuitorului: "vrednic este lucrătorul de plata sa" (Luca 10:7).

Munca este o îndatorire de viață, dar grija pentru mântuirea sufletului este datoria cea mai mare a creștinului. "Căci ce-i folosește omului să câștige lumea întreagă, dacă-și pierde sufletul?" (Marcu 8,

36).

Într-o lume din ce în ce mai agitată, în care rezistența noastră fizică și psihică este testată până la limită, avem nevoie de odihnă. Cunoscând aceasta nevoie a omului, Creatorul a rânduit, încă de la începuturile existenței omenirii, o zi săptămânală de odihnă, în care ființa umană să se reculeagă, să-și evalueze drumul parcurs, să se orienteze și, mai ales, să-și împrospăteze relațiile cu cei din jur și cu Dumnezeu.

Biblia ne descoperă faptul că Sabatul (în ebraică Sabat = zi de odihnă) a fost dat omului înainte de căderea în păcat și cu mult înainte de nașterea poporului evreu, el fiind un memorial al Creațiunii.

"În ziua a șaptea Dumnezeu Și-a sfârșit lucrarea, pe care o făcuse; și în ziua a șaptea S-a odihnit de toată lucrarea Lui pe care o făcuse. Dumnezeu a binecuvântat ziua a șaptea și a sfințit-o, pentru că în ziua aceea S-a odihnit de toată lucrarea Lui, pe care o zidise și o făcuse."(Geneza 2:2,3).

Din pasajul biblic citat, amintesc trei amănunte importante: în ziua a șaptea Dumnezeu Și-a sfârșit lucrarea; El a binecuvântat Sabatul; El a sfințit Sabatul, l-a pus deoparte pentru un scop sfânt.

De aici rezultă două consecințe la fel de importante: Sabatul este universal, nu a fost dat unui singur om sau popor, ci întregii omeniri.

"Așa vorbește Domnul: "păziți ce este drept, și faceți ce este bine; căci mântuirea Mea este aproape să vină și neprihănirea Mea este aproape să se arate.

Ferice de omul care face lucrul aceasta, și de fiul omului care rămâne statornic în el, păzind Sabatul, ca să nu-l pângărească, şi stăpânindu-şi mâna, ca să nu facă nici un rău!" (Isaia 56:1,2).

Sabatul este veşnic, fiind dat înainte de căderea omului în păcat, când nu exista moarte.

Sabatul este o sărbătoare veşnică pentru toate generaţiile de oameni care urmau să trăiască pe pământ.

"Rămâne dar o odihnă ca cea de Sabat pentru poporul Lui Dumnezeu."(Evrei 4:9).

„Sabatul este independent de Planul de Mântuire, urmând să fie serbat şi pe Noul Pământ, după încheierea acestuia."(Isaia 66:22,23).

Ziua de odihnă săptămânală (ziua a şaptea, sâmbăta) a fost dată omului cu mai multe scopuri:

Ca memorial al Creaţiunii. Fiecare zi de Sabat ne reaminteşte că marea varietate a vieţii animale şi vegetale, împreună cu tot ce e frumos în natură, reprezintă opera Creatorului (Exod 20:11; Psalm 11:4).

Ca semn de identificare prin care omul îşi recunoaşte Creatorul, iar Dumnezeu Îşi recunoaşte poporul Său (Exod 31:13-17; Ezechiel 20:12-21).

Ca zi de cult şi comuniune (Isaia 56:6-7;66:23).

Ca simbol al loialităţii faţă de Dumnezeu (Exod 16:4,23:30).

Ca pregustare a odihnei mântuirii (Evrei 4:9:11).

Sabatul a fost făcut pentru om, omenire, nu pentru evrei: (Marcu 2:27,28).

Existenţa ciclului săptămânal încă de la începuturile istoriei(Geneza 8:10;12;).

Ce ne spune Biblia despre păzirea Sabatului în Noul Testament?

Mântuitorul S-a declarat pe Sine "Domn al Sabatului": (Marcu 2:28).

El lua parte după obiceiul Său la serviciile divine în sinagogă, în Sabat (Luca 4:16).

I-a învățat și i-a vindecat pe oameni în Sabat (Luca 4:31); (Matei 12:10,13).

A fost preocupat ca urmașii Săi să păzească Sabatul și după înălțarea Sa la cer (Matei 24:20).

Apostolii au continuat să păzească Sabatul după înălțarea Mântuitorului la cer (Faptele Apostolilor 13:14 ,44;16:13; 17:2;18:4).

Spre sfârșitul primului secol, scriind cartea Apocalipsei, apostolul Ioan vorbește de "ziua Domnului" (Apocalipsa 1:10).

Dacă Isus se declară pe Sine "Domn al Sabatului" (Marcu 2:28), e numai firesc să înțelegem că "ziua Domnului" la care face referire Ioan este Sabatul, ziua a șaptea a săptămânii.

De reținut este faptul că Sabatul a fost instituit de la Creațiune, nu a fost doar pentru evrei, este memorialul Creațiunii, închinarea către Creator.

"Dumnezeu a creat cerul și pământul. Pământul era pustiu și gol; peste fața adâncului de ape era întuneric și Duhul Lui Dumnezeu se mișca pe deasupra apelor. Dumnezeu a zis: "să fie lumină. Și a fost lumină. Astfel a fost o seara și apoi a fost o dimineață; aceasta a fost ziua întâi."(Geneza 1-5).

"Și șase zile a făcut Domnul cerurile, pământul și marea, și tot ce este în ele..."(Exod 20:11).

"În ziua a șaptea Dumnezeu Și-a sfârșit lucrarea, pe care o făcuse; și în ziua a șaptea S-a odihnit.. "Dumnezeu a binecuvântat ziua a șaptea și a sfințit-o."(Geneza 2:2,3).

"Da, El a binecuvântat, și eu nu pot întoarce "
(Numeri 23:20) sau poți?

Cum a avut loc schimbarea?

Convert's Cathechism of Catholic Doctrine
afirmă: "Noi sărbătorim Duminica în locul Sâmbe-
tei, deoarece Biserica Catolică, în Conciliul de la
Laodiceea a transferat solemnitatea de la Sâmbătă
la Duminică."

Dar Dumnezeu a spus: "să n-adăugați nimic la
cele ce vă poruncesc eu, și să nu scădeți nimic din ele;
ci să păziți poruncile Domnului, Dumnezeului vostru,
așa cum vi le dau eu."(Deuteronom 4:2).

**Există măcar o referință biblică ce justifică
schimbarea?**

Nicăieri în Biblie nu scrie că Legea Lui Dumnezeu
a fost sau poate fi schimbată. Dacă nu există nici o
referință scripturală, sub ce autoritate a fost Sabatul
schimbat?

În Catehismul doctrinal la pagina 174 Stephern
Keenan a scris:

"Dacă biserica catolică nu ar fi avut o astfel
de putere, nu ar fi putut face schimbarea la care
toate religiile moderne aderă și anume nu ar fi pu-
tut înlocui sărbătorirea Sabatului zilei a șaptea cu
sărbătoarea Duminicii, prima zi a săptămânii, o
schimbare pentru care nu există nici o autoritate
scripturală."

„Totul a pornit de la început. Dumnezeu a instituit Sabatul la Creație. A binecuvântat și a sfințit ziua a șaptea.

Acesta este singurul motiv pentru care sunt șapte zile într-o săptămână. (Geneza 2:2,3).

„Dumnezeu a cerut de la Moise și copiilor lui Israel să țină legea Sabatului Său înainte ca El să le dea cele 10 Porunci (Exod 16:4;26:30).

Dumnezeu a consolidat cele 10 Porunci în piatră, cu degetul Său de două ori, pentru a le mări prioritatea divină morală. El a accentuat amintirea sărbătorii zilei a șaptea ca Sabat (Exod 20:8-11).

Isus, Regele regilor și Domnul Domnilor, ne-a oferit un exemplu, în timp ce era pe pământ ca Fiu al omului. A făcut un obicei din a ține fiecare Sabat prin participarea la serviciul de închinare (Luca 4:16).

Isus a zis că El nu a venit să distrugă Legea, ci să o împlinească în cel mai înalt sens spiritual. A subliniat că "nici o iotă sau o frântură de slovă din Lege" nu va trece până când cerul și pământul nu vor trece. (Matei 5:17,18).

Apostolii au ținut Sabatul după Crucificarea Lui Isus, chiar cu riscul de a amâna înmormântarea Domnului lor. (Luca 23:56).

Pavel și ceilalți Apostoli au ținut Sabatul sfânt atât cu evreii cât și cu neamurile (Faptele Apostolilor 13:14,42, 44;16:13;18:4).

Nicăieri în Noul Testament nu scrie că Sabatul zilei a șaptea ar fi fost eliminat sau schimbat.

"Sfințiți Sabatele Mele, căci ele sunt un semn între

Mine şi voi, ca să ştiţi că Eu sunt Domnul, Dumne-zeul vostru!" (Ezechiel 20:20).

"Trebuie să ascultăm mai mult de Dumnezeu decât de oameni!"(Faptele apostolilor 5:29).

În cea de a patra poruncă din cele 10, Dumnezeu ne-a poruncit să respectăm Sabatul zilei a şaptea ca fiind ziua Sa cea sfântă. El nu i-a poruncit nimănui, nicicând să păstreze vreo altă zi ca pe o zi săptămânală sfântă. Nu este nici o dovadă scripturală pentru sărbă-torirea duminicii ca zi de odihnă; dimpotrivă: "Singu-ra poruncă pe care oamenii au uitat-o este şi singura care începe cu "Adu-ţi aminte", pentru că Dumnezeu ştia că, cândva această poruncă va fi uitată. "Adu-ti aminte de ziua sabatului, ca s-o sfinţeşti" (Exod 20:8).

Confesiunile creştine recunosc că nu există vreo referinţă scripturală pentru păzirea zilei de Duminică:

Dr.E.T.Hiscox autorul Manualului Baptist:
"Este foarte clar că oricât de strict sau devotat petrecem duminica, nu păzim Sabatul."

Dr.R.W.Dale.Cele 10 porunci, Episcopal:
"Am făcut schimbul, de la ziua a şaptea a săptămânii la prima zi, de la Sâmbătă la Duminică, sub autoritatea singurei biserici sfinte, apostolice şi catolice a Lui Hristos.

Episcop Seymour. De ce păzim duminica!
Duminica este instituită de biserica roma-no-catolică, şi cei care ţin aceasta zi ţin o poruncă a bisericii catolice.

Făcându-se închinarea în ziua de duminică, se ține o lege a bisericii catolice.

Sabatul este o zi foarte importantă pe care au uitat-o aproape toți, este uluitor că doar o parte din oameni sunt informați despre această zi.

Obiceiul Domnului Isus era să Se închine în Sabat: "A venit în Nazaret, unde fusese crescut; și, după obiceiul Său, în ziua Sabatului, a intrat în sinagogă și S-a sculat să citească" (Luca 4:16).

A șaptea zi a săptămânii nu este duminica, cum cred mulți, ci a șaptea zi a săptămânii este sâmbăta.

Observați din textul din Scriptură că Sabatul este ziua dinaintea primei zile a săptămânii: "Ziua a șaptea este ziua de odihnă închinată Domnului Dumnezeului tău."(Exodul 20:10).

"După ce a trecut ziua Sabatului,... în ziua dintâi a săptămânii, s-au dus la mormânt dis de dimineață, pe când răsărea soarele." (Marcu 16:1,2).

Este absolut imposibil ca oricare poruncă din Legea morală a lui Dumnezeu să se schimbe. Toate cele 10 porunci sunt obligatorii astăzi. Isus a spus: "Este mai lesne să treacă cerul și pământul decât să cadă o singură frântură de slovă din Lege."(Luca 16:17).

Dumnezeu a spus: "nu-Mi voi călca legământul, și nu voi schimba ce a ieșit de pe buzele Mele"(Psalmii 89:34).

Observați că Cele 10 Porunci au ieșit de pe buzele Lui Dumnezeu. Da, cartea Faptele Apostolilor ne arată clar că Pavel și Biserica primară respectau Sabatul: "Pavel și tovarășii lui au intrat în ziua Sabatului în sinagogă şi au şezut jos" (Faptele apostolilor 13:13, 14).

"Pavel vorbea în sinagogă în fiecare zi de Sabat, şi îndupleca pe Iudei şi pe Greci"(Faptele apostolilor 18:4).

Apostolii Bisericii Nou Testamentele timpurii nu numai că se supuneau poruncii Sabatului, dar şi învăţau Neamurile convertite să se închine în Sabat.

Nici măcar o dată nu au făcut referinţă la ziua de duminică ca la o zi sfântă.

Dumnezeu a poruncit: "Ferice de omul care păzeşte Sabatul, ca să nu-l pângărească." "Şi pe străinii, care se vor lipi de Domnul ca să-Î slujească ...şi pe toţi cei ce vor păzi Sabatul, ca să nu-l pângărească, şi vor stărui în legământul Meu îi voi aduce la muntele Meu cel sfânt, şi-i voi umplea de veselie în Casa Mea de rugăciune ... căci Casa Mea se va numi o casă de rugăciune pentru toate popoarele."(Isaia 56:2, 6,7).

Apostolii au învăţat: "Când au ieşit afară din sinagogă, Neamurile i-au rugat să le vorbească şi în Sabatul viitor despre aceleaşi lucruri." "În Sabatul viitor, aproape toată cetatea s-a adunat ca să audă Cuvântul lui Dumnezeu." (Fapte 13:42,44,).

Femeile care au venit să ungă trupul mort al lui Hristos, au păstrat Sabatul. Isus a murit "în ziua dinaintea Sabatului" (Marcu 15:37, 42), care se numeşte acum Vinerea Mare... Femeile au pregătit mirodenii şi miruri să ungă trupul Său, apoi "în ziua Sabatului, s-au odihnit, după Lege." (Luca 23:56).

Doar "după ce a trecut ziua Sabatului" (Marcu 16:1) femeile au venit "în ziua dintâi a săptămânii"

(Marcu 16:2) să-şi continue lucrarea lor tristă. Ele au văzut că "Isus a înviat, în dimineaţa zilei dintâi a săptămânii" (versetul 9) care este în mod obişnuit denumită Duminica Învierii.

Biblia ne învaţă că oamenii răscumpăraţi din toate timpurile vor păstra Sabatul pe Noul Pământ.

"Căci după cum cerurile cele noi şi pământul cel nou, pe cari le voi face, vor dăinui înaintea Mea, zice Domnul, aşa va dăinui şi sămânţa voastră şi numele vostru.

În fiecare lună nouă şi în fiecare Sabat, va veni orice făptură să se închine înaintea Mea, zice Domnul"(Isaia 66:22, 23).

Biblia vorbeşte despre "Ziua Domnului" în Apocalipsa 1:10, deci Domnul are o zi specială. Dar nici un verset din Biblie nu se referă la duminică spunând că este Ziua Domnului. Biblia identifică Sabatul ca fiind Ziua Domnului.

Singura zi pe care Dumnezeu a binecuvântat-o vreodată şi a numit-o zi sfântă este Sabatul zilei a şaptea:

"Dacă Sabatul va fi desfătarea ta, ca să sfinţeşti pe Domnul."(Isaia 58:13). "Căci Fiul omului este Domn şi al Sabatului." (Matei 12:8).

Oameni, induşi în eroare în trecutul îndepărtat, au făcut cunoscut că ziua sfântă a Lui Dumnezeu a fost schimbată, din Sabat în duminică. Dumnezeu a prezis că acest lucru se va întâmpla şi aşa s-a şi întâmplat.

Această eroare a fost preluată de generaţiile noastre ca fiind o realitate evanghelică.

Păzirea duminicii este o tradiţie a oamenilor induşi în eroare şi încalcă Legea lui Dumnezeu care

porunceşte păzirea Sabatului. Dumnezeu a binecu-
vântat Sabatul, iar atunci când Dumnezeu binecu-
vântează nici un om "nu poate întoarce."(Numeri
23:20).

"Şi se va încumeta să schimbe vremile şi legea."(Dan-
iel 7:25)

"Aţi desfiinţat astfel cuvântul lui Dumnezeu în folo-
sul datinii voastre.""Degeaba Mă cinstesc ei, învăţând
ca învăţături nişte porunci omeneşti."(Matei 15:6,9).

"Preoţii lui calcă Legea Mea." "Proorocii lui au
pentru ei tencuieli de ipsos... zicând: Aşa vorbeşte
Domnul, Dumnezeu! şi Domnul nu le-a vorbit!"(Eze-
chiel 22:26,28).

Dumnezeu le-a interzis oamenilor, în mod clar şi
categoric să schimbe Legea Sa prin ştergerea sau
adăugarea vreunui pasaj.

Să te atingi de Legea sfântă a Lui Dumnezeu, în orice
mod, este unul din lucrurile cele mai înfricoşătoare şi
periculoase, pe care le-ar putea face cineva. "Orice
cuvânt al Lui Dumnezeu este încercat... N-adăuga
nimic la cuvintele Lui, ca să nu te pedepsească şi să
fii găsit mincinos." (Proverbele 30:5,6).

Dumnezeu a creat Sabatul ca un semn cu două
semnificaţii: este un semn că El a creat lumea în
şase zile prporiu-zise, de 24 de ore şi este de aseme-
nea un semn al atotputerniciei Lui Dumnezeu de a-i
răscumpăra şi de a-i sfinţi pe oameni.

Negreşit, orice creştin va iubi Sabatul, ca pe un semn
preţios al Creaţiei şi răscumpărării (Exodul 31:13,17;
Ezechiel 20:12,20).

Dumnezeu spune că toţi acei ce vor să fie binecuvântaţi, trebuie mai întâi să-şi oprească piciorul în ziua Sabatului.

"Le-am dat şi Sabatele Mele, să fie ca un semn între Mine şi ei, pentru ca să ştie că Eu sunt Domnul, care-i sfinţesc." (Ezechiel 20:12).

Călcarea deliberată a oricărei porunci din Cele Zece Porunci este un păcat. Creştinii vor urma cu bucurie exemplul Lui Hristos în păzirea Sabatului. Singura noastră siguranţă este de a studia cu sârguinţă Biblia, "împărţind drept cuvântul adevărului." (2 Timotei 2: 15).

Trebuie să avem aprobarea Bibliei pentru orice practică creştină pe care o urmăm."Păcatul este fărădelege."(1 Ioan 3:4).

Fiindcă şi Hristos a suferit pentru voi şi v-a lăsat o pildă, ca să călcaţi pe urmele Lui."(1 Petru 2:21). "S-a făcut, pentru toţi cei ce-L ascultă, urzitorul unei mântuiri veşnice."(Evrei 5:9).

Prin ignorarea deliberată a adevăratului Sabat al Lui Dumnezeu, liderii religioşi Îl ofensează pe Dumnezeul cerurilor. Milioane de oameni au fost greşit îndrumaţi în această privinţă.

Isus i-a condamnat pe farisei pentru că pretindeau că-L iubesc pe Dumnezeu în timp ce ignorau una din Cele Zece Porunci prin tradiţia lor" (Marcu 7:7-13).

Fără îndoială, Sabatul este Sabatul tău. Dumnezeu l-a făcut pentru tine şi dacă tu Îl iubeşti îl vei păstra, pentru că este una din poruncile Lui. Dragostea fără păzirea poruncilor nu înseamnă deloc dragoste (1 Ioan 2:4). "Dacă Mă iubiţi, veţi păzi poruncile Mele."(Ioan 14:15).

"Aşa că fiecare din noi are să dea socoteală despre sine însuşi lui Dumnezeu."(Romani 14:12).

"Ferice de cei ce îşi spală hainele, ca să aibă drept la pomul vieţii, şi să intre pe porţi în cetate!" (Apocalipsa 22:14).

"Aici este răbdarea sfinţilor, care păzesc poruncile lui Dumnezeu."(Apocalipsa 14:12).

Biblia ne învaţă că fiecare zi începe la apusul soarelui şi se sfârşeşte tot la apusul soarelui (Geneza 1:5,8,13,19,23, 31 Leviticul 23:32), deci o zi începe mai întâi cu partea întunecată din cele 24 de ore. Aşa că Sabatul începe vineri seara la apusul soarelui şi se sfârşeşte sâmbătă seara la apusul soarelui.

Cum a avut loc schimbarea?

Din timpul apostolilor până la împăratul roman Constantin cel Mare, creştinii au serbat Sabatul (sâmbăta) ca zi sfântă, în timp ce duminica (prima zi a săptămânii) era privită doar ca o zi de lucru.

În anul 321 Constantin cel Mare a emis o decizie care impunea odihnă în prima zi a săptămânii (duminica) în toate localităţile şi oraşele, în timp ce oamenilor de la ţară li se permitea să lucreze totuşi pământul.

În anul 538 d. C. Conciliul de la Orleans a îndepărtat şi această derogare, impunând duminica ca zi liberă, în timp ce sâmbăta devenea o zi de lucru oarecare.

În tot cursul timpului a existat tendinţa de a se face diferenţierea de ceea ce era evreiesc. Pentru creştinism a fost un proces treptat de trecere de la sâmbătă la duminică.

Evreii țineau și țin și acum Sabatul (sâmbăta). Isus a ținut sâmbăta și ucenicii Săi au ținut sâmbăta.

Biblia nu vorbește despre vreo schimbare a zilei de odihnă ordonată de Isus.

Creștinii au început să folosească și duminica ca zi de odihnă pentru a aminti de învierea Lui Isus (deși nu este vreo indicație expresă în Biblie). Așa că au început să țină și sâmbăta și duminica.

Romanii îi prigoneau pe evrei. Creștinismul se răspândise în tot Imperiul Roman. Unii dintre creștini, ca să nu fie confundați cu evreii, au preferat să țină duminica. Acest proces a durat cam vreo două-trei secole.

Probabil că împăratul Constantin cel Mare a avut în vedere și acest lucru, dar motivul principal a fost ca să unească pe necreștini cu creștinii și apoi să folosească aceasta pentru a-și atinge scopurile politice.

Necreștinii au fost creștinați în masă. Ziua Soarelui (Sol Invictus, duminica la necreștini) a fost elementul de legătură. Dar, de-a lungul istoriei au fost mereu creștini care au păstrat Sabatul zilei a șaptea.

Legea dată de împăratul Constantin la 7 martie 321 cu privire la ziua de odihnă sună astfel:

„Toți judecători, orășenii și meseriașii trebuie să se odihnească în venerabila zi a soarelui (Sol invictus).

Locuitorii satelor însă pot să se ocupe liber de cultivarea câmpului, pentru că deseori se întâmplă că nici o altă zi nu este mai potrivită pentru semănarea grâului în brazde sau pentru plantarea viței de vie. În felul acesta câștigul dat de providența cerească nu trebuie să se piardă din cauza aceasta". Originalul latin al acestui text se găsește în Codex Justiniani.

"Ați desființat frumos porunca Lui Dumnezeu, ca să țineți datina voastră "(Marcu 7:9).

Iată cum suna traducerea Sfântului Sinod la 1914 și a preoților profesori Gala Galaction și Vasile Radu , după textele originale ebraice și grecești, în 1938:
„Adu-ți aminte de ziua Sâmbetei ca s-o sfințești pe ea. Să lucrezi șase zile și să-ți faci lucrul tău, dar ziua Sâmbetei este ziua de odihnă închinată Domnului Dumnezeului tău. Să nu faci nici o lucrare în ea. Căci în șase zile a făcut Domnul cerurile, pământul și marea și tot ce este în ele, iar în ziua Sâmbetei s-a odihnit. De aceea a binecuvântat Domnul ziua Sabatului (Sâmbetei) și a sfințit-o. „

Acest fapt demonstrează că ziua de odihna a Lui Dumnezeu, sau ziua de Sabat, este aceasta și nu alta.

Un exemplu: când o persoană s-a născut într-o zi oarecare, acea zi devine ziua sa de naștere. Astfel Dumnezeu S-a odihnit în ziua a Șaptea, ziua aceasta este ziua Lui de odihnă. De aceea ziua a Șaptea trebuie sa rămână pentru totdeauna ziua de Sabat a Lui Dumnezeu. Poți tu să schimbi ziua ta de naștere cu altă zi în care nu te-ai născut? Desigur că nu. Tot astfel tu nu poți schimba ziua de odihna a Lui Dumnezeu cu o altă zi în care El nu s-a odihnit. Pentru acest motiv, ziua a Şaptea este ziua de Sabat a Lui Dumnezeu. Isus a declarat că „Sabatul a fost făcut pentru om" (Marcu 2,27) adică pentru orice om, indiferent de rasă, atât pentru Iudei cât şi pentru Neamuri.

Sabatul este un memorial al creaţiunii (Exod 20,11; 31,17).

Ori de câte ori ne odihnim în ziua a Şaptea, aşa după cum a făcut Dumnezeu, noi comemorăm marele act al creaţiunii. Sabatul nu este o instituţie iudaică pentru că el a fost instituit cu 2300 de ani înainte de a exista poporul Evreu.

Biblia nu-l numeşte „sabatul evreilor", ci „Sabatul Domnului Dumnezeului tău". (Exod 20:11). Sabatul a fost sărbătorit înainte de a fi fost dată Legea celor Zece porunci pe Sinai (Exod 16:4,27,28,29).

Sabatul Zilei a Şaptea a fost poruncit de Dumnezeu cu vocea Sa din mijlocul focului (Deutoronom 4:12, 13).

Sabatul Domnului, împreună cu celelalte porunci ale Sale, a fost scris apoi cu degetul lui Dumnezeu (Exod 31,18).

Domnul a săpat poruncile sale pe table de piatră arătând natura lor neschimbătoare (Exod 32,15.16).

Poruncile erau păstrate cu sfinţenie în chivot (Deutoronom 10:1-5).

Dumnezeu a avut de gând să nimicească pe Israel din cauza profanării Sabatului (Ezechel 20:12,13).

Sabatul este semnul dintre Dumnezeu şi poporul Său. (Ezechel 20:20).

Captivitatea Babiloniană a fost urmarea profanării

Sabatului (Neemia13,18).

Distrugerea Ierusalimului prin foc a fost urmarea profanării Sabatului (Ierimia 17:27).

În capitolul 56 din Isaia este profeția făcută pentru dispensațiunea creștină care va păzi cu sfinție Sabatul Domnului. Dumnezeu a făgăduit că va binecuvânta pe toți cei care vor păzi Sabatul (Isaia 56:2).

Isus, Fiul Lui Dumnezeu, a respectat Sabatul când a fost pe pământ (Luca 4:16; Ioan 15:10).

El a urmat exemplul Tatălui Său. Isus a apărat Sabatul ca fiind o instituție făcută spre binele omului (Marcu 2,23-28). Isus nu a desființat Sabatul, dar a arătat că este îngăduit a face bine în zilele de Sabat (Matei 12:1-13). El a învățat pe oameni că nu este o încălcare (profanare) a Sabatului dacă faci bine în ziua de Sabat. (Matei 12:12)

Isus a îndemnat pe urmașii Săi să se roage pentru sfințirea Sabatului chiar și după învierea Sa (Matei 24:20). În Sabatul următor, aproape toată cetatea s-a adunat să audă Cuvântul Lui Dumnezeu (Faptele apostolilor 13:44).

Nu găsim în Noul Testament nici o dispută între creștini și Iudei în legătură cu serbarea zilei de Sabat. Aceasta este o dovadă puternică care ne arată că toți creștinii respectau aceeași zi ca și Iudeii.

Sabatul este menționat în Noul Testament de 59 de ori, întotdeauna cu respect, purtând același titlu pe care îl are în Vechiul Testament, adică „Ziua Sabatului".

Nu găsim nici un cuvânt în toate cărțile Noului Testament cu privire la schimbarea sau desființarea

Sabatului.

Dumnezeu nu a dat niciodată permisiunea vreunei persoane să lucreze în ziua Sabatului. Majoritatea creștinilor de azi folosesc ziua de Sabat pentru lucrări obișnuite, ceea ce e o încălcare a Legii Lui Dumnezeu.

Nici un creștin care a trăit înainte sau după învierea Mântuitorului, nu a lucrat în ziua a șaptea ca în celelalte zile ale săptămânii. Deoarece Sabatul a fost instituit in Eden înainte de căderea omului în păcat, el va fi serbat pe vecie pe noul pământ.

Isus a condamnat cu severitate pe farisei de ipocrizie pentru că ei pretindeau că iubesc pe Dumnezeu în timp ce ei anulau o poruncă din Decalog și anume porunca a cincea (Marcu 7:6-13) ținând în locul ei tradiția sau datina omenească. Toți cei care serbează astăzi duminica țin o tradiție sau o datină omenească ce nu are nici o valoare înaintea Lui Dumnezeu.

"Așa vorbeste Domnul: Păziți ce este drept, și faceți ce este bine; căci mântuirea Mea este aproape să vină, și neprihănirea Mea este aproape să se arate.

Ferice de omul care face lucrul acesta, și de fiul omului care rămâne statornic în el, păzind Sabatul, ca să nu-l pângărească, și stăpânindu-și mâna, ca să nu facă nici un rău"! (Isaia 56:1,2).

Dacă îti vei opri piciorul în ziua Sabatului, ca să nu-ți faci gusturile tale în ziua Mea cea sfântă; dacă Sabatul va fi desfatarea ta, ca să sfintesti pe Domnul, slăvindu-L, și dacă-L vei cinsti, neurmând căile tale, neîndeletnicindu-te cu treburile tale și nedîndu-te la flecării, atunci te vei putea desfăta în Domnul și Eu te voi sui pe înălțimiile țării, te voi face să te bucuri de moştenirea tatălui tău Iacov; căci gura Domnului a vorbit."(Isaia 58:13)

El a zis: „Dacă vei asculta cu luare aminte glasul Domnului, Dumnezeului tău, dacă vei face ce este bine înaintea Lui, dacă vei asculta de poruncile Lui, şi dacă vei păzi toate legile Lui, nu te voi lovi cu nici una din bolile cu care am lovit pe Egipteni; căci Eu sunt Domnul, care te vindecă "(Exodul 15:26).

"CINSTEŞTE PE TATĂL TĂU ŞI PE MAMA TA, PENTRU CA SĂ ŢI SE LUNGEASCĂ ZILELE ÎN ŢARA, PE CARE ŢI-O DĂ DOMNUL, DUMNEZEUL TĂU".

Cele patru porunci dumnezeieşti despre care s-a vorbit până acum au arătat datoriile creştinului faţă de Dumnezeu, cuprinse pe scurt în datoria dragostei faţă de El.

"A cinsti pe cineva", în contextul acestei porunci înseamnă „a respecta, a onora, a preţui pe cineva, a iubi, a da cuiva cinstea sau consideraţia cuvenită".

Dumnezeu însă particularizează aici acest îndemn în a-ţi cinsti în mod special părinţii. Prin aceasta El ne atrage atenţia că respectarea şi preţuirea părinţilor înseamnă mai mult decât respectul „normal" faţă de ceilalţi semeni.

De fapt, respectul faţă de părinţi este de la sine înţeles şi firesc, fiind un sentiment înnăscut. Este un sentiment necondiţionat, nelegat de calităţile sau defectele părinţilor.

Este dincolo de faptul că părinţii se îngrijesc sau

nu de educația, creșterea și orientarea copiilor în viață. Acestea sunt în mod normal acțiunile firești ale părinților, rezultate din dragostea pentru copiii lor.

Respectul copiilor pentru părinții lor are la bază un sentiment omenesc înnăscut: dragostea progeniturii față de părinții săi.

Cât de multă importanță acordă Dumnezeu respectului față de părinți reiese și din legile date ulterior privitoare la agresiunea fizică și verbală împotriva părinților.

"Cine va lovi pe tatăl său sau pe mama sa, să fie pedepsit cu moartea. "Cine va blestema pe tatăl său sau pe mama sa, să fie pedepsit cu moartea."(Exodul 21:15,17)

Mai mult, îndemnul de a cinsti pe tatăl și pe mama sa este însoțit de făgăduința unei vieți îndelungate. Făgăduința unei vieți îndelungate rămâne însă valabilă pentru toți cei care respectă această poruncă divină. Apostolul Pavel se referă la porunca a cincea în felul următor:

"Să cinstești pe tatăl tău și pe mama ta" este cea dintâi poruncă însoțită de o făgăduință" ca să fii fericit, și să trăiești multă vreme pe pământ."(Efeseni 6:2,3).

Pavel citează aici porunca a cincea așa cum este ea reluată în cartea Deuteronom: "Cinstește pe tatăl tău și pe mama ta, cum ți-a poruncit Domnul, Dumnezeul tău, ca să ai zile multe și să fii fericit în țara pe care ți-o dă Domnul Dumnezeul tău"(Deuteronom 5.16).

Urmarea benefică a respectării acestei porunci este așadar nu numai o viață lungă, dar și fericită. "Să cinstești pe tatăl tău și pe mama ta" înseamnă nu numai respect și prețuire, dar înainte de toate ascultare de părinți: "Să cinstești pe tatăl tău și pe mama ta" este cea dintâi poruncă însoțită de o făgăduință," ca să fii fericit și să trăiești multă vreme pe pământ."(Efeseni 6:13).

"Fiule, păzește sfaturile tatălui tău, și nu lepăda învățătura mamei tale" (Proverbe 6:20)."Copii, ascultați în Domnul de părinții voștri, căci este drept."(Efeseni 6.1).

"Copii, ascultați de părinții voștri în toate lucrurile, căci lucrul acesta place Domnului."(Coloseni 3.20)

De multe ori, copiii nu conștientizează că părinții le vor numai binele. De aici se nasc neînțelegeri care duc la ceartă, dezbinare, etc. Deplina apreciere din partea copiilor apare oricum târziu, când aceștia la rândul lor ajung la o vârstă a deplinei maturități. De aceea educarea copiilor spre respectarea poruncii a cincea și mai ales o educație biblică în general are darul de a evita regretele tardive ale unor atitudini și acțiuni ireparabile.

Nici părinții nu trebuie să piardă din vedere respectul reciproc în relația cu copiii lor: "Și voi, părinților, nu întărâtați la mânie pe copiii voștri, ci creșteți-i, în mustrarea și învățătura Domnului" Efeseni 6.4).

Copiii, fiind lipsiți de experiența vieții și maturitatea vârstei adulte, au nevoie sa fie ocrotiți, educați și când este cazul, chiar și mustrați. În fața unor ființe umane aflate în creștere, cu probleme, necesitați și întrebări specifice vârstei lor, părinții, conștienți de etapa din viața pe care copiii lor tocmai o parcurg, nu trebuie să depăşească totuşi o anumită limită atunci când este cazul să-i pedepsească.

Copiii nu trebuie sa fie „întărâtaţi la mânie" de părinţi. Orice probleme s-ar ivi, tactul, încercarea de înţelegere şi chiar unele concesii vor ajuta la crearea unor relaţii armonioase între aceste „părţi". Nerespectarea de către părinţi a îndemnului din (Efeseni 6:4) nu anulează însă valabilitatea poruncii a cincea..

Dacă însă părinţii îşi îndeamnă copiii la fapte şi acţiuni care nu sunt în conformitate cu Cuvântul Lui Dumnezeu, aceştia evident că nu trebuie să asculte. Ascultarea de Dumnezeu are atunci ca şi oricând prioritate absolută:

"Trebuie să ascultăm mai mult de Dumnezeu decât de oameni!" (Faptele apostolilor 5:29).

Făgăduinţa de a avea zile multe şi fericite este o consecinţă şi o răsplată divină a ascultării de această poruncă. Atunci când cineva îşi cinsteşte cu adevărat părinţii, o face ca fapt a dragostei, pe care o are din inimă.

"Fiecare din voi să cinstească pe mama sa şi pe tatăl său, şi să păzească Sabatele Mele. Eu Sunt Domnul, Dumnezeul vostru."(Levitic 19:3), (respectul faţă de părinţi = respectul faţă de Sabat).

"Blestemat să fie cel ce va nesocoti pe tatăl său şi pe mama sa!" (Deuteronomul 27:16) "Cine fură pe tatăl său şi pe mama sa şi zice că nu este un păcat, este tovarăş cu nimicitorul." (Proverbe 28:24).

"Un fiu înţelept ascultă învăţătura tatălui său, dar batjocoritorul n-ascultă mustrarea."(Proverbe 13:1)

"Ascultă sfaturile și primește învățătura, ca să fii înțelept pe viitor!" (Proverbe 19:20).

"Ascultă pe tatăl tău, care te-a născut, și nu nesocoti pe mamă-ta, când a îmbătrânit".(Proverbe 23:22)

"Copii, ascultați în Domnul de părinții voștri, căci este drept." (Efeseni 6:1). "Copii, ascultați de părinții voștri în toate lucrurile, căci lucrul acesta place Domnului". (Coloseni 3:20)

"SĂ NU UCIZI".

Înțelegerea corectă a acestei porunci trebuie să țină cont de complexitatea revelației biblice cu privire la acest subiect. Scriptura vorbește despre multe moduri în care semenul poate fi ucis și nuanțează clar situațiile în funcție de motivație.

În Noul Testament aflăm faptul că nu doar actul crimei este păcat înaintea Lui Dumnezeu, dar și vorba mânioasă, necugetată și degradantă la adresa semenului (Matei 5:2126).

Unor oameni religioși care se mulțumeau cu un standard de neprihănire exterioară, Domnul Isus le-a arătat că adevărata semnificație a Legii constă în motivația interioară.

Mânia este la fel de vinovată ca actul uciderii, iar a urî pe cineva ne transformă în ucigași (1 Ioan 3:15).

Așadar, există mai multe moduri de „a ucide" pe cineva, pe lângă actul fizic de a lua viața cuiva.

Toate aceste moduri mai subtile, dar la fel de „ucigătoare" din punct de vedere spiritual, ne pun sub sentința condamnării divine. A urî pe cineva cu inima (1 Ioan 3:15); a calomnia, a bârfi (a ucide reputația cuiva) (Psalmul 35:11);a ucide prin scris (2 Samu-el 11:15), prin lipsa de milă, indiferența față de se-meni, mânia produce adesea crimă (Geneza 49:6); dar mânia atrage pedeapsa (Matei 5:22); prin invidie, Cain (1 Ioan 3:12); prin vorbiri amăgitoare, uciderea sufletului prin învățături false (Ezechiel 13:18,19).

Indiferent de modalitatea crimei, orice crimă reprezintă un atac direct la adresa intențiilor Lui Dumnezeu. Ridicând mâna împotriva aproapelui său, ucigașul ridică de fapt mâna împotriva Creatorului al cărui chip îl poartă fiecare ființă umană (Geneza 9:6).

Porunca se prestează la anumite situații care creează adevărate dileme. Unele, ca problema avortului sau sinuciderea, sunt clare.

Răul moral al sinuciderii provine din tentativa de a lovi în chipul Creatorului din propria ta ființă; sinuciderea nu înseamnă rezolvarea problemelor ci dimpotrivă! Viața pământească este cel mai mare bun al omului și temelia tuturor celorlalte bunuri de care se poate învrednici cineva pe pământ. Dumnezeu fiind Creatorul vieții omenești, numai El, și nu omul, are drepturi nemărginite asupra ei. Apoi, viața pământea-scă este timpul de pregătire pentru viața veșnică. În aceasta se cuprinde prețul mare al vieții pământești. Tocmai aceasta cere Dumnezeu prin porunca a șasea din Decalog, când oprește uciderea.

Sunt două feluri de ucidere: trupească și sufletească.

Uciderea trupeasca înseamnă luarea vieții cuiva.

Păcat este şi istovirea lui printr-o muncă ce-i întrece puterile trupeşti şi astfel îi grăbeşte sfârşitul; purtarea cu asprime faţă de el, ceea ce-l amărăşte şi, de asemenea, îi poate scurta viaţa; lăsarea lui să moara de foame, precum şi orice faptă care-i primejduieşte şi nimiceşte viaţa.

Dumnezeu doreşte să trăim, dar doreşte în acelaşi timp să-i lăsăm şi să-i ajutăm şi pe semenii noştri să trăiască.

Mai mult decât atât, El doreşte să trăim o viaţă îmbelşugată, împlinită, fericită, plină de realizări şi satisfacţii „Eu am venit ca oile să aibă viaţă, şi să o aibă din belşug" (Ioan 10:10)

Ucidere înseamnă şi avortul cu bună ştiinţă şi voie.

Ce înseamnă uciderea sufletească?

Uciderea sufletească se produce prin vorbe şi fapte necuviincioase, prin care se dă aproapelui pricina de a se abate din calea cea buna şi a păcătui, ceea ce îi aduce moartea sufletului, după cuvântul Sfintei Scripturi, care zice: "Păcatul, odată săvârşit, aduce moarte" (Iacov 1:15).

Cu privire la aceasta, Mântuitorul spune: "Dar, dacă va face cineva să păcătuiască pe unul din aceşti micuţi, care cred în Mine, ar fi mai bine pentru el să i se lege de gât o piatră mare de moară şi să fie aruncat în mare." (Marcu 9:42).

Tot ucidere sufletească înseamnă: pizma, mânia, clevetirea şi ura aproapelui, căci "Oricine urăşte pe fratele său este un ucigaş; şi ştiţi că nici un ucigaş n-are viaţă veşnică rămânând în el. (1 Ioan 3:15).

Această poruncă oprește și sinuciderea, adică nimicirea cu bună știință și voie a vieții proprii. Căci dacă este împotriva a ucide pe un om, care este asemenea nouă, cu atât mai mult este împotriva a ne ucide pe noi înșine.

Viața noastră este a Lui Dumnezeu, care ne-a dat-o și nu avem noi voie, să facem ce vrem cu ea. Un om, fie copil, tânăr, adult sau bătrân, își poate scurta viața printr-o mulțime de obiceiuri nesănătoase: fumatul, consumul de alcool, folosirea drogurilor, munca peste măsură, surmenajul, obiceiuri alimentare nesănătoase etc.

Dumnezeu e preocupat și de calitatea vieții noastre, nu doar de lungimea ei. De aceea, porunca a șasea ne cere cu autoritate să respectăm legile sănătății și ale vieții, pe care le găsim scrise în paginile Scripturii. Tot ceea ce ne scurtează și sărăcește propria viață, în realitate, privează întreaga societate de binele pe care am fi putut să-l facem și nu l-am făcut. Iar pentru aceasta suntem direct răspunzători în fața Lui Dumnezeu.

"Nu știți că voi sunteți Templul Lui Dumnezeu și că Duhul Lui Dumnezeu locuiește în voi? Dacă nimicește cineva Templul Lui Dumnezeu, pe acela îl va nimici Dumnezeu; căci Templul lui Dumnezeu este sfânt și așa sunteți și voi" (1 Corinteni 3:16,17).

Adesea cei care au gândul suicidului, și nu numai ei, își motivează faptele făcând afirmații de genul: "e viața mea și fac ce vreau cu ea!" Este oare adevărat că viața de care ne bucurăm este într-adevăr a noastră și că avem dreptul să facem ce vrem cu ea? Există vreo ființă omenească care să producă măcar o clipă de viață, pentru ca să aibă asemenea pretenții?

Biblia ne atrage foarte solemn atenția că noi nu ne aparținem nouă înșine. Deși Creatorul ne-a înzestrat cu libertate deplină de alegere, suntem răspunzători de fiecare clipă de viață ce ni s-a dat din marele Izvor al vieții care este Dumnezeu.

Apostolul Pavel, reluând ideea că noi suntem Templul Lui Dumnezeu, face și o altă afirmație:

"Nu știți că trupul vostru este Templul Duhului Sfânt care locuiește în voi și pe care L-ați primit de la Dumnezeu? Și că voi nu sunteți ai voștri? Căci ați fost cumpărați cu un preț. Proslăviți dar pe Dumnezeu în trupul și duhul vostru care sunt ale Lui Dumnezeu." (1 Corinteni 6:19,20).

Porunca a șasea ne cere să nu ne ucidem trupul, ci să trăim frumos, astfel încât să fim în cea mai bună stare fizică, intelectuală și spirituală. Aceasta presupune să alegem hrana cea mai potrivită, să avem ore suficiente de odihnă și recreație, să ducem o viață cumpătată din toate punctele de vedere.

Cât privește dreptul de a pune capăt vieții, acest drept îl are doar Dătătorul ei: "Domnul omoară și învie, El coboară în locuința morților și el scoate de acolo" (1Samuel 2:6).

Noi am fost creați de Dumnezeu, iar viața de care ne bucurăm este un dar primit de la Creatorul nostru.

Noi am fost răscumpărați prin Jertfa Lui Isus Hristos cu un preț nespus de mare, și anume sângele Fiului Lui Dumnezeu. Doar Creatorul și Dătătorul vieții noastre are dreptul moral să o ridice. Păcatul suicidului este unul cât se poate de grav, deoarece îl pune pe făptaş în postura unuia care încearcă să îi ia locul Lui Dumnezeu.

Suicidul nu este o crimă doar împotriva propriei vieţi, ci şi împotriva vieţii semenilor. Câţi copii nu au parte de o viaţă amară şi lipsită de bucurii, doar pentru că părintele a ales să abandoneze lupta, părăsind scena vieţii cu laşitate!

Cel care îşi ia viaţa agravează şi mai mult vinovăţia, pentru că un astfel de om moare păcătuind, fără să mai aibă posibilitatea de a regreta fapta sa, şi, cu atât mai puţin fără posibilitatea de a îndrepta răul făcut.

Mai poate fi vorba de pocăinţă în cazul unui suicid?

Practic însă, aceasta posibilitatea nu există. Pocăinţa presupune un proces de conştiinţă uneori îndelungat, care cere timp şi reflexie din partea sufletului căzut în păcat.

Porunca a şasea ne cere, în virtutea respectului faţă de viaţa pe care o promovează, să facem ceva pentru acei oameni debusolaţi din jurul nostru care au gândul suicidului. Dacă cineva ameninţă cu sinuciderea, trebuie luat în serios şi ajutat. Nu trebuie să aşteptăm alte semne pentru a interveni.

Există multe forme de ucidere spiritual; voi aminti totuşi, câteva dintre ele: mânia, ura şi spiritul de răzbunare.

"Haidem să-l ucidem cu vorba" şi propuneau vrăjmaşii profetului Ieremia, cu scopul meschin de a-l elimina de pe scena vieţii (Ieremia 18:18).

Atunci când vorbim despre mânie, ură şi spirit de răzbunare de fapt ne aflăm la porunca uciderii.

Acest adevăr nu era suficient de clar pentru

contemporanii Domnului Isus, fapt pentru care El a încercat, în cursul predicii de pe munte, să proiecteze porunca a şasea:

"Aţi auzit că s-a zis celor din vechime: "Să nu ucizi. Oricine va ucide va cădea sub pedeapsa judecăţii."

Dar Eu vă spun că oricine se mânie pe fratele său va cădea sub pedeapsa judecăţii; şi oricine va zice fratelui său "Prostule!" va cădea sub pedeapsa soborului, iar oricine-i va zice "Nebunule!",va cădea sub pedeapsa focului gheenei"(Matei 5:21,22).

Înţelegem că mânia, ura şi spiritul de răzbunare, în cazul amintit şi invidia, sunt seminţe care, semănate pe terenul inimii, pot aduce roadele amare ale uciderii, nu doar a altei persoane, ci chiar a propriei fiinţe.

Există şi o mânie nepăcătoasă, o indignare legitimă faţă de o nedreptate făcută semenilor noştri sau faţă de profanarea Numelui sfânt al Lui Dumnezeu.

Însuşi Mântuitorul a avut momente de mânie sfântă (Matei 21: 12,13) , izgonirea vânzătorilor din Templu; este vorba de o mânie născută din sentimente morale, nu din ură, egoism sau invidie, o mânie născută din dragoste pentru adevăr, dreptate şi neprihănire.

Este normal ca un creştin să rămână indiferent faţă de profanarea Numelui Lui Dumnezeu sau faţă de o nedreptate care se face sub proprii săi ochi?

Tocmai cel care nu reacţionează în astfel de situaţii este de condamnat pentru lipsa de atitudine şi de implicare.

Ca să fii un ucigaş nu trebuie să acţionezi trăgaciul unei arme, luând viaţa unei fiinţe omeneşti. Este suficient doar să-l inviţi la păcat, ştiind bine că "plata păcatului este moartea"(Romani 6:23).

A invita pe cineva să păcătuiască, despărțindu-l astfel de Dumnezeu, reprezintă un atentat la mântuirea lui, la viața lui spirituală.

În vechime, astfel de îndemnuri erau pedepsite cu cea mai mare asprime, ajungându-se la pedeapsa capitală (Deuteronom 13).

Chiar dacă cei din jur nu observă aceste intenții, necunoscând gândurile și inima, în cărțile cerului sunt înregistrate toate motivele, gândurile, scopurile, planurile și intențiile inimii omenești. Dumnezeu, în calitatea Sa de Judecător Suprem, îi va judeca pe oameni nu doar după faptele lor, ci și după căile lor, după puterea lor (Ezechiel 24:14), după consecințele faptelor lor (Ieremia 32:19), după influența lor.

În dreptul fiecărui nume, din cărțile cerului, este trecută cu exactitate orice cuvânt rău, orice faptă egoistă, orice datorie neîmplinită și orice păcat ascuns, orice prefăcătorie iscusită.

Avertizările sau mustrările trimise din cer, dar neglijate, clipele risipite, ocaziile nefolosite, influența exercitată spre bine sau spre rău, cu rezultatele ei, toate sunt înregistrate de îngerul raportor.

Legea Lui Dumnezeu este măsura prin care vor fi judecate caracterele și viețile oamenilor.

În timp ce unii oameni au lumina adevărului, bucurându-se de speranța mântuirii, alții nu au parte de această lumină. A fi nepăsători, față de ei, și a nu face nici cel mai mic efort de a le împărtăși și lor din aceasta lumină, acest fapt este considerat de cer o călcare a poruncii a șasea.

Vom fi vinovați dacă nu-i vom conduce pe oameni la Izvorul vieții din care noi deja ne-am adăpat.

Neglijarea de către părinți de a da o educație religioasă copiilor lor este și ea cuprinsă în conținutul poruncii "să nu ucizi".

Copiii lăsați ore în șir în fața televizorului sau a calculatorului, fără nici o preocupare din partea părinților de a le asigura o educație spirituală, de a le deschide perspectiva unei vieți trăită la superlativ, vor pieri în mare măsură din cauza neglijenței părinților.

În concluzie, uciderea spirituală, indiferent ce forme îmbracă, este tot atât de vinovată, dacă nu cumva chiar mai vinovată prin consecințele ei veșnice, decât cea fizică. Porunca poate fi încălcată în mod direct, prin comiterea uciderii, ca în cazul crimei lui Cain împotriva fratelui său Abel.

Când există posibilitatea de a prelungi viața personală sau a semenului, de a o îmbogăți, de a combate sărăcia, prejudecățile, ignoranța și acest lucru este neglijat preferând o atitudine indiferentă, omul se face vinovat de încălcarea acestei scurte, dar atât de cuprinzătoare porunci divine.

Iată câteva modalități concrete, cu care ne întâlnim zi de zi, prin care cineva se poate face vinovat de încălcarea poruncii "Să nu ucizi !": producerea și comercializarea armelor și a oricăror mijloace criminale, producerea și comercializarea alcoolului, tutunului și drogurilor, avortul, implicând atât femeia care avortează, cât și personalul medical care îl efectuează, executarea pedepsei capitale în țări în care există o asemenea legislație, corupția instanțelor judecătorești care trec cu vederea încălcările de lege, serviciul unor avocați care iau apărarea vrăjmașilor legii și ai societății, promovarea violenței și crimei în literatură, film, teatru, desene animate, emisiuni TV etc, traficul de vicii, prostituție, imoralitate, îmbogățirea pe seama săracilor, critica constant distructivă la adresa celor investiți cu autoritate, conducerea unui autovehicul sub influenta alcoolului, mărind șansele unor accidente rutiere grave, neglijarea educației religioase a copiilor, neglijarea unei comuniuni adevărate cu Dumnezeu prin studiul Bibliei și rugăciune, fapt ce ne vor îndepărta tot mai mult de Sursa vieții. Lista nu se oprește aici, căci modalitățile de a ucide propria viață sau pe cea a semenului sunt, practic, nelimitate.

Când folosim în dreptul Lui Dumnezeu verbul „a ucide", trebuie însă să nu pierdem din vedere un detaliu important: El este Dătătorul vieții, Izvorul ei și Creatorul tuturor lucrurilor. El creează viața, iar noi, spre deosebire de El, suntem primitori ai vieții, creaturi dependente de sursa de viață care se găsește în El. Deși suntem creați „după chipul și asemănarea Lui Dumnezeu"(Geneza 1:26,27), noi nu ne aflăm pe aceeași platformă cu El.

În calitate de Creator al vieții, Dumnezeu este Suveran absolut și, prin urmare, are dreptul de a lua viața unei ființe creată de El, atunci când El consideră acest lucru ca fiind necesar. De asemenea, trebuie să ținem cont de faptul că în lumea noastră a pătruns păcatul care, dacă nu este tratat cu maximă severitate, poate duce la prăbușirea întregului Univers.

Dumnezeu poate recurge la retragerea vieții unei ființe omenești, fără ca El să se facă vinovat de călcarea propriei porunci. Verbul,, a ucide" poate fi pus doar în dreptul omului care, neavând calitatea de creator al vieții, nu are nici dreptul de a scurta, a lua, a sărăci sau a îngreuna viața cuiva sau chiar pe a sa proprie.

Când ultima pagină a istoriei acestei planete răzvrătite se va încheia, și când Planul Mântuirii va fi împlinit, toți cei mântuiți vor da deplină dreptate Lui Dumnezeu în toate procedeele Sale cu omul.

"Mari și minunate sunt lucrările Tale, Doamne, Dumnezeule Atotputernice! Drepte și adevărate sunt căile Tale, Împărate al neamurilor!" Apocalipsa 15:3

Alt sens al omuciderii este cel moral.

Potrivit Sfintei Scripturi, astfel de faptă este și o crimă morală, care nu este mai puțin gravă decât uciderea.

Când se săvârșește asupra omului o acțiune de distrugere a personalității sale, prin minciună, răutate și denigrare sau prin atragere și corupere la păcat și pierzanie, cum este scris în Sfânta Scriptură, această acțiune constituie o crimă morală. "Dar pentru oricine va face să păcătuiască pe unul din acești micuți, care cred în Mine, ar fi mai de folos să i se atârne de gât o piatră mare de moară, și să fie înecat în adâncul mării." Vai de lume, din pricina prilejurilor de păcătuire! Fiindcă nu se poate să nu vină prilejuri de păcătuire; dar vai de omul acela prin care vine prilejul de păcătuire! (Matei 18, 6,7). Aceasta poruncă oprește categoric uciderea, atât cu privire la persoana altuia, cât şi la viaţa noastră personală.

Noi nu dispunem de un drept absolut nici asupra vieţii altuia şi nici asupra vieţii noastre. Începutul vieţii şi sfârşitul nu ne aparţine, numai Dumnezeu posedă dreptul absolut asupra vieţii fiecărui om;

Viaţa este un dar de la Dumnezeu, încredinţat omu-lui spre a se folosi şi bucura de el, însă Dumnezeu rămâne, mai departe, cu dreptul suveran de propri-etate, care are stăpânire peste viaţă şi peste moarte.

Biblia ne confirmă acest adevăr: "Să ştiţi dar că Eu sunt Dumnezeu; Şi că nu este alt Dumnezeu afară de Mine; Eu dau viaţă şi Eu omor, Eu rănesc şi Eu tămăduiesc; Şi nimeni nu poate scoate pe cineva din mâna Mea." (Deuteronom 32:39).

Omul nu a apărut la întâmplare pe pământ. Dumnezeu i-a fixat o datorie şi un scop pe care tre-buie să-l împlinească şi pentru care va da socoteală în faţa judecăţii divine.

Izvorul cel mai bogat al criminalităţii, fie împo-triva semenilor sau împotriva omului însuşi a fost şi rămâne alcoolismul, care, în ciuda civilizaţiei şi a cul-turii moderne, este cel mai mare flagel moral al lumii contemporane ce aduce după sine creşterea procentu-lui de generaţii ce alimentează criminalitatea.

Ereditatea este încă un factor important care trans-mite la urmaşi un temperament slab, unele predis-poziţii şi tendinţe spre crimă, cum se poate constata destul de frecvent în multe familii.

Cauzele care generează sau favorizează păcatul sinuciderii sunt de ordin fizic, dar mai ales de ordin psihic. Astfel, cele mai cuprinzătoare sunt: suferinţa morală, tristețea și descurajarea. Toate acestea maci-nă temelia cea mai sănătoasă a ființei umane, opti-mismul, speranța și curajul de a înfrunta greutățile și necazurile vieții.

Cu cât mergem spre viitor, aceste acte de disperare sporesc tot mai mult, "fiind mai frecvente între băr-bați decât între femei, manifestându-se, mai ales, în centrele urbane cele mai aglomerate ale lumii. Din statistici rezultă că sinuciderile găsesc cei mai mulți aderenți în lumea cultă, care are un sistem nervos mai epuizat, suprasolicitări sau plăceri excesive și care este, deci, mai sensibilă în raport cu amărăciunile vieții decât mulțimile simple de cei mijlocitori, care duc o viață mai apropiată de natură și mai simplă."

Căutarea fericirii pământești este pentru creștin o trebuință justă și naturală, însă trebuie cunoscută valoarea relativă a tuturor bunurilor pământești, de care nu trebuie să se lege orbește și servil.

Războiul înseamnă mai mult decât moarte. Războ-iul a pătruns și în cea mai delicată și profundă parte a existentei umane: în relațiile conjugale. Violența este la ordinea zilei în multe familii, producând răni ale căror cicatrici nu vor dispărea niciodată. Mai mult decât atât, războiul a pătruns în cele mai intime resor-turi ale ființei umane, omul ajungând să se războiască cu sine însuși și, în final, cu Dumnezeu.

Dacă în timpul regimului comunist eram suprasatu-rați cu filme de război sovietice, astăzi meniul pe care ni-l oferă televiziunile s-a schimbat: produse marca Hollywood, impregnate din abundență cu crime, vi-olență, corupție, sex și război: al omului împotriva omului. Nici copiii noştri nu sunt scutiţi de ororile războiului în timpul de pace pe care-l trăim.

S-a calculat că un copil american, care a împlinit vârsta de 15 ani, a fost martorul a peste 15 000 de scene de violenţă şi crimă. Psihologii sunt din ce în ce mai îngrijoraţi de impactul pe care-l au "nevino-vatele" desene animate şi jocurile pe calculator asupra dezvoltării psihicului copilului. Mereu şi mereu, emisiunile de ştiri relatează despre copii care ucid, se sinucid, se bat sau fac tot felul de lucruri violente, doar pentru că au dorit să imite ceea ce au vizionat în desenele animate, în filmele de lung metraj sau în jocurile pe calculator.

"Să nu ucizi!" Sunt doar trei cuvinte rostite cu autoritate divină care ar fi putut schimba radical şi în esenţă istoria omenirii...Cu o singură condiţie: ca omul să asculte de cerinţele acestei porunci.

"Să nu ucizi!" nu este un simplu îndemn, o oarecare poruncă, ci este o poruncă scrisă de Însuşi Dumnezeu, mai întâi în conştiinţele oamenilor, iar apoi pe cele două table de piatră ale Legii Morale.

Criminalul încearcă să se aşeze în locul Lui Dumnezeu, încercând să-I răpească autoritatea care-I aparţine doar Lui. Cel pornit să ia viaţa semenului se află într-o răzvrătire împotriva Creatorului.

Porunca biblică „Să nu ucizi!" se referă exclusiv la oameni, nu şi la lumea animală. Dacă s-ar fi referit şi la lumea animală, nu ar fi existat în Biblie prevederi clare cu privire la deosebirea dintre animalele curate, cu a căror carne omul se poate hrăni şi cele necurate, interzise consumului.

Lista nu se oprește aici, căci modalitățile de a ucide propria viață sau pe cea a semenului sunt, practic, nelimitate. Prin această poruncă, Sfânta Scriptură oprește categoric uciderea. Omul, în dubla sa alcătuire, trup și suflet, are un destin, o valoare și o importanță unică în univers.

Dumnezeu l-a făcut pe om după chipul ființei Sale. Deci, spre deosebire de celelalte viețăți, omul ocupă un loc unic în univers atât prin creație, pentru că este creat după chipul și asemănarea Lui Dumnezeu. Omul locuiește pe pământ, dar este "cetățean al cerului".

Dacă dorim să fim ascultători nu doar în literă, ci și în spiritul acestei porunci, atunci trebuie să găsim sensul vieții primite de la Creatorul nostru. Trebuie să o îmbogățim și să o punem în slujba binelui și fericirii semenilor noștri. Trebuie să înțelegem și să trăim mai mult sensul pozitiv al poruncii decât pe cel negativ, devenind, din niște oameni pasivi și indiferenți față de nevoile celor din jur, niște oameni profund implicați în ridicarea calității vieții noastre și a semenilor noștri.

"SĂ NU PREACURVEȘTI"!

Prin această poruncă sunt oprite toate cugetele și dorințele necurate, toate cuvintele și faptele necuviincioase de care creștinul trebuie să se rușineze înaintea Lui Dumnezeu și a oamenilor. De asemenea, porunca aceasta oprește toate acele lucruri și fapte care pot duce pe creștin la păcatul desfrânării, precum: îmbrăcămintea necuviincioasă, jocurile și cântecele necuviincioase.

Dragostea dintre soţ şi soţie trebuie să se asemene în curăţie cu dragostea dintre Hristos şi Biserică (Efeseni 5:21;33). Orice abatere de la această dragoste curată, fie şi numai cu gândul, înseamnă o încălcare a poruncii a şaptea (Matei 5:28). Dar, şi până la căsătorie, creştinul trebuie să se păzească curat de orice desfrânare.

Dacă unul dintre soţi moare, iar cel rămas în viaţă nu poate să se păzească curat, atunci să se recăsătorească (1 Timotei 5:14).

Desfrânarea este un păcat mare, fiindcă răpeşte omului curăţia trupească şi sufletească, vatămă sănătatea, întunecă mintea, împietreşte inima şi îndepărtează pe credincios de Dumnezeu. Pe de altă parte, ea mai îndeană şi la alte păcate ca: minciuna, furtul, şi omorul.

Sfânta Scriptura îndeamnă să fugim de păcatul desfrânării: "Fugiţi de desfrânare! Orice păcat pe care-l va săvârşi omul este în afară de trup. Cine se dedă însă desfrânării păcătuieşte în însuşi trupul său" (1 Corinteni 6:18). Cei ce se fac vinovaţi de astfel de păcate nu vor moşteni împărăţia Lui Dumnezeu (1 Corinteni 6:9).

Datoria creştinului este, deci, să se ferească de acest păcat şi de ispită, prin rugăciune, post, şi stăpânirea poftelor.

Curvia este orice relaţie sexuală în care sunt implicate persoane ce nu fac parte dintr-un legământ de căsătorie.

Preacurvia este orice relaţie sexuală în afara căsătoriei în care este implicată cel puţin o persoană căsătorită.

Atât curvia, cât şi preacurvia afectează în aceeaşi măsură relaţia intimă din căsătorie si murdăreşte relaţia conjugală pe care Dumnezeu a lăsat-o să fie păstrată cu sfinţenie. De aceea, Dumnezeu spune că va judeca pe curvari şi pe preacurvari în aceeaşi măsură. Cu referire la porunca a şaptea din Decalog, Domnul Isus a mai spus: „Aţi auzit că s-a zis celor din vechime: „Să nu preacurveşti.”Dar Eu vă spun că oricine se uită la o femeie ca s-o poftească, a şi preacurvit cu ea în inima lui” (Mat 5:27,28).

Dacă eşti bărbat, ştii bine la ce se referă Domnul Isus Hristos. Privitul femeilor ca să le pofteşti în inimă este preacurvie tot aşa cum este şi privitul femeilor din reviste, televizor sau internet. Această curvie îţi otrăveşte grav mintea şi îţi va distruge căsătoria. Nu vei putea să te bucuri de nevasta pe care ţi-a dat-o sau vrea să ţi-o dea Dumnezeu.

A preacurvi” are acelaşi înţeles cu expresia „a comite adulter” sau „a încălca fidelitatea conjugală”.

Aceasta se referă atât la persoanele căsătorite care au relaţii sexuale în afara partenerului de viaţă, cât şi la persoanele necăsătorite care au relaţii intime cu persoane căsătorite.

„A preacurvi” provine de la verbul „a curvi”, pre-fixul „prea” accentuând gravitatea faptului. Termenul amintește de infidelitate, înşelăciune, necredinţă şi chiar destrăbălare.

În a şaptea poruncă a Decalogului Dumnezeu interzice omului acest lucru. Ceea ce putem face este să conştientizăm această stare de păcat şi să încercăm să tindem spre desăvârşirea cerută de Dumnezeu.

Legea este oglinda în care ne privim imperfecţiunea, devenind totodată un îndreptar şi un ţel înspre perfecţiunea pe care o vom avea. Tocmai de aceea Isus nu a osândit-o pe femeie, după cum nu ne osândeşte nici pe noi, care din cauza naturii umane căzute nu suntem nici unul fără păcat. Condiţia este însă de a conştientiza păcatul săvârşit şi de a nu-l mai repeta. „Să nu preacurveşti" decurge din a-ţi „iubi aproapele ca pe tine însuţi".

Ascultarea este calea spre fericire, singura cale spre adevărata fericire posibilă. Iar păcatul, oricât de promiţător şi frumos ambalat ar fi, nu conduce decât la dezastru, distrugere şi nefericire.

Istoria a dovedit, nu o dată, faptul că naţiuni şi imperii puternice au căzut nu atât de mult datorită unor factori externi, ci mai degrabă prin permisivitatea tot mai mare manifestată în aceste domenii. Societatea noastră se erodează repede prin acceptarea tot mai libertină a relaţiilor extraconjugale, a homosexualităţii şi în tot felul de perversiuni tolerate şi acceptate în lumea de azi.

Mass-media a reuşit să promoveze un stil de viaţă libertin, căruia îi cad pradă mulţi. Judecata se manifestă în faptul că Însuşi Dumnezeu i-a lăsat pradă acestui stil de viaţă. "De aceea, Dumnezeu i-a lăsat pradă necurăţiei, să urmeze poftele inimile lor; aşa că îşi necinstesc singuri trupurile;(Romani 1: 24).

Raţiunea din spatele poruncii a şaptea este însăşi menţinerea celui mai important imperiu al societăţii: familia, de care se leagă implicit viitorul umanităţii.

Dumnezeu a știut că nimic nu pângărește și distruge ființa, reputația și familia mai repede ca adulterul. Dumnezeu știe consecințele acestui păcat și vrea, în dragostea Sa cea mare, să ne prevină ca noi să nu ajungem acolo.

Câte familii nu au fost distruse de acest păcat? Câte divorțuri nu au rezultat de aici? Câți copii nu au rămas privați de unul dintre cei doi părinți și de un model demn de urmat, datorită infidelității conjugale a părinților lor?

Dumnezeu urăște infidelitatea (Proverbe 2:10-22; 5:1-23)și divorțulcarepoaterezulta (Maleahi2:14-16).

Degradează personalitatea, (Romani 1:24) sub-liniază un aspect uitat al judecății divine: faptul că Dumnezeu îi lasă pe oameni "pradă necurăției", iar consecința este necinstirea propriilor trupuri, bolile venerice apărând în urma degradării omului. Curvia și preacurvia dărâmă reputația.

„Dar cel ce preacurvește cu o femeie este un om fără minte, singur își pierde viața cine face așa. Nu va avea decât rană și rușine și ocara nu i se va șterge" (Proverbe 6:32,33). Un preț mare, într-adevăr, ca să nu mai amintim și ruina veșnică (Apocalipsa 22:15).

"Voia Lui Dumnezeu este sfințirea voastră: să vă feriți de curvie; fiecare din voi să știe să-și stăpânea-scă vasul în sfințenie și cinste, nu în aprinderea poftei, ca Neamurile, care nu cunosc pe Dumnezeu."(1 Tesa-loniceni 4:3-5).

Când respecți această poruncă, te respecți și pe tine însuți. Psalmul 11:3 pune o întrebare relevantă pentru lumea noastră: „când se surpă temeliile, ce ar putea face cel neprihănit?". Noi trăim asemenea vremuri în care temeliile morale se surpă și vechile standarde sunt abandonate. Totuși, standardele Cuvântului nu s-au schimbat; cine dorește să le urmeze are parte de binecuvântare.

În 1 Corinteni 10:13 afirmă clar că nici o ispită nu este mai presus de puterea noastră de a o învinge, în măsura în care știm să folosim resursele divine aflate la dispoziția noastră. Totul pleacă de la stabilirea unor standarde clare, biblice și de un legământ făcut cu ochii noștri, asemenea lui Iov (Iov 31:1).

Deși nu este o scuză pentru acest păcat, căsnicii nefericite, lipsa afecțiunii, a dragostei, tensiunile nerezolvate, toate pot fi cauze ale acestui păcat. Chiar și sentimentele rănite trebuiesc aduse la crucea Domnului Isus și umplute cu pacea Sa care întrece orice pricepere. Soluția nu este păcatul, ci, dimpotrivă, sfințirea.

În Matei 5:29, Domnul Isus recomandă un tratament drastic, care, deși nu trebuie luat literal, trebuie aplicat în „spirit" cu cea mai mare seriozitate. Ucide păcatul înainte ca el să te ucidă!

Înțelegerea clară a faptului că voia Lui Dumnezeu este sfințirea noastră (1 Tesaloniceni 4:3) și fuga de curvie, supunerea întregii ființe Lui Dumnezeu (Romani 6) și legământul cu ochii (Iov 31:1), sunt câteva moduri de „medicină preventivă".

Atunci însă când păcatul s-a produs este bine de știut că sângele Domnului Isus asigură curățire și de acest păcat.

Femeia din Ioan 8 a fost asigurată de iertarea Dom-

nului Isus. Cei din Corint (1 Corinteni 6:9-11) au
fost şi ei iertaţi, la fel cum David a fost iertat în urma
pocăinţei sale (Psalmul 32:1-3).

"SĂ NU FURI!"

Această poruncă opreşte luarea sau însuşirea pe ne-
drept a bunurilor străine. Împotriva acestei porunci se
păcătuieşte prin luarea pe ascuns a lucrurilor străine.
Luarea bunurilor străine prin mijloace viclene
(înşelăciune), de pildă prin falsificare de acte,
cumpărare cu bani falşi, vânzarea cu măsuri minci-
noase, delapidare, luarea de dobândă (cămătărie),
oprirea plăţii cuvenite lucrătorilor, neîntoarcerea lu-
crului luat cu împrumut; neîmplinirea datoriei pe care
o are cineva, trăirea din cerşetorie, atunci când cineva
poate să-şi câştige hrana prin muncă.
Furtul este un păcat greu, fiindcă loveşte în datoria
de a fi drepţi şi a iubi pe aproapele nostru. Apostolul
Pavel îl numără printre păcatele care îl lipsesc pe făp-
tuitor de împărăţia Lui Dumnezeu (1 Cor. 6:10).
Deci, datoria creştinului este să-şi câştige cele de
trebuinţă numai prin munca cinstită şi nicidecum
să-şi însuşească pe nedrept lucrurile străine. Ai fost
vre-o dată înşelat la cântar? Pe mine m-au înşelat. Sau
poate tu înşeli la cântar sau altfel în timp ce vinzi sau
cumperi.
Iată ce spune Dumnezeu în această privinţă: "Să
n-ai în casă două feluri de efe, una mare şi alta mică.
Ci să ai o greutate adevărată şi dreaptă, să ai o efă
adevărată şi dreaptă, pentru ca să ai zile multe în ţara

pe care ţi-o dă Domnul Dumnezeul tău. Căci oricine face aceste lucruri, oricine săvârşeşte o nedreptate, este o urâciune înaintea Domnului Dumnezeului tău." (Deuteronom 25:14-16) .

Păcatul furatului afectează naţiuni întregi şi aduce nenorocirea asupra lor. După ce au încheiat legământ cu Domnul Isus prin credinţă şi au devenit creştini, Apostolul Pavel le-a scris creştinilor din Efes: "Cine fură să nu mai fure; ci mai degrabă să lucreze cu mâinile lui la ceva bun, ca să aibă ce să dea celui lipsit." (Efeseni 4:28)

Unii oameni încep o afacere comună şi apoi unul începe să înşele pe celălalt şi să-l fure pe ascuns. Dumnezeu spune: "Nimeni să nu fie cu vicleşug şi cu nedreptate în treburi faţă de fratele său; pentru că Domnul pedepseşte toate aceste lucruri, după cum v-am spus şi v-am adeverit" (1 Timotei 4:6). Fugi de hoţie şi păzeşte-ţi sufletul curat ca să poţi moşteni Împărăţia Lui Dumnezeu. "Aceasta este soarta tuturor celor lacomi de câştig: lăcomia aduce pierderea celor ce se dedau la ea." (Proverbe 1:19)

"Din pricina păcatului lăcomiei lui, M-am mâniat şi l-am lovit, M-am ascuns, în supărarea Mea, şi cel răzvrătit a urmat şi mai mult pe căile inimii lui." (Isaia 57:17)

În Maleahi 3:7,8 ne relatează o situaţie în care Dumnezeu acuză propriul Său popor de faptul că este „furat" prin zeciuielile şi darurile de mâncare.

Ori de câte ori nu Îi dăm Lui Dumnezeu ceea ce este a Lui ajungem în postura de a încerca să-L furăm pe Dumnezeu.

Furtul poate conduce la minciună sau chiar crimă, toate cu scopul acoperirii păcatului. Nesiguranța este un alt blestem al hoțului: este mereu cu frica în sân de teamă că va fi descoperit. Oprește-te! „Cine fură să nu mai fure!" (Efeseni 4:28) un îndemn clar și simplu!

Zacheu a înțeles acest lucru atunci când a promis o restituire a bunurilor de patru ori mai mare (Luca 19:8).

Muncește! „...ci mai degrabă să lucreze cu mâinile lui ceva bun..." (Efeseni 4:28).

"Căpeteniile lui sunt în mijlocul lui ca niște lupi care își sfâșie prada; varsă sânge, pierd sufletele, numai ca să-și potolească lăcomia de bani." (Ezechiel 22:27). "Cel lacom de câștig își tulbură casa, dar cel ce urăște mita va trăi."(Proverbe 15:27)

„Căci de la cel mai mic până la cel mai mare, toți sunt lacomi de câștig; de la proroc până la preot, toți înșeală" (Ieremia 6:13).

"Vai de cei ce cugetă nelegiuirea și făuresc rele în așternutul lor; când se crapă de ziuă o înfăptuiesc, dacă le stă în putere. Dacă poftesc ogoare, pun mâna pe ele, dacă doresc case, le răpesc; asupresc pe om și casa lui, pe om și moștenirea lui." (Mica 2:1-2).

Furtul este de multe ori asociat și cu alte păcate..

"Să nu furați, și să nu mințiți, nici să nu vă înșelați unii pe alții."(Levitic 19:11).

Astfel au ajuns plini de ori ce fel de nelegiuire, de curvie, de viclenie, de lăcomie, de răutate; plini de pizmă, de ucidere, de ceartă, de înșelăciune, de porniri răutăcioase; sunt șoptitori, bârfitori, urâtori de Dumnezeu, obraznici, trufași, lăudăroși, născocitori de rele, neascultători de părinți, fără pricepere, călcători de cuvânt, fără dragoste firească, neînduplecați, fără milă."(Romani 1:29-32).

Știu un proverb care zice: „Cine fură azi un ou, mâine va fura un bou!!" Așa este, cine fură azi un lucru mărunt, mâine va fura un lucru mare!!

Este o binecuvântare să lucrezi cu mâinile tale, folosind abilitățile cu care te-a înzestrat Dumnezeu pentru a-ți susține familia și a fi în stare să îi ajuți pe alții. Dărnicia este antidotul perfect împotriva oricărei tendințe sau ispite.

"SĂ NU MĂRTURISEȘTI STRÂMB ÎMPOTRIVA APROAPELUI TĂU!"

La această poruncă oamenii se poticnesc cu adevărat căci a nu minți, pare o mare nevoință, o mare virtute.

Astăzi oamenii se mint între ei într-o veselie și fără prea multe procese de conștiință. Minciuna face parte din noi, o respirăm pur și simplu ca pe o necesitate fiziologică.

Tatăl minciunii triumfă și se bucură deoarece creștinii se fac călcătorii poruncii a noua din decalog: „Să nu mărturisești strâmb împotriva aproapelui tău!" (Deuteronom 5:20).

Când te minți pe tine, știi în mod sigur că te minți.

Când te lauzi pe tine în fața altora și te înalți, oamenii nu știu, dar tu însuți știi că dai mărturie mincinoasă despre tine. Dacă repeți această mărturie mincinoasă de multe ori, oamenii se vor convinge cu timpul că spui minciuni. Și dacă spui neîncetat o minciună despre tine, tu însuți vei ajunge să crezi în propria minciună și, astfel, minciuna va deveni pentru tine un adevăr. Atunci te vei obișnui cu minciuna, așa cum orbul se obișnuiește cu întunericul.

Când mărturisirea făcută unei persoane nu este adevărată, se spune ca s-a făcut o mărturisire „strâmbă".

Evident, a mărturisi „strâmb" înseamnă a face o afirmație sau susținere falsă, mincinoasă, neadevărată sau pe scurt „a minți". Deși mulți cred că a minți nu este ceva prea grav, Dumnezeu, dimpotrivă, include interzicerea de afirmații neadevărate în cele Zece Porunci ale Sale. Și în cazul acestei porunci, Dumnezeu a mai dat o serie de legi, reglementări și îndrumări complementare.

Un caz de mărturisire strâmbă este depunerea unei mărturii false împotriva unei alte persoane. „Un singur martor nu va fi de ajuns împotriva unui om, ca să adeverească vreo nelegiuire sau vreun păcat oarecare; un fapt nu va putea fi întemeiat decât pe mărturia a doi sau trei martori. Când un martor mincinos se va ridica împotriva cuiva ca să-l învinuiască de vreo nelegiuire, cei doi oameni cu pricina trebuie să se înfățișeze înaintea Domnului, înaintea preoților și judecătorilor care vor fi atunci în slujbă. Judecătorii să facă cercetări amănunțite. Dacă se va afla că martorul acela este un martor mincinos și că a făcut o mărturisire mincinoasă împotriva fratelui său, atunci, să-i faceți cum avea el de gând să facă fratelui său. Să scoți astfel răul din mijlocul tău."(Deuteronom 19:15-19)

"Martorul mincinos nu rămâne nepedepsit și cel ce

spune minciuni nu va scăpa" (Proverbele 19.5). "Să nu răspândești zvonuri neadevărate. Să nu te unești cu cel rău, ca să faci o mărturisire mincinoasă pentru el.

Ferește-te de o învinuire nedreaptă și să nu omori pe cel nevinovat și pe cel drept; căci nu voi ierta pe cel vinovat."(Exodul 23:1-7)

"Martorul mincinos nu rămâne nepedepsit și cel ce spune minciuni va pieri" (Proverbele 19:9).

În cazurile sus amintite când cineva depune o mărturie falsă sau mincinoasă, acesta nu va rămâne nepedepsit nici de Dumnezeu și nici de instanțele de judecată omenești. "Un martor stricat își bate joc de dreptate și gura celor rai înghite nelegiuirea." (Proverbele 19.28).

Mărturia mincinoasă este folosită de oamenii nelegiuiți ca o adevărată armă împotriva celui nevinovat.

Aflat într-o asemenea situație amenințătoare, neprihănitul David îl implora pe Dumnezeu să-l ajute, nemaiavând speranța decât la El. "Nu mă lăsa la bunul plac al potrivnicilor mei! Căci împotriva mea se ridică niște martori mincinoși și niște oameni, care nu suflă decât asuprire" (Psalmul 27:12).

Bârfele și calomnierea reprezintă de asemenea forme de mărturie mincinoasă:" Să nu umbli cu bârfeli în poporul tău. Să nu te ridici împotriva vieții aproapelui tău. Eu sunt Domnul." (Leviticul 19:16).

Răspândirea de zvonuri neadevărate, ca și vorbirea în mod negândit împotriva cuiva sunt tot forme de minciună: "Să nu răspândești zvonuri neadevărate ..."(Exodul 23:1).

"Nu vorbi în chip ușuratic împotriva aproapelui

tău; ori ai vrea să înşeli cu buzele tale?" (Proverbele 24:28).

Ca şi furtul, minciuna este o formă de înşelăciune prin care cineva este indus în eroare, înşelat şi amăgit.

Cuvântul Lui Dumnezeu se referă la toate aceste forme de acţiune necinstită într-o singură propoziţie: „Să nu furaţi şi să nu minţiţi, nici să nu vă înşelaţi unii pe alţii"(Levitic 19:11).

O descriere a „caracterului" omului neplăcut Lui Dumnezeu, precum şi a răsplăţii care îl aşteaptă este ilustrată astfel: "Omul de nimic, omul nelegiuit, umblă cu neadevărul în gură, clipeşte din ochi, dă din picior, şi face semne cu degetele. Răutatea este în inima lui, urzeşte lucrurile rele într-una, şi stârneşte certuri. De aceea nimicirea îi va veni pe neaşteptate; va fi zdrobit deodată, şi fără leac " (Proverbele 6:12-15).

Vom fi poate uimiţi să aflăm că Domnul nu numai că nu tolerează, dar chiar şi urăşte minciuna:

"Şase lucruri urăşte Domnul, şi chiar şapte Îi sunt urâte: ochii trufaşi, limba mincinoasă, mâinile care varsă sânge nevinovat, inima care urzeşte planuri nelegiuite, picioarele care aleargă repede la rău, martorul mincinos, care spune minciuni şi cel ce stârneşte certuri între fraţi "(Proverbele 6:16-19).

Minciunile spuse se pot răsfrânge negativ asupra altora, chiar mai mult, pot duce şi la deteriorarea relaţiilor dintre oameni. Nu numai în cazurile juridice, ci şi în viaţa de toate zilele minciunile „nevinovate", ca şi afirmaţiile care denaturează în mod intenţionat adevărul, se pot dovedi a fi în final adevărate pârghii care conduc la deteriorarea vieţii altora, a bunăstării şi chiar a stării lor de sănătate. De aceea, porunca spune „să nu mărturisești strâmb împotriva aproapelui tău", pentru că prin denaturarea adevărului se acționează deseori împotriva acestuia.

Dacă minciunile „de zi cu zi" sunt de regulă privite ca nevinovate de către oameni, nu acesta este și punctul de vedere al Lui Dumnezeu. La El minciunile nu se categorisesc după gravitate, mici sau mari, pentru El toate păcatele sunt egale. Deoarece Dumnezeu este numai adevăr, este logic ca minciuna să fie în afara adevărului.

Adevărul și minciuna sunt concepte diferite care se exclud unul pe altul și nu pot avea nici un punct comun. Prin urmare, Dumnezeu nu poate accepta nici măcar minciunile inofensive. O minciună oricât de „nevinovată" este suficientă pentru încălcarea Legii Sale. "V-am scris nu că n-ați cunoaște adevărul, ci pentru că îl cunoașteți și știți că nici o minciună nu vine din adevăr (1 Ioan 2:21), să ne lăsăm încă o dată convinși de Cuvântul biblic care spune: "Nu vă mințiți unii pe alții, întrucât v-ați dezbrăcat de omul cel vechi, cu faptele lui, și v-ați îmbrăcat cu omul cel nou, care se înnoiește spre cunoștința, după chipul Celui ce l-a făcut "(Coloseni 3"9,10).

Trebuie să înțelegem că „a minți" nu este mai puțin grav în comparație cu încălcarea celorlalte porunci.

Tocmai de aceea Domnul Isus Hristos așează această poruncă la egalitate cu toate celelalte: "Atunci s-a apropiat de Isus un om, și deseori împotriva acestuia I-a zis: "Învățătorule, ce bine să fac, ca să am viață veșnică?" El i-a răspuns: "De ce mă întrebi: Ce bine?' Binele este Unul singur. Dar dacă vrei să intri în viață, păzește poruncile. „Care?" I-a zis el. Si Isus i-a răspuns: "Să nu ucizi: să nu preacurvești; să nu furi; să nu faci o mărturisire mincinoasă; să cinstești pe tatăl tău și pe mama ta..." (Matei 19:16-19).

Putem experimenta și constata că spunând întotdeauna adevărul și evitând afirmațiile neadevărate în final va conduce la urmări favorabile, aducându-ne numai binecuvântări. Cuvântul Domnului spune:

"Iată ce trebuie să faceți: Fiecare să spună aproapelui său adevărul; judecați în porțile voastre după adevăr și în vederea păcii; nici unul să nu gândească în inima lui rău împotriva aproapelui său și nici să nu iubiți jurământul strâmb! Căci toate lucrurile acestea Eu le urăsc, zice Domnul"(Zaharia 8:16,17).

Relațiile dintre oameni vor avea întotdeauna de suferit atâta timp cât va exista minciuna, fiind necesar să punem în practică îndemnul divin care spune: "lăsați-vă de minciună: "Fiecare dintre voi să spună aproapelui său adevărul", pentru că suntem mădulare unii altora."(Efeseni 4:25).

Încercând eliminarea minciunii din viața noastră, să urmăm totodată îndemnul:„ ... iubiți adevărul și pacea!" (Zaharia 8:19).

Să-L iubim pe cel care este adevărul: Pe Isus Hristos, Domnul și Mântuitorul nostru. "Vă dau o poruncă nouă: să vă iubiți unii pe alții! Așa cum v-am iubit Eu, tot așa să vă iubiți și voi unii pe alții. Prin aceasta vor cunoaște toți că sunteți ucenicii Mei, dacă veți avea dragoste unii pentru alții "(Ioan 13:34,35).

Nu este cu putință ca un martor fals să nu fie descoperit şi să rămână nepedepsit. Însuşi Dumnezeu, Care spune: "Nu este nimic acoperit, care nu va fi descoperit, nici ascuns, care nu va fi cunoscut. De aceea, orice aţi spus la întuneric, va fi auzit la lumină; şi orice aţi grăit la ureche, în odăiţe, va fi vestit de pe acoperişul caselor" (Luca 12:2,3).

Apostolii i-au avertizat pe creştini cu privire la rostirea de neadevăruri: "Dacă crede cineva că este religios, şi nu-şi înfrânează limba, ci îşi înşeală inima, religiunea unui astfel de om este zadarnică"(Iacov 1:26).

"Căci cine iubeşte viaţa şi vrea să vadă zile bune, să-şi înfrâneze limba de la rău şi buzele de la cuvinte înşelătoare" (1 Petru 3:10).

Cei care folosesc martorii mincinoşi sau îi cred fără să cerceteze, sunt complici la fărădelegea lor. Să luăm seama la cuvintele Lui Dumnezeu care spun: "martorul mincinos nu rămâne nepedepsit, şi cel ce spune minciuni va pieri" (Proverbe 19:9).

"SĂ NU POFTEŞTI CASA APROAPELUI TĂU; SĂ NU POFTEŞTI NEVASTA APROAPELUI TĂU, NICI ROBUL LUI, NICI ROABA LUI, NICI BOUL LUI, NICI MĂGARUL LUI, NICI VRIUN ALT LUCRU, CARE ESTE AL APROAPELUI TĂU"!

Porunca a zecea opreşte însuşirea lucrurilor altuia, precum şi pofta după ele. Aceasta poruncă opreşte toate cugetele, dorinţele şi poftele necurate ale inimii, fiindcă din ele se nasc apoi tot felul de fapte rele.

Nu este de ajuns numai să nu furăm lucrul aproapelui, dar nici nu ne este îngăduit să-l dorim și să-l poftim în sufletul nostru, fiindcă pofta naște păcatul, iar păcatul înfăptuindu-se aduce moartea. "Apoi pofta când a zămislit, dă naștere păcatului; și păcatul odată făptuit, aduce moartea." (Iacov 1:15).

"Căci din inimă ies gânduri rele, ucideri, adultere, desfrânări, furtișaguri, mărturii mincinoase, hulele" (Matei 15:19).

Porunca a zecea ne cere stârpirea poftei care se înfiripează în inima omului. Aceasta poruncă este deosebită față de restul poruncilor pentru că ea se referă la o zonă a existenței umane care scapă controlului nostru.

Singurul care poate pătrunde în inima, gândurile, intențiile și trăirile sufletești ale omului e Dumnezeu (Psalmul 139:1-4,23,24).

Ați auzit de vreo instanță omenească care să-l condamne pe om doar pentru că a poftit ceva în inima lui?

Legile omenești pedepsesc doar faptele reprobabile. Ele nu pot pătrunde în inima omului și nu pot identifica intențiile lui. Un om poate urî, poate fi depravat în inima sa, poate invidia, dar dacă ura, imoralitatea și invidia din inima lui nu se traduc în fapte exterioare, vizibile, legile omenești nu-l pot condamna. Un astfel de om scapă "basma curată" la o eventuală cercetare a lui în lumina legilor omenești.

Uneori, ca o ironie a sorții, un astfel de om poate fi considerat de societate ca fiind un om deosebit, respectabil. Raportat la legile omenești, un om poate

fi socotit un bun cetăţean, chiar un exemplu de mora-
litate. Faţă de Legea Lui Dumnezeu însă, acelaşi
om poate apărea un mare păcătos. Dacă instanţele
omeneşti nu pot condamna ceea ce aparţine de dome-
niul gândurilor, simţămintelor şi trăirilor sufleteşti ale
omului, Dumnezeu o poate face totuşi. El este Stăpân
şi peste acest domeniu. Din acest punct de vedere,
existenţa poruncii a zecea în Decalog este o dovadă
că Legea morală e de origine divină, nu omenească.

Porunca a zecea ocupă un loc aparte între poruncile
Decalogului. Ea nu are de-a face cu fapte vizibile, ex-
terioare, ci cu dorinţe lăuntrice, imperceptibile pentru
cei din jur. Păcatul e o stare de spirit, e o atitudine in-
terioară care doar uneori se materializează în fapte ex-
terioare, vizibile. Dorinţele ascunse ale omului nu tre-
buie să se transforme în fapte pentru a fi păcătoase…

"Aţi auzit că s-a zis celor din vechime:"Să nu prea-
curveşti!" Dar Eu vă spun că oricine se uită la o fe-
meie ca să o poftească, a şi preacurvit cu ea în inima
lui" (Matei 5:27,28).

Nu v-aţi întâlnit adesea cu mentalitatea aceasta:
"Eu n-am furat de la nimeni, n-am omorât pe nimeni,
n-am luat nevasta nimănui?"

Dacă nu ar fi existat aceasta a zecea poruncă, mulţi
ne-am fi simţit îndreptăţiţi să considerăm că suntem
dintre cei mai buni oameni. Porunca a zecea însă,
"complică" aşteptările noastre. La fel cum ea a "com-
plicat "şi aşteptările lui Pavel. Pe când era un fariseu
conştiincios, Pavel credea că ţinuse Legea şi că merita
aprobarea divină. Când a înţeles ce este pofta (Roma-
ni 7:7), el a trebuit să descopere cât de păcătos era şi

cât de mult avea nevoie de harul Lui Dumnezeu."O, nenorocitul de mine! Cine mă va izbăvi de acest trup de moarte?" (Romani 7:24).

Dacă pofta e rădăcina tuturor relelor care se întâmplă pe pământ, dacă pofta e mama viciului, a corupției, a lăcomiei de orice fel, a setei de putere, a imoralității, a invidiei, a crimei și a tuturor relelor moderne, atunci putem spune fără să greșim că porunca a zecea este, întradevăr, regina poruncilor Decalogului.

Cuvântul asupra căruia ni se atrage atenția în această poruncă este „a pofti".

Pofta în sine nu este rea. Dimpotrivă: Pofta de mâncare, de pildă, este un indicator că cineva este sănătos.

Când aceasta este atenuată, poate însemna că omul este bolnav. Și există în general pofta de viață, care este o exprimare a bucuriei și a nevoi normale a fiecărui om de a savura viața, prin diferite activități benefice.

Pofta devine rea sau dăunătoare numai în momentul în care ia o formă dominantă, anulând voința și rațiunea. În acest caz, suntem dominați de ea, nemaiputând fi capabili de a o controla.

„A pofti" în contextul acestei porunci înseamnă „a dori puternic să obții ceva ce aparține unei alte persoane", fiind sinonim cu „a râvni".

Desigur, aici Dumnezeu face referire la pofta cu sens negativ, neîngăduită de El. Apostolul Pavel spune: „păcatul nu l-am cunoscut decât prin Lege.

De pildă, n-aș fi cunoscut pofta, dacă Legea nu mi-ar fi spus: "Să nu poftești!"(Romani 7:7). Acest gen de poftă este generat de păcatul din om:

„Deci, păcatul să nu mai domnească în trupul vostru

muritor şi să nu mai ascultaţi de poftele lui "(Romani 6.12).

Atâta timp cât trăim în această lume, suntem confruntaţi şi cu astfel de tendinţe. Însă, ţinând cont de Lege, trebuie să nu dăm curs acestora, ele având urmări inevitabile şi regretabile, ci să urmăm îndemnul divin: „Să nu mai daţi în stăpânirea păcatului mădularele voastre, ca nişte unelte ale nelegiuirii; ci daţi-vă pe voi înşivă Lui Dumnezeu, ca vii, din morţi cum eraţi; şi daţi Lui Dumnezeu mădularele voastre, ca pe nişte unelte ale neprihănirii" (Romani 6.13).

Oamenii încearcă să afle cauzele care stau la baza conflictelor din lume, găsind numai rezolvări momentane.

Cuvântul divin pătrunde însă în esenţe negândite de om, arătând că tocmai poftele rele motivează oamenii în multe din acţiunile lor, ele reprezentând astfel baza majorităţii necazurilor: „De unde vin luptele şi certurile între voi? Nu vin oare din poftele voastre, care se luptă în mădularele voastre?"(Iacov 4:1). De fapt, pofta a fost motivul pentru care a pătruns păcatul în lume:

„Domnul Dumnezeu a făcut să răsară din pământ tot felul de pomi, plăcuţi la vedere şi buni la mâncare alături de pomul vieţii în mijlocul grădinii, pomul cunoştinţei binelui şi răului. Domnul Dumnezeu a dat omului porunca aceasta:

"Poţi să mănânci după plăcere din orice pom din grădină; dar din pomul cunoştinţei binelui şi răului să nu mănânci, căci în ziua în care vei mânca din el, vei muri negreşit " (Geneza 2:9,16,17).

Înşelată însă de şarpe, „femeia a văzut că pomul era bun de mâncat şi plăcut de privit şi că pomul era de dorit ca să deschidă cuiva mintea. A luat deci din rodul lui şi a mâncat; a dat şi bărbatului ei, care era lângă ea, şi bărbatul a mâncat şi el." (Geneza 3:6).

Ca urmare a neascultării lor de Dumnezeu, primii oameni au devenit muritori şi implicit tot neamul omenesc până în zilele noastre.

Datorită poftei căreia i-a dat curs, omul şi-a pierdut nemurirea. Trebuie însă totodată menţionat ca iniţiatorul acestei tragedii este cel care a ispitit-o pe femeie să mănânce din rodul oprit: „Şarpele era mai şiret decât toate fiarele câmpului pe care le făcuse Domnul Dumnezeu. El a zis femeii: "Oare a zis Dumnezeu cu adevărat: "Să nu mâncaţi din toţi pomii din grădină?"

Femeia a răspuns şarpelui: "Putem să mâncăm din rodul tuturor pomilor din grădină. "Dar despre rodul pomului din mijlocul grădinii, Dumnezeu a zis: "Să nu mâncaţi din el, şi nici să nu vă atingeţi de el, ca să nu muriţi. "Atunci şarpele a zis femeii: "Hotărât, că nu veţi muri: dar Dumnezeu ştie că, în ziua când veţi mânca din el, vi se vor deschide ochii, şi veţi fi ca Dumnezeu, cunoscând binele şi răul".(Geneza 3:1-5).

Despre acest şarpe se spune în Apocalipsa : „Şi balaurul cel mare, şarpele cel vechi, numit Diavolul şi Satana, acela care înşeală întreaga lume, a fost aruncat pe pământ."(Apocalipsa 12:9).

Diavolul în limba greacă (diabolos) înseamnă „defăimător", „dezbinător", şi Satana din ebraică, satan, înseamnă „duşman", „adversar", cel ce este duşmanul Lui Dumnezeu şi al omului, care continuă până în ziua când va fi nimicit de Dumnezeu, dar până atunci el își va face lucrarea sa distructivă pe pământ.

Vorbind fariseilor, Isus le zice: „Voi aveți de tată pe diavolul; și vreți să împliniți poftele tatălui vostru. El de la început a fost ucigaș; și nu stă în adevăr, pentru că în el nu este adevăr. Ori de câte ori spune o minciună, vorbește din ale lui, căci este mincinos și tatăl minciunii."(Ioan 8.44).

Satana este „stăpânitorul lumii acesteia" despre care Isus a spus că „el n-are nimic în Mine" (Ioan 14:30) și care ne îmbie și astăzi prin felurite forme de ispite și pofte. De aceea suntem îndemnați în mod repetat: „ Preaiubiților, vă sfătuiesc ca pe niște străini și călători, să vă feriți de poftele firii pământești care se războiesc cu sufletul." (1Petru 2:11).

„Zic dar: umblați cârmuiți de Duhul și nu împliniți poftele firii pământești. Căci firea pământească poftește împotriva Duhului și Duhul împotriva firii pământești" (Galateni 5:1 6,17).

Pofta se poate manifesta și sub forma unei dorințe sau patimi pentru o persoană căsătorită. Porunca aceasta atrage atenția de a nu „pofti nevasta" altcuiva. Pe de o parte se prejudiciază grav viața tuturor celor implicați, iar pe de altă persoană în cauză acționează împotriva soțului nedreptățit:

„Tot așa este și cu cel ce se duce la nevasta aproapelui său: oricine se atinge de ea nu va rămâne nepedepsit. Hoțul nu este urgisit când fură ca să-și potolească foamea, căci îi este foame; și dacă este prins, trebuie să dea înapoi însutit, să dea chiar tot ce are în casă. Dar cel ce preacurvește cu o femeie este un om fără minte, singur îşi pierde viaţa cine face aşa. Nu va avea decât rană şi ruşine, şi ocara nu i se va şterge. Căci gelozia înfurie pe un bărbat, şi n-are milă în ziua răzbunării; nu se uită la nici un preţ de răscumpărare şi nu se lasă înduplecat nici chiar de cel mai mare dar."(Proverbe 6:29-35).

Prin aceasta „poftă" se încalcă atât porunca de faţă, cât şi cea de-a şaptea („Să nu preacurveşti": „a comite adulter" sau „a încălca fidelitatea conjugală"), chiar şi fără să se ajungă la o relaţie fizică. Însuşi Domnul Isus ne dezvăluie aceasta: „Aţi auzit că s-a zis celor din vechime: "Să nu preacurveşti."

Dar Eu vă spun că oricine se uită la o femeie, ca s-o poftească, a şi preacurvit cu ea în inima lui"(Matei 5:27,28).

Se poate observa de aici cât de complexă în înţelegeri este Legea lui Dumnezeu! În loc să râvnim la ceea ce aparţine altcuiva, să încercăm să dăm şi altora din ceea ce avem noi. Pavel face astfel mărturisirea unui adevărat slujitor al Domnului: „Înţelegeţi-ne bine! N-am nedreptăţit pe nimeni, n-am vătămat pe nimeni, n-am înşelat pe nimeni."(2 Corinteni 7:2).

„N-am râvnit nici la argintul, nici la aurul, nici la hainele cuiva. Singuri ştiţi că mâinile acestea au lucrat pentru trebuinţele mele şi ale celor ce erau cu mine. În toate privinţele v-am dat o pildă, şi v-am arătat că, lucrând astfel, trebuie să ajutaţi pe cei slabi, şi să vă aduceţi aminte de cuvintele Domnului Isus, care însuşi a zis: „Este mai ferice să dai decât să primeşti." (Faptele Apostolilor 20:33-35).

Mai puternică decât orice pasiune sau lăcomie tre-

buie să fie încercarea de a înțelege ce ar simți persoa-
na care ar avea de suferit din cauza noastră.

Cuvântul Lui Dumnezeu spune: "Tot ce voiți să vă
facă vouă oamenii, faceți-le și voi la fel; căci în aceas-
ta este cuprinsă Legea și Proorocii." (Matei 7:12).

„De aceea, omorâți mădularele voastre care sunt pe
pământ: curvia, necurăția, patima, pofta rea, și lăco-
mia, care este o închinare la idoli. Din pricina acestor
lucruri vine mânia Lui Dumnezeu peste fiii neascultă-
rii." (Coloseni 3:5,6).

„Fiecare din voi să știe să-și stăpânească vasul în
sfințenie și cinste, nu în aprinderea poftei, ca Neamu-
rile, care nu cunosc pe Dumnezeu." (1 Tesaloniceni
4:4,5).

Dumnezeu s-a adresat și se adresează în continuare
tuturor popoarelor prin Cuvântul Său (Biblia), dorind
ca fiecare om în parte să afle adevărul Său.

Acest adevăr presupune înnoirea vieții noastre în
conformitate cu standardele Legii Sale.

Porunca se referă nu numai la interdicția de de-
posedare a avuției unei persoane, ci și la îndepărtarea
dorinței de „a copia" pe altcineva.

Deci „să nu poftești" mai presupune și să nu râvne-
ști la ceea ce are cineva: avere, bani, lux, bunăstare,
realizări într-un anumit domeniu, faimă, etc.

Biblia spune "să nu umblăm după o slavă deșartă
" (Galateni 5:26), „ci în smerenie fiecare să privească
pe altul mai presus de el însuși." (Filipeni 2:3).

Goana după câștigurile bănești ca scop în sine nu
primește cuvinte de laudă din partea Cuvântului Lui
Dumnezeu, ci „câștigul" are aici cu totul alte cono-

tații:

„Negreșit, evlavia însoțită de mulțumire este un mare câștig. Căci noi n-am adus nimic în lume, și nici nu putem să luăm cu noi nimic din ea. Dacă avem, dar, cu ce să ne hrănim și cu ce să ne îmbrăcăm, ne va fi de ajuns.

Cei ce vor să se îmbogățească, dimpotrivă, cad în ispită, în multe pofte nesăbuite și vătămătoare, care cufundă pe oameni în prăpăd și pierzare. Căci iubirea de bani este rădăcina tuturor relelor; și unii, care au umblat după ea, au rătăcit de la credință, și s-au străpuns singuri cu o mulțime de chinuri. Iar tu, om al Lui Dumnezeu, fugi de aceste lucruri, și caută neprihănirea, evlavia, credința, dragostea, răbdarea, blândețea " (1Timotei 6:6-11).

Odată cineva, preocupat de problema unei părți de moștenire, aduce aceasta la cunoștința Lui Isus în speranța de a i se face dreptate. Răspunsul Său îl găsim în relatarea următoare. Unul din mulțime i-a zis Lui Isus:

"Învățătorule, spune-i fratelui meu să împartă cu mine moștenirea noastră." "Omule", i-a răspuns Isus, "cine M-a pus pe Mine judecător sau împărțitor peste voi?"

Apoi le-a zis: "Vedeți și păziți-vă de orice fel de lăcomie de bani; căci viața cuiva nu stă în belșugul avuției lui." Și le-a spus pilda aceasta: "Țarina unui om bogat rodise mult. Și el se gândea în sine, și zicea: Ce voi face? Fiindcă nu mai am loc unde să-mi strâng roadele.

Iată, a zis el, ce voi face: îmi voi strica grânarele, și

voi zidi altele mai mari; acolo voi strânge toate roadele și toate bunătățile mele; și voi zice sufletului meu:

„Suflete, ai multe bunătăți strânse pentru mulți ani; odihnește-te, mănâncă, bea și înveselește-te!". Dar Dumnezeu i-a zis: „Nebunule! Chiar în noaptea aceasta ți se va cere înapoi sufletul, adică: duhul de viață; și lucrurile, pe care le-ai pregătit, ale cui vor fi? Tot așa este și cu cel ce își adună comori pentru el, și nu se îmbogățește față de Dumnezeu" (Luca 12:13-21).

Îndemnul „să nu poftești" indică calea spre o viață echilibrată, fără îmbuibări sau orice alt fel de excese.

Acestea sunt proprii „firii pământești", și sunt printre altele: „preacurvia, curvia, necurăția, desfrânarea, închinarea la idoli, pizmele (invidia), uciderile, bețiile, îmbuibările, și alte lucruri asemănătoare cu acestea." (Galateni 5:19-21).

Omul ar trebui însă să trăiască după Duhul lui Dumnezeu:

„Zic dar: umblați cârmuiți de Duhul și nu împliniți poftele firii pământești."(Galateni 5:16). Iar unul din roadele Duhului este „înfrânarea poftelor" (Galateni 5:23). „Cei ce sunt ai Lui Hristos Isus, și-au răstignit firea pământească împreună cu patimile și poftele ei" (Galateni 5:24).

Este decizia ce o luăm pentru o viața nouă, printr-un proces de înnoire zilnică în părtășie cu Domnul Isus Hristos și de renunțare continuă la firea noastră cea veche cu toate „poftele" ei. De fapt: "Să nu preacurvești, să nu furi, să nu faci nici o mărturisire mincinoasă, să nu poftești", și orice altă poruncă ce mai poate fi, se cuprind în porunca aceasta: "Să iubeşti pe aproapele tău ca pe tine însuţi "(Romani 13:9).

Aflăm că întregul sistem al „priorităţilor" întemeiat pe dorinţe şi patimi lumeşti nu este de origine divină şi are un caracter vremelnic în perspectiva existenţei veşnice pe care o putem avea:

„Căci tot ce este în lume: pofta firii pământeşti, pofta ochilor şi lăudăroşia vieţii, nu este de la Tatăl, ci din lume. Şi lumea şi pofta ei trece; dar cine face voia Lui Dumnezeu, rămâne in veac"(1Ioan 2:16,17).

Spre sfârşitul vieţii, după ce a văzut şi trăit multe, înţeleptul împărat Solomon face o observaţie profundă asupra vieţii şi a istoriei: "Am văzut că orice muncă şi orice iscusinţă la lucru îşi are temeiul numai în pizma unuia asupra altuia" (Eclesiastul 4:4).

Cele mai strălucitoare realizări ale omenirii sunt, din nefericire, mânjite de motivaţii greşite, păcătoase.

Dacă am putea da la o parte perdeaua care separă faptele şi realizările vizibile de motivaţiile care stau în spatele lor, am rămânea surprinşi de cât de mult adevăr se găseşte în afirmaţia înţeleptului Solomon.

De fapt, istoria lumii e construită pe scheletul istoriei poftei. Lărgind ideea, am putea spune că întreaga istorie a păcatului, de la apariţia lui în Univers şi până astăzi, are la bază pofta cea rea, condamnată atât de clar de porunca a zecea. Când Lucifer îşi zicea în inima lui, pe vremea când păcatul nu apăruse încă şi când el ocupa un loc privilegiat chiar lângă tronul Lui Dumnezeu: "Mă voi sui în cer, îmi voi ridica scaunul de domnie mai presus de stelele Lui Dumnezeu, voi şedea pe muntele adunării dumnezeilor, la capătul miază-noaptei, mă voi sui pe vârful norilor, voi fi ca Cel Prea Înalt" (Isaia 14:13-14), pofta era motivația ascunsă a inimii care l-a împins să provoace revolta unei părți importante a îngerilor Lui Dumnezeu.

Când Eva, la sugestia șarpelui din Eden, a privit la pomul oprit și "a văzut că pomul era bun de mâncat și plăcut de privit și că pomul era de dorit să deschidă cuiva mintea" pofta a îndemnat-o să încalce porunca clară a Lui Dumnezeu, luând din fructul oprit.

Când urmașii credincioși ai lui Adam, veniți pe lume, pe linia genealogică a lui Set, "au văzut că fetele oamenilor erau frumoase și din toate și-au luat de neveste pe acelea pe care le-au ales"(Geneza 6:2) pofta a fost cea care a alterat caracterul oamenilor, făcând ca întreaga planetă să suporte consecințele.

Când David, plimbându-se într-o după-amiază liniștită pe terasele palatului regal, a zărit o femeie scăldându-se, pofta l-a împins să ia femeia altui bărbat. Fapta sa a adus în propria viață o serie întreagă de drame pe care nu le-ar fi trăit dacă ar fi rămas mereu fidel Legii Lui Dumnezeu.

În toate aceste cazuri și în multe altele care nu au fost amintite, pofta căreia i s-a dat curs a fost urmată de dezastru. Dar oare în lumea modernă lucrurile sunt altfel decât în lumea biblică? Câte războaie nu se nasc ca urmare a poftei unora după teritoriile sau resursele naturale ale altora? Câte furturi, violuri, adultere, crime, fapte de corupție, falsuri și multe alte nelegiuiri nu se nasc din pofta rea a unor oameni a căror rațiune se lasă dominată de patimi? Cazinourile din Las Vegas, bordelurile din marile orașe ale lumii, emisiunile TV de divertisment și o mulțime de alte lucruri există în lume numai datorită poftei care se cere hrănită.

Există o întreagă industrie a plăcerii, cu cifre de afaceri amețitoare. Există o întreagă industrie de publicitate care își găsește rațiunea doar în poftă.

Reclamele, care vor să ne convingă de faptul că nu putem fi fericiți dacă nu cumpărăm imediat un anumit produs, nu ar avea niciun rost daca ele nu ar găsi în ființa umană terenul prielnic al poftei. Momeala nu și-ar avea rostul în cârligul undiței dacă nu ar exista pofta peștelui pentru această momeală.

Câtă dreptate are apostolul Iacov când scrie în epistola sa: "Fiecare este ispitit când este atras de pofta lui însuși și momit. Apoi pofta, când a zămislit, dă naștere păcatului și păcatul, odată făptuit, aduce moartea." (Iacov 1:14,15).

Oare cum ar fi arătat istoria lumii noastre, chiar așa decăzută cum este, dacă nu ar fi existat pofta? Oare cum ar arăta lumea de azi și care ar fi relațiile dintre oameni? Credeți că ar mai exista topul celor mai bogați oameni ai lumii? S-ar mai confecționa lenjerii intime brodate cu diamante în valoare de milioane de euro? S-ar mai cheltui milioane de dolari pentru spectacolul inaugurării unui hotel de lux din Dubai?.

Ar mai exista tarife hoteliere pentru o singură noapte în valoarea unei limuzine? S-ar mai fabrica automobile de lux cu caroseria aurită și cu pietre prețioase pe schimbătorul de viteze? Mai marii lumii și-ar mai dota băile cu instalații sanitare din aur? Ar mai exista atâția obezi, alcoolici, drogați, desfrânați dacă nu ar exista pofta?

Lumea ar fi atât de schimbată încât ne-ar fi imposibil să o recunoaștem. De fapt, nici nu suntem capabili să ne imaginam o astfel de lume liberă de tirania poftelor de tot felul. Istoria păcatului, în care e inclusă și istoria lumii noastre, este în esența ei o istorie a poftei. Biblia ne asigură însă că această istorie nu are niciun viitor.

Dumnezeu a hotărât, pentru binele și stabilitatea veșnică a întregului Univers, ca viitorul să aparțină doar dreptății, neprihănirii, dragostei și oricăror valori adevărate.

"Tot ce este în lume: pofta firii pământești, pofta ochilor și lăudăroșia vieții nu este de la Tatăl, ci din lume. Și lumea și pofta ei trece, dar cine face voia Lui Dumnezeu rămâne în veac"(1 Ioan 2:16,17).

Înțeleptul Solomon afirmă despre Dumnezeul nostru că "orice lucru El îl face frumos la vremea lui" (Eclesiastul 3:11), invitându-ne să ne bucurăm de lucrurile create de El, să ne desfătăm și să avem plăcere de ele. Dacă Creatorul ar interzice plăcerea în toate formele ei, atunci El nu ne-ar fi dat ochi ca să ne răsfețe cu frumusețile Creațiunii, nu ne-ar fi creat papile gustative cu care să savurăm aroma unui fruct, nu ne-ar fi lăsat auzul sensibil la frumusețea și armonia unei melodii plăcute.

Plăcerea de a privi un peisaj frumos, pofta de a gusta o hrană sănătoasă, dorința de a avea un obiect necesar etc., nu sunt condamnate de porunca a zecea.

Creatorul Însuși ne-a înfrumusețat și îmbogățit viața cu plăceri nevinovate, cu dorințe curate și cu pofte nepăcătoase.

Cum ar fi să ne aşezăm la masă şi niciodată să nu avem poftă de mâncare, orice s-ar afla în fața noastră?

Cum ar fi viața dacă, privind un tablou sau un peisaj de munte, să nu avem nici o plăcere să-l privim? Ce s-ar întâmpla dacă nu ne-am mai dori nimic în viață?

Nu-i aşa că viața ar fi infinit mai săracă şi mai monotonă dacă nu ar exista plăcerea, dorința şi pofta?

Porunca a zecea nu condamnă plăcerea, ci dictatura ei. În general, orice lucru bun şi legitim, dacă iese din matca lui, din limitele normalului, poate deveni distrugător.

La fel stau lucrurile şi cu pofta: dacă iese din matca ei legitimă şi morală, pofta devine păcătoasă. Poate că cea mai comună poftă a omului este cea legată de hrană. Pofta de mâncare este legitimă şi sănătoasă, absența ei fiind considerată a fi un simptom de boală. Însă atunci când pofta de mâncare întrece anumite limite cantitative sau are ca obiect alimente nesănătoase sau chiar interzise de Cuvântul Lui Dumnezeu, ea devine păcătoasă şi capătă un caracter distructiv.

În acest caz, pofta devine lăcomie şi ajunge sub incidența Legii morale. După care criterii ne putem da seama dacă o poftă, dorință, plăcere este bună sau rea?

Orice poftă, dorință, plăcere, trebuie trecută prin sita criteriilor morale. Este ea în acord cu acestea? Atunci pofta e legitimă. În caz contrar, ea e condamnată de Lege.

A pofti să mănânci un măr nu e păcat, dar a pofti să mănânci un măr pe care l-ai furat de pe taraba unui comerciant neatent este păcat.

A dori să ai o maşină la fel de bună ca a vecinului tău nu e păcat, dar a-ţi procura banii necesari cumpărării ei prin mijloace necinstite devine păcat.

Aceeaşi poftă, dorinţă, plăcere, în contexte diferite, poate fi nevinovată, dar poate fi şi păcătoasă. În viaţă întâlnim nenumărate situaţii în care o poftă firească, legitimă, normală este pervertită, devenind o poftă rea, păcătoasă şi distrugătoare.

În planul Creaţiunii divine, în universul interior al fiinţei umane, trebuia să existe o anumită ierarhie. Pe tron trebuia să se afle raţiunea. Ea trebuia să controleze nivelul afectului şi pe cel al fizicului. Atâta vreme cât raţiunea se afla pe tronul ei de regină, totul era bine. Orice dorinţă şi orice aspiraţie era trecută prin filtrul raţiunii şi totul era armonios şi moral. Păcatul a schimbat însă rolurile. Raţiunea a fost detronată în favoarea inimii. În omul păcătos nu mai conduce raţiunea, ci sentimentele, inima.

Este cunoscută replica lui Samson la argumentul raţional al părinţilor lui care îl sfătuiau să nu-şi ia o soţie dintre filistence: "Ia-mi-o, căci îmi place!"(Judecatori 14:3).

Toate argumentele părinţilor, toate principiile morale învăţate şi toate sfaturile primite nu au fost suficiente pentru a-l abate pe Samson de la calea dorinţelor lui. În cazul său, pofta, plăcerea, dorinţa, se afla deasupra raţiunii, supunându-l pe om unei dictaturi crunte.

Porunca a zecea are în vizorul ei cauza primară a păcatului o cauză de cele mai multe ori ascunsă, invizibilă în exterior, imperceptibilă pentru simţurile omului, dar nu şi pentru Dumnezeu. De fapt, prin această poruncă din finalul Decalogului, Dumnezeu Îşi propune să cureţe izvoarele vieţii.

Grija Creatorului pentru ca izvoarele vieţii noastre să fie curate se observă din tot cuprinsul Scripturi. Înţelegând acest ideal divin, înţeleptul Solomon încearcă să-l exprime printr-un îndemn simplu, dar consistent:

"Păzeşte-ţi inima mai mult decât orice, căci din ea ies izvoarele vieţii!" (Proverbe 4:23). Cum arată portretul moral al unui om ale cărui izvoare ale vieţii au fost curăţite?

Biblia ne oferă suficiente exemple în acest sens, ajutându-ne să înţelegem care este idealul pe care îl doreşte Dumnezeu de la noi (Psalmul 15; Isaia 33, 15, 16; Apocalipsa 14:1-8 ,etc).

Un om care respectă porunca a zecea va avea, cu ajutorul Duhului Sfânt, un permanent control al voinţei şi raţiunii asupra dorinţelor, aspiraţiilor, plăcerilor şi poftelor sale. Atunci când descoperă o dorinţă sau plăcere care iese din matca moralităţii, va cere ajutor divin pentru a o stăpâni. Nu va pretinde niciodată pentru sine onoare, slavă şi cinste din partea celor din jur. În schimb, el va oferi cinste şi respect aproapelui său.

Nu va fi niciodată invidios pe semenii lui pentru reuşitele lor, ci se va bucura cu sinceritate de ele. Va prefera să stea în umbră, în timp ce alţii se încălzesc la razele strălucitoare ale popularităţii. Va fi mulţumit cu ceea ce are şi va trăi din plin bucuriile nevinovate pe care i le oferă viaţa. Va închide orice portiţă posibilă în calea ispitelor care îi pot contamina izvoarele vieții și, dacă nu-i va fi posibil acest lucru, va cere putere de la Dumnezeu ca să le învingă. Nu va umbla după lucruri mari și nu va fi un excentric. Însă, în modestia lui, va face lucruri mari pentru societate și pentru Dumnezeu, chiar dacă acest lucru nu e recunoscut de cei din jur.

Un astfel de om este o dovadă vie că respectarea poruncii a zecea este o barieră împotriva încălcării ei.

Pofta păcătoasă este nemulțumirea, invidia și spiritul de concurență. L-ai văzut pe vecinul tău venind acasă cu o mașină luxoasă abia cumpărată! Ce ai simțit în acele clipe? Puțină invidie? Puțină nemulțumire privind rabla din propriul garaj plină de urme de rugină pe caroserie?!

Ai simțit impulsul de a te duce la prima bancă pentru a face un împrumut cu care să-ți achiziționezi o mașină mai grozavă decât cea a vecinului?

Dacă ai simțit ceva din toate acestea, atunci fii sigur că pofta este cea care ți-a adus asemenea trăiri. Și, de asemenea, poți fi sigur că izvoarele vieții tale au fost deja contaminate. Ți s-a întâmplat același lucru când ai văzut noua mobilă recent cumpărată de prietenul tău? Dar când ai auzit de succesul în afaceri al unui fost coleg de școală?

Probabil că una din cele mai importante lecții de viață este aceea de a învăța să trăiești mulțumindu-te cu ce ai, fără să poftești ceea ce nu ți se cuvine.

E uimitor să observi cât de multe lucruri își poate dori un om în scurta lui viață! Dar mai uimitor decât aceasta este să observi de cât de puține lucruri are nevoie acelaşi om pentru a trăi!

Spiritul de nemulţumire este un tovarăş de viaţă cât se poate de incomod, căci o persoană nemulţumită care pofteşte întruna este o povară atât pentru sine însăşi, cât şi pentru societate. Pentru un astfel de om, totul e rău, totul trebuie schimbat, totul trebuie înnoit permanent.

Spiritul de nemulţumire nu poate face casă bună cu pacea sufletească după care tânjeşte orice suflet omenesc. Desigur, aici nu vorbim despre resemnare. Oare un copil al Lui Dumnezeu trebuie să renunţe la orice efort pentru a-şi îmbunătăţi situaţia materială, pentru a se dezvolta intelectual şi cultural sau pentru a progresa pe plan social? Nu, categoric nu! Prima poruncă dată omului de către Creator, imediat după ce a ieşit din mâinile Sale, a fost:

"Creşteţi!" (Geneza 1:28). Porunca Creatorului viza o creştere pe toate planurile, dar mai ales pe plan spiritual.

Problema apare atunci când omul urmăreşte creşterea lui pe un plan sau altul din motive egoiste, păcătoase.

Apostolul Pavel ne-a lăsat un criteriu cât se poate de sănătos pentru a ne feri de contaminarea izvoarelor vieţii cu pofte rele, păcătoase:

"Deci, fie că mâncaţi, fie ca beţi, fie ca faceţi altceva, să faceţi totul spre slava Lui Dumnezeu." (1 Corinteni 10:31).

Orice ţinte pe care ni le punem în viaţă, orice lucru pe care îl dorim, orice realizare după care aspirăm, trebuie trecute prin sita acestui criteriu. Este acel lucru al tău, ținta spre slava Lui Dumnezeu? Sau, dimpotrivă, doresc acel lucru doar pentru a-mi satisface dorințele egoiste? Dorind să ne ferească de contaminarea izvoarelor vieții, Biblia ne oferă o mulțime de exemple pozitive și nenumărate îndemnuri: "Să nu fiți iubitori de bani. Mulțumiți-vă cu ce aveți, căci El Însuși a zis: "Nicidecum n-am să te las, cu niciun chip nu te voi părăsi."(Evrei 13:5).

"Negreșit, evlavia însoțită de mulțumire este un mare câștig" (1 Timotei 6:6). "M-am deprins să fiu mulțumit cu starea în care mă găsesc. Știu să trăiesc smerit și știu să trăiesc în belșug. În totul și pretutindeni m-am deprins să fiu sătul și flămând, să fiu în belșug și să fiu în lipsă. Pot totul în Hristos care mă întărește." (Filipeni 4:11-13).

Dumnezeu ne-a creat ființe libere și demne, purtând chipul Său în noi. Dumnezeu nu dorește să ne vadă robi ai poftelor nestăpânite, ai patimilor sau dorințelor nesfinte.

De aceea, porunca a zecea ne cere nu doar să-i respectăm pe semenii noștri împreună cu bunurile și realizările lor, dar ea ne cere și să ne respectăm pe noi înșine, în calitate de fii și fiice ale unui Dumnezeu atât de minunat.

Unirea ta cu Dumnezeu prin Domnul Isus Hristos, și trăirea ta în părtășie cu El, acum și în eternitate, depinde de împlinirea poruncilor Lui Hristos.

"Voi sunteți prietenii Mei, dacă faceți ce vă poruncesc Eu." (Ioan 15:14).

Teme-te de Dumnezeu și păzește poruncile Lui!

Adu-ți aminte de Făcătorul tău în zilele tinereții tale,

până nu vin zilele cele rele, și până nu se apropie ani când vei zice: Nu găsesc nici o plăcere în mine.

O deșertăciune, a deșertăciunilor zice Eclesiastul, totul este deșertăciune, pe lângă că Eclesiastul a fost înțelept, el a mai învățat și știința pe popor, a cercetat a tocmit un mare număr de zicători. Eclesiastul a căutat să afle cuvinte plăcute și să scrie întocmai cuvintele adevărului.

Să ascultăm dar încheierea tuturor învățăturilor: "Teme-te de Dumnezeu și păzește poruncile Lui, aceasta este datoria oricărui om, căci Dumnezeu va aduce orice faptă la Judecată, și Judecata aceasta se va face cu privire la tot ce este ascuns, fie bine, fie rău."(Eclesiastul 12:1-14).

ZILELE PRIGONIRII

***

Persecutarea și uciderea creștinilor a fost și este până în prezent. Există anumite locuri pe glob, unele știute, altele mai puțin știute, unde creștinii ajung să fie martirizați și chiar uciși pentru credința lor. Chiar și în vremurile actuale, în care globalizarea e în toi, multiculturalismul este promovat peste tot, iar religia a ajuns în foarte multe state pe ultimele locuri ca importanță în viața oamenilor.

Numărul creștinilor uciși în fiecare an datorită credinței lor este atât de mare, încât, matematic vorbind, la fiecare cinci minute un om moare ca martir.

Persecuțiile împotriva creștinilor au început în istorie în anul 64, în timpul împăratului Nero. Și astăzi însă, în secolul al-XXI-lea, opresiunea contra acestor credincioși continuă, în multe țări din lume, precum Coreea de Nord, Iran sau Arabia Saudita.

Creștinismul poate că a devenit una dintre religiile dominante pe plan mondial, dar mai există încă multe locuri unde creștinii sunt persecutați, expropriați, torturați sau chiar martirizați.

Au fost creștini care au trăit vremuri de persecuție, și unii mai trăiesc și în momentul acesta, în țările lor, unde sunt prigoniți sau maltratați, din cauza credinței lor în Isus.

În țările respective stau la bază religia budistă și cea musulmană. Poate că nu știți sau nu ați auzit despre unele țări ca acestea, dar o să vă descriu câteva din ele, acolo unde nu se acceptă sub nici o formă creștinismul.

Iată cele mai periculoase 10 țări pentru creștini;

Coreea de Nord. Populația: 20 de milioane de locuitori; Creștini: 400.000; Religia principală: Ateism.

Persecuția creștinilor din Coreea de Nord nu cunoaște margini și să fii creștin acolo este considerată una dintre cele mai grave crime posibile.

Creștinii nord-coreeni trebuie să-și ascundă credința.

Doar deținerea unei Biblii este un motiv pentru a fi executat sau deportat în lagărele de muncă. Persecuția creștină din Coreea de Nord nu are egal, a fi creștin este una dintre cele mai grave crime posibile.

Dogma comunistă nu are toleranță față de religie, aceștia trebuie să se supună cultului marelui conducător Kim Il Sung sau al fiului său, Kim Jong Il.

În 2010, au fost arestați sute de creștini, mulți fiind executați. În ciuda riscurilor, Biserica de aici câștigă în amploare. Aproximativ 400.000 de credincioși se adună în clădiri dezafectate unde cântă încet imnuri.

Iran. Populația: 74,2 milioane de locuitori; Creștini: 450.000; Religia principală: Islamică.

Presiunea asupra bisericii creștine este foarte mare în Iran. Mulți dintre cei 450.000 de creștini din societatea musulmană trăiesc cu frica hărțuirilor autorităților.

În Iran a crescut numărul creştinilor arestaţi în 2010. Deşi unii dintre ei au fost eliberaţi, presiunea asupra lor este încă relativ mare. Mulţi dintre cei 450.000 de creştini trăiesc cu teama hărţuirii de către guvern.

Afganistan. Populaţia: 28,1 milioane de locuitori; Creştini, foarte puţini. Religia principală: Islamică.

Creştinii din Afganistan se confruntă cu o presiune constantă din partea autorităţilor şi a societăţii.

Credincioşii nu se întâlnesc niciodată în public. Mulţi creştini au plecat pe ascuns, părăsind ţara.

Creştinii declaraţi din Afganistan fac şi ei faţă presiunii familiale, sociale, guvernamentale. De obicei sunt foarte discreţi şi nu se adună niciodată în public.

Arabia Saudită. Populaţia: 25,7 milioane de locuitori; Creştini, 565.400; Religia principală: Islamică.

Nu există nici o libertate religioasă în regatul islamic din Arabia Saudită. Adunările publice non-musulmane sunt strict interzise, iar convertirea la creştinism este pedepsită cu moartea. Credincioşilor creştini le este frică să vorbească deschis despre credinţa lor, chiar şi cu familia.

Nu există libertate religioasă nici în Arabia Saudită.

Exprimarea publică a unei credinţe nemusulmane este interzisă, iar convertirea la creştinism, percepută ca apostazie, poate rezulta în pedeapsă capitală.

Majoritatea creştinilor sunt muncitori străini atent monitorizaţi, care au voie să se închine doar în privat şi în grupuri mici, dar şi atunci au de înfruntat dificultăţi.

Somalia. Populația: 9,1 milioane de locuitori; Creștini, foarte putini; Religia principală: Islamică

Somalia ca stat nu mai are conducere centrală din 1991. Este periculos pentru oricine să se afle acolo, dar îndeosebi pentru un creștin. Puținii creștini sunt persecutați și trebuie să practice credința lor în secret.

Maldive. Populația: 311.000 de locuitori; Creștini, foarte putini; Religia principală: Islamică.

Toți cetățenii trebuie să fie musulmani în Maldive, întrucât legea interzice practicarea oricărei alte religii.

Bisericile creștine sunt interzise, la fel ca și importul de literatură creștină.

Noi reglementări ale practicilor religioase au fost date la iveală în 2010, politica s-a radicalizat și în privința turiștilor, după ce mai mulți au fost găsiți purtând Biblii asupra lor. Puținii autohtoni care și-au menținut orientarea (creștini indigeni din Maldive) sunt izolați unii de alții și monitorizați cu strictețe de autoritățile religioase și locale.

Yemen. Populația: 23,6 milioane de locuitori; Creștini, foarte putini; Religia principala: Islamică.

În Yemen, religia islamică este credința de stat.

Străinii au limitat libertatea religioasă, iar evanghelizarea de orice fel este strict interzisă. Yemeniții nu au voie să părăsească religia islamică, iar cei care se convertesc la creștinism se confruntă cu persecuții din partea autorităților.

Religia de stat din Yemen este Islamul și aici tot saharianul este sursa oricărei legislații. Străinii au libertate religioasă, dar misionarismul de orice natură este

strict interzis. Un caz concret este cel al unor munci-
tori expatriați din 2010, deportați pentru că discutau
aspecte ale creștinismului cu colegii lor musulmani
care le-au cerut-o. Mai mult, yemeniții nu au voie să
se lepede de Islam, cei care o fac riscă persecuții ma-
sive din partea familiei, autorităților sau grupărilor
extremiste. La asta se adaugă și instabilitatea crescută
cauzată de mișcările teroriste și separatiste.

**Irak. Populația: 30,7 milioane de locuitori; Creș-
tini: 334.000; Religia principala: Islamică.**

Violența anticreștină din Irak este în creștere, după
cum sugerează numărul morților și răniților.

**Uzbekistan. Populația: 27,5 locuitori; Creștini:
208.600; Religia principala: Islamică.**

Presiunea asupra creștinilor a crescut în ultimul an.

Multe biserici creștine și-au pierdut credincioșii și
chiar clădirile. Creștinii convertiți recent și-au pierdut
slujbele, au fost bătuți și au fost alungați din casele
lor.

Presiunea asupra creștinilor din Uzbekistan a cres-
cut în ultimul an. Numărul de jafuri din biserici s-a
mărit și amenzile pentru activități religioase ilicite
depășesc acum de o sută de ori valoarea salariului
minim. Condamnările la închisoare pe termen scurt
(3-15 zile) sunt adesea pedepse pentru propaganda
creștină. Multe biserici și-au pierdut statutul, la fel ca
și alte instituții. Convertiții recenți au de-a face și cu
pierderea locului de muncă, violențele, respingerea
socială sau expulzarea din cămin.

Laos. Populația: 6,4 milioane de locuitori; Crești-

ni: 200.000; Religia principală: Budism.

Bisericile nu-și pot desfășura activitatea liber, iar mulți creștini suportă persecuții fizice și psihice, pentru a-și abandona credința lor. Mulți sunt supuși unor tensiuni emoționale și fizice acute care îi împing spre abandonul credinței.

Observăm că relațiile dintre creștini și musulmani se agravează tot mai mult. Cea mai mare eroare pe care au comis-o inamicii creștinismului a fost aceea de a-i persecuta pe creștini. În ceea ce privește psihologia, acei oameni ar fi trebuit să știe că nimeni nu poate fi convins să creadă în ceva prin tortură, amenințări sau moarte.

Ne așteaptă zile grele, zile de prigonire pentru creștinii adevărați, pentru acei creștini care vor dori să Îl slujească în dragoste și adevăr pe Dumnezeu.

Mai este puțină vreme și se va impune o constituție ce va fi împotriva creștinilor și Creatorului lor. Se va impune implantarea unui microcip pe mâna dreaptă tuturor oamenilor și celor cărora nu vor accepta acel semn al fiarei (666), li se va interzice dreptul de cumpărare și vânzare de orice natură, iar în final vor fi închiși, prigoniți sau omorâți.

Trebuie să ne pregătim pentru acele zile, cum vom putea sta în picioare în acele zile, dacă noi acum în zile bune nu suntem pregătiți și cădem ușor la orice problemă, cum vom putea să nu cădem atunci?!

Pregătirea noastră se face în vremuri bune, să fim găsiți pregătiți în orice moment spiritual, fizic și psihic.

Este bine să ne retragem din orașele mari, din locurile aglomerate pentru că acestea vor fi cele mai afectate.

Să ne retragem în acele locuri liniștite, retrase, unde să avem grădină pentru a putea cultiva pomi fructiferi și legume, fără să mai trebuiască să depindem mereu de super-marketuri, pentru a nu fi nevoiți să cumpărăm, ci să ne furnizăm noi acele alimente necesare. Să ne construim și o magazie unde să nu lipsească aprovizionarea de alimente pe o perioadă îndelungată.

Domnul ne arată că vin vremuri grele și El vrea ca noi să fim pregătiți.

În acele perioade grele unii creștini vor fugi în munți, în peșteri, vor fi în închisori, iar alți omorâți. Trebuie să privim mereu cu speranță spre viitor și să știm că, și în acele zile de necaz, Dumnezeu va fi cu noi și El nu ne va părăsi. El ne va conduce și ne va îndruma să mergem în locurile pregătite de El pentru noi copiii Săi.

Să nu ne deznădăjduim și să ne înspăimântăm pentru că El niciodată nu ne va îngădui mai mult decât putem noi duce. Totul e în mâna Sa, nimic nu se poate întâmpla fără ca Dumnezeu să îngăduie să ni se întâmple acel lucru. Până și numărul firelor din cap ne sunt numerate și nici un fir de păr nu va cădea fără ca El să îngăduie lucrul acesta.

Când va fi Sfârșitul nimeni nu știe, nici Însuși Fiul, Isus Hristos, ci numai Tatăl Dumnezeu. Noi vedem vremurile, după cum știm că se apropie primăvara, vara, toamna sau iarna, așa știm că se apropie și venirea Domnului Isus.

După toate aceste semne scrise care se împlinesc în-tr-un pas alert şi venirea Fiului este mult mai aproape decât ne imaginăm sau gândim noi.

Am văzut pe unii oameni care se aruncă în a face tot felul de precizări cu privire la Ziua Sfârşitului! Ei au precizat ziua veniri Domnului Isus şi ulterior s-a dovedit a fi o minciună. Să nu facem astfel de greşeli, să ne jucăm cu Dumnezeu şi să luăm în deşert sau râs Numele Lui Cel Sfânt!

Sfârşitul va fi atunci când va considera Dumnezeu şi nu omul! Nimeni nu ştie când va veni Sfârşitul, nici Fiul, ci doar Însuşi Dumnezeu! Este adevărat, căci sfârşitul este aproape, dar nimeni nu poate şti exact ziua. Aceasta nu este o sarcină a noastră, nu ne priveşte pe noi, trebui să ne intereseze mai mult dacă noi suntem pregătiţi pentru acea zi!

Să nu ne credem mai înţelepţi cu privire la lucrul acesta, pentru că Dumnezeu nu ne-a descoperit acea zi, şi nu ne-a lăsat să ne preocupe aceasta, dacă vom continua aşa, vom cădea în plasa celui rău. Cum nu ştim când vom muri, aşa nu ştim nici Ziua Sfârşitului când va fi!

Sunt lucruri care pe noi nu ne privesc şi consider că nici nu ar trebui să ne intereseze, cum unii oameni vorbesc şi se gândesc, de exemplu, dacă prie-tena, colegul, vecina s.a vor fi mântuiţi.

Nu ne interesează astfel de lucruri, pentru că numai Dumnezeu este în măsură să decidă cine va fi, sau nu, mântuit!

N-ar trebui să ne intereseze acestea şi alte lucruri pe care Dumnezeu nu le-a lăsat în grija noastră şi pe care doar El le are in grija Lui.

Gândirea noastră nu poate fi și gândirea Lui Dumnezeu. Omul gândește pământește, iar El gândește Dumnezeiește, cum e distanța între pământ și cer, așa e gândirea noastră față de gândirea Lui Dumnezeu. El niciodată nu va gândi ca noi. De aceea înfăptuim un păcat când ne gândim la lucrurile care nu ne-au fost lăsate nouă și nu ne vor aduce niciodată nimic constructiv, din contră, păcătuim astfel împotriva Lui Dumnezeu.

Noi suntem limitați, chiar dacă vrem să cunoaștem cât mai multe lucruri, în parte cunoaștem doar ce ne este dat să cunoaștem, dar când vom fi în Ceruri, cu Dumnezeu, ni se vor deschide toate orizonturile cunoașterii și atunci vom cunoaște toate lucrurile, care odată pentru noi erau necunoscute, neclare sau greu de înțeles. Avem o capacitate de cunoaștere a lucrurilor de 1%, dar în Cer vom fi capabili să cunoaștem și să experimentăm lucruri la care nu ne-am gândit sau nu am visat vreodată. Vom fi ca îngerii, fără să întrebăm și fără să ni-se răspundă, vom ști totul, vom fi atotștiutori.

Iată câteva versete care fac referire la persecuție și prigonire:

"Ferice de cei prigoniți din pricina neprihănirii, căci a lor este Împărăția cerurilor! Ferice va fi de voi când, din pricina Mea, oamenii vă vor ocărî, vă vor prigoni, și vor spune tot felul de lucruri rele și neadevărate împotriva voastră!

Bucurați-vă și înveseliți-vă, pentru că răsplata voastră este mare în ceruri; căci tot așa au prigonit pe proorocii, care au fost înaintea voastră".(Matei 5:10-12)

"Dacă vă urăşte lumea, ştiţi că pe Mine M-a urât înaintea voastră. Dacă aţi fi din lume, lumea ar iubi ce este al ei; dar, pentru că nu sunteţi din lume şi pentru că Eu v-am ales din mijlocul lumii, de aceea vă urăşte lumea.

Aduceţi-vă aminte de vorba, pe care v-am spus-o: "Robul nu este mai mare decât stăpânul său". Dacă m-au prigonit pe Mine şi pe voi vă vor prigoni; dacă au păzit cuvântul Meu, şi pe al vostru îl vor păzi" (Ioan 15:1820).

"Cine ne va despărţi pe noi de dragostea lui Hristos? Necazul, strâmtorarea, prigonirea, foametea, lipsa de îmbrăcăminte, primejdia sau sabia?

După cum este scris: "Din pricina Ta suntem daţi morţii toată ziua; suntem socotiţi ca nişte oi de tăiat." Totuşi, în toate aceste lucruri noi suntem mai mult decât biruitori, prin Acela care ne-a iubit. Căci sunt bine încredinţat că nici moartea, nici viaţa, nici îngerii, nici stăpânirile, nici puterile, nici lucrurile de acum, nici cele viitoare, nici înălţimea, nici adâncimea, nici o altă făptură nu vor fi în stare să ne despartă de dragostea Lui Dumnezeu, care este în Isus Hristos, Domnul nostru". (Romani 8:35 -39).

"De altfel, toţi cei ce voiesc să trăiască cu evlavie în Hristos Isus, vor fi prigoniţi"(2Timotei 3:12).

"Preaiubiţilor, nu vă miraţi de încercarea de foc din mijlocul vostru, care a venit peste voi ca să vă încerce, ca de ceva ciudat, care a dat peste voi, dimpotrivă, bucuraţi-vă, întrucât aveţi parte de patimile lui Hristos, ca să vă bucuraţi şi să vă înveseliţi şi la arătarea slavei Lui. Dacă sunteţi batjocoriţi pentru Numele lui Hristos, ferice de voi! Fiindcă Duhul slavei, Duhul lui Dumnezeu, Se odihneşte peste voi". (1Petru 4:12-14).

Am dat doar câteva versete, însă Noul Testament descrie mult mai multe versete referitoare la prigoană.

Atâta timp cât Templul de la Ierusalim nu este încă rezidit, ştim că mai este timp până la sfârşitul zilelor. Dar, având în vedere că totul este pregătit pentru rezidirea Templului şi restabilirea închinării în el, ne dăm seama că timpul este foarte aproape. El va face ca şi Templul să fie rezidit la timpul hotărât de El, cum s-a întâmplat şi după întoarcerea din robia babiloneană.

Atunci, se părea că este imposibil să fie reconstruit Templul. Şi care a fost mesajul Lui Dumnezeu prin prorocul Zaharia? Lucrul acesta nu se va face nici prin putere, nici prin tărie, ci prin Duhul Meu, zice Domnul Oştirilor!

ADEVĂRATA IUBIRE

***

Iubirea este totul. Iubirea înseamnă a dărui la infinit, iubirea este o stare în care fericirea altei persoane este esențială pentru a ta. Atunci când există dragoste nesfârșită, imposibilul devine cu ușurință posibil, iar pentru om aproape că nu există o surpriză mai fermecătoare decât aceea de a simți că este iubit, totul fiind ca și cum Dumnezeu ar atinge cu un deget inima omului.

Iubirea este aspirația sfântă către necunoscut, cea mai sublimă parte din sufletul nostru.

Dumnezeu este iubire. Iubirea face să apară, în mod spontan, în ființa noastră dăruirea de sine, bunătatea, altruismul, bunăvoința, fericirea, încântarea și compasiunea.

Iubirea este cel mai puternic elixir pe care fiecare din noi îl avem oricând la dispoziție, tocmai de aceea este minunat să-l savurăm fără încetare, pentru că iubirea vine de la Dumnezeu și pentru că Dumnezeu este înainte de toate iubire, iar prin intermediul iubiri tainice intrăm într-o comuniune profundă, amplă și instantanee cu Dumnezeu Tatăl.

Aceasta explică, printre altele, starea de fericire, extazul, entuziasmul, bucuria, încântarea și exaltarea care apar în fiecare dintre noi atunci când iubim. Astfel, devenim un stâlp uriaș de lumină în jurul căruia crește și înflorește viața spirituală.

Descoperindu-L pe Dumnezeu descoperim astfel totul și, apoi, încântați avem revelația că, în realitate, totul se oglindește în inima noastră. Iubirea ne inundă ca un fluviu tumultos ființa și devine hrana sufletului, atât pentru noi, cât și pentru ceilalți.

Prezența Lui Dumnezeu în noi este un soare de lumină Divină, fericire și inspirație.

Domnul Isus ne spune cum trebuie să fim în duhul, inima, gândirea și ființa noastră, ca să fim persoane fericite.

Când a văzut Isus noroadele, S-a suit pe munte; și după ce a șezut jos, ucenicii Lui s-au apropiat de El.

Apoi a început să vorbească și să-i învețe astfel:

"Ferice de cei săraci în duh, căci a lor este Împărăția cerurilor!

"Ferice de cei ce plâng, căci ei vor fi mângâiați!"

"Ferice de cei blânzi, căci ei vor moșteni pământul!

"Ferice de cei flămânzi și însetați după neprihănire, căci ei vor fi săturați!"

"Ferice de cei milostivi, căci ei vor avea parte de milă!"

"Ferice de cei cu inima curată, căci ei vor vedea pe Dumnezeu!"

"Ferice de cei împăciuitori, căci ei vor fi chemați fii al Lui Dumnezeu!

"Ferice de cei prigoniți din pricina neprihănirii, căci a lor este împărăția cerurilor!

"Ferice va fi de voi când, din pricina Mea, oamenii vă vor ocărî, vă vor prigoni și vor spune tot felul de lucruri rele şi neadevărate împotriva voastră!"

Bucuraţi-vă şi veseliţi-vă, pentru că răsplata voastră este mare în ceruri; căci tot aşa au prigonit pe prorocii, care au fost înainte de voi."(Matei 5:1-12)

Acum să analizăm Fericirile:

"Ferice de cei săraci în duh, căci a lor este Împărăţia cerurilor!

"A fi sărac în duh este atunci când creştinul e smerit şi umil în inima lui faţă de Dumnezeu. Se simte mic şi neputincios şi simte mereu nevoia de Dumnezeu şi nevoia de a face voia Lui. Nu este mulţumit cu starea lui spirituală şi doreşte o creştere tot mai mare. Prin gândire, vorbire şi fapte Îl recunoaşte pe Dumnezeu mai presus de orice, se recunoaşte neputincios fără Dumnezeu şi fără prezenţa Sa. În relaţia cu semenii îi vede pe aceştia mai presus de el însuşi şi este caracterizat de o inimă lipsită de egoism şi mândrie (Luca 18:13,14).

În inima lui smerită locuieşte Duhul Sfânt, deoarece eul şi firea lui pământească sunt răstignite. Pentru un astfel de credincios Domnul Isus şi Duhul Său cel Sfânt sunt totul. Este asemenea Domnului Hristos, de care se lasă condus pe căile Sale Sfinte (Mica 6:8).

Nu gândeşte rău şi nu are gânduri de dispreţ faţă de aproapele său (Proverbe 14:21). Are încredere în Dumnezeu şi răbdare în orice moment greu al vieţii de: suferinţă, lipsuri, nedreptate (Filipeni 4:12,13).

Pentru un astfel de creştin smerenia lui presupune supunere Lui Dumnezeu din dragoste şi teamă sfântă

(1Petru 5:5-6).

Ioan Botezătorul, solul Lui Dumnezeu, trimis să pregătească calea pentru Domnul Isus Hristos, îl vede și-L recunoaște ca Fiul lui Dumnezeu "Mielul Lui Dumnezeu care a venit să ridice păcatul lumii. El să crească iar eu să mă micșorez. Nu sunt vrednic să-I dezleg cureaua încălțămintei" (Ioan cap.1:27-34).

"Ferice de cei ce plâng, căci ei vor fi mângâiați!"

Creștinul adevărat ajunge în unele situații când plânge înaintea Lui Dumnezeu. Acesta este un privilegiu pentru el, căci prin plâns și vărsarea lacrimilor își ușurează sufletul, își descarcă durerea și se simte mult mai bine.

Scriptura ne prezintă exemple de persoane care, în diferite ocazii, au plâns.

Dumnezeu vede starea lăuntrică a noastră și ne cunoaște simțămintele și starea apăsată de durere în momentele când plângem. Bunul nostru Dumnezeu are milă de orice suflet care este îndreptățit să plângă dintr-o inimă sinceră. Aceste lacrimi, ca un strigăt de ajutor, ajung la Dumnezeu, sunt apreciate și El trimite mângâiere.

Mângâierea cea mai mare dată de Dumnezeu celor care plâng este făgăduința în Împărăția cerului, acolo unde vom ajunge și ni se va șterge orice lacrimă din ochii noștri, căci nu vor fi motive de durere, ci numai de bucurie și fericire veșnică (Apocalipsa 21:4).

În călătoria vieții noastre aici pe pământ sunt motive care ne fac să plângem de multe ori. Dumnezeu aude şi vede plânsul disperat după ajutor şi răspunde celui îndurerat şi neajutorat (Geneza 21:15-21).(2 Samuel 1:12; Ieremia 31:15,16; Luca 7:13-16; Ioan 20:11-18; 1 Tesaloniceni 4: 14

Neemia a plâns şi s-a rugat pentru cetatea Ierusalim care, după robia babiloniană, a fost distrusă. Dumnezeu răspunde dorinţei şi lacrimilor lui, ajutând la reclădirea cetăţii şi a templului (Neemia 1:4-11).

Adevăratul creştin vine înaintea Domnului cu rugăciuni şi lacrimi pentru păcatele înfăptuite. Le recunoaşte înaintea Lui Dumnezeu şi cere iertare cu pocăinţă. (Plângerile lui Ieremia 3:39; Psalmul 32:51).

Să simţim cu cei în necaz şi suferinţă, să plângem pentru ei şi cu ei (Romani 12:15).

Cel mai important exemplu pentru noi este Domnul Isus Hristos care adesea venea singur înaintea Lui Dumnezeu Tatăl pentru a înălţa rugăciuni "cu lacrimi", rugăciuni prin care cerea putere de la Dumnezeu pentru lucrarea de mântuire şi rugăciuni de mijlocire pentru noi, cei răscumpăraţi.

"Ferice de cei blânzi, căci ei vor moşteni pământul!

Blândeţea e roada a Duhului Sfânt ce trebuie să o aibă creştinul acceptat de Dumnezeu. Blândeţea se vede din atitudine şi vorbire în relaţiile cu semenii (Galateni 5:23; Matei 21:5).

Un comportament cu o vorbire blândă va duce totdeauna la pace. Blândeţea să o avem faţă de orice persoană şi să fie cunoscută de toţi cei din jur: exemplul lui Moise (Numeri 12:3-13; Filipeni 4:5).

În vorbirea noastră cu oamenii, în cazul unor conflicte sau neînțelegeri, să căutăm să îndreptăm și să lămurim lucrurile cu blândețe și dragoste (2 Timotei 2:24,25; Tit 3:2).

Cu vorbirea blândă și calmă să nu jignim pe nimeni din semenii noștri. Avem un caracter puternic când nu ne aprindem de mânie și nu dăm drumul nervilor în momente de încercare, nedreptate, pagube sau când suntem jigniți și insultați de alte persoane.

Blândețea caracterului ne ajută să nu răspundem la fel, prin ținerea sub control a simțămintelor, ne menținem calmul și blândețea, mintea noastră are timp să gândească și să judece normal. La mânie și iuțime, foarte ușor putem da drumul la cuvinte pripite și ușor putem păcătui și întrista pe Duhul Sfânt (Efeseni 4:30-32).

"Ferice de cei flamanzi și însetați după neprihănire, căci ei vor fi săturați!"

Motiv de fericire pentru adevăratul creștin este foamea și setea după neprihănire.

În întâmpinarea acestor dorințe, Domnul dă promisiunea că acel credincios va fi săturat.

Atunci când Dumnezeu ne va desăvârși, vom ajunge la acea stare a plinătății și la asemănarea cu Domnul Isus Hristos (1Ioan 3:2,3).

Creștinul în permanență dorește să facă totul, orice sacrificiu pentru a împlini poruncile și a trăi după voia Lui Dumnezeu. Dorește să aibă credință și un caracter sfinţit.

Este conştient de ceea ce înseamnă naşterea din nou şi legământul încheiat cu Dumnezeu, se luptă pentru a trăi o viaţă nouă cu Dumnezeu şi pentru slava Lui. Nu oboseşte în facerea binelui (Ioan 6:35; Efeseni 3:19 şi 4:13).

Foloseşte toate ocaziile de a sluji Lui Dumnezeu cu toată puterea fiinţei lui, se roagă mult zilnic şi se străduieşte să cunoască voia Lui Dumnezeu, studiind zilnic Biblia (Ioan 5:39).

Doreşte în permanenţă ca, prin faptele sale, să calce pe urmele Domnului Isus Hristos. Păzeşte toate poruncile Lui Dumnezeu din dragoste pentru Dumnezeu şi pentru semeni (Ioan 14:15).

Caută cu orice ocazie să facă fapte bune şi să fie o lumină pentru oamenii din jur. Se roagă zilnic să primească ajutor de la Dumnezeu şi călăuzirea Duhului Sfânt, se luptă şi veghează asupra comportamentului său, pentru a nu păcătui şi pentru a avea în permanenţă roadele Duhului Sfânt (Galateni 5:22-24).

"Ferice de cei milostivi, căci ei vor avea parte de milă!"

Să fim milostivi, deoarece pentru noi Dumnezeu a avut şi are milă, căci a dat un preţ atât de mare pentru viaţa noastră: jertfa Fiului Său de la cruce.

Pentru a ajunge în Împărăţia cerului şi pentru a moşteni noul pământ, viaţa să ne fie caracterizată cu fapte de milă.

Căci, după cum Dumnezeu a avut şi are milă de noi,

ființe de pe pământ și noi să ajutăm cu vorbe și fapte de milă pe cei sărmani, amărâți și nenorociți (Luca 10:25-37).

"Cel ce îngrijește de cel sărac și are milă de el, în ziua nenorocirii va primi și el ajutor de la Domnul" (Psalmul 41:1-3).

Dacă iertăm oamenilor greșelile lor față de noi și Tatăl ceresc ni le iartă pe ale noastre. Dumnezeu vede cum tratăm și cum avem milă pentru aproapele nostru și va avea și El milă de noi.

În toate ocaziile când dăm ajutor celui nenorocit și în nevoie, aceste fapte sunt înregistrate în ceruri înaintea Lui Dumnezeu și, la timpul potrivit, Domnul ne răsplătește cu binecuvântările și cu ajutorul Său (2 Timotei 1:16-18).

În orice moment și situație ne-am afla în sfera noastră de viețuire, suntem îndemnați de cuvântul Lui Dumnezeu, să nu stăm nepăsători la suferințele și necazurile celor de lângă noi. Ca niște buni creștini, să ajutăm cu tot ce putem: încurajări, vorbe bune și cu rugăciuni aduse Lui Dumnezeu pentru acele persoane amărâte. Să simțim durerea aproapelui nostru și să iubim cu fapta și adevărul (Matei 22:37-40; 25:34-40; Iacov 2:14-18).

"Ferice de cei cu inima curată, căci ei vor vedea pe Dumnezeu!

O altă calitate pentru creștin, moștenitor al Împărăției Lui Dumnezeu este a avea o inimă curată.

Nici un fel de gând necurat nu trebuie să existe în inima noastră de creștini și ucenici ai Domnului. O inimă curată să avem, cu gânduri bune, plăcute Lui Dumnezeu, căci El vede şi cunoaşte ce este în inima omului. Căci Duhul Sfânt nu poate locui într-o inimă care nu este curățită şi golită de tot ce este rău: ură, clevetire, bârfă, egoism, mândrie .(Galateni 5:19-21).

Când Duhul Sfânt locuieşte în inimă ne ajută, ne stăpâneşte şi călăuzeşte gândurile şi simţurile. Ne luminează mintea pentru înţelegerea Cuvântului şi a voinţei Lui Dumnezeu pentru viaţa noastră (Psalmul 51:10). În astfel de situaţie, viaţa şi faptele ne sunt în armonie cu poruncile Lui Dumnezeu (Evrei 8:10).

Un creştin cu inima curată este plăcut înaintea Lui Dumnezeu şi viaţa lui Îl onorează pe Dumnezeu.

Va fi gata oricând a sluji Lui Dumnezeu şi a face lucrarea Lui din dragoste şi respect pentru Domnul.

Creştinul cu o inimă curată este cinstit şi drept în relaţia cu semenii săi. Nu caută în primul rând folosul său ci al altora. Va lucra tot timpul cu sinceritate şi curăţie de inimă câştigând astfel încredea Lui Dumnezeu şi a oamenilor care-l cunosc. Comportamentul lui drept arată curăţirea inimii sale.

Creştinul cu inima curată este iubitor de Dumnezeu şi iubitor de oameni, el nu va minţi şi nu va gândi rău despre aproapele său, nu este făţarnic, nu bârfeşte şi nu cleveteşte pe ascuns. Ceea ce are în inimă arată în vorbe şi în fapte (Psalmul 66:18).

Inima curată cu gânduri şi simţăminte plăcute Lui Dumnezeu este templul Duhului Sfânt. Aşa avem o legătură vie cu Dumnezeu, ce se arată prin dragoste de cuvântul Său şi ascultare de El (Ieremia 17:10; Filipeni 4:7; 1Petru 3:4).

"Ferice de cei împăciuitori, căci ei vor fi chemați fii al Lui Dumnezeu!

O altă calitate pentru a moșteni Împărăția Lui Dumnezeu și pentru a fi chemați fii și fiice este de a fi întotdeauna și în orice împrejurare împăciuitori. Trebuie să fim oameni ai păcii și a împăcării în relația cu Dumnezeu și cu semenii noștri (Psalmul 34:12-14; Romani 12:17-21).

Pacea din inimile noastre este o roadă a Duhului Sfânt, Domnul Isus Hristos ne-a adus pacea în inimă, o încredere deplină în făgăduințele Sale. Ni s-a dat dreptul de a fi copii ai Săi răspunzând chemării iubitoare la pocăință și la ascultare de poruncile Lui Dumnezeu (Ioan 1:11-13).

Oamenii care nu recunosc și nu primesc pe Domnul Hristos în inima și în viața lor sunt dispuși să fie în vrăjmășie unii cu alții, dar cei ce L-au primit pe Domnul sunt plini de pace și de bucurie în inima lor și acestea se răsfrâng asupra celor din jur (Psalmul 119,165).

Un copil al Domnului va fi un om al păcii în orice situație: nu se amestecă în treburile altora, care pe el nu-l privesc; iartă celui ce i-a greșit și la rândul său își recunoaște greșelile, dacă este cazul. Pentru a păstra pacea, suportă nedreptățile și paguba (Matei 5:39-42; Marcu 9:50).

Căci Dumnezeu ne-a chemat să trăim în pace și bună înțelegere unii cu alții (1Corinteni 7:15). Cei care sunt ai Lui Hristos vor avea pace și dragoste în inimile lor.

Să ne silim ca oricând să fim găsiți de Domnul fără prihană, fără vină și în pace, împăcați cu Dumnezeu și împăcați cu cei din jur (2Petru 3:14). În felul acesta vom fi numiți fiii Lui Dumnezeu.

"Ferice de cei prigoniți din pricina neprihănirii, căci a lor este împărăția cerurilor!

Domnul ne fericește și ne dă speranță când suntem prigoniți din pricina neprihănirii. Creștinul adevărat se luptă, renunță și sacrifică favorurile trecătoare pentru o viață curată și neprihănită. Pentru el este prioritar să facă voia Lui Dumnezeu și să-L onoreze (Faptele apostolilor 8:1,35-37). Nu trebuie să renunțăm la viața de sfințenie și de Neprihănire,chiar dacă întâlnim împotriviri și batjocuri.

Să nu ne fie rușine că suntem slujitori și împlinitori ai cuvântului Lui Dumnezeu, căci răsplata ne va fi mare în ceruri (Faptele apostolilor 20:19; Marcu 8:35-38).

Să luăm toată armătura Duhului Sfânt și, prin multă răbdare și credință, să ascultăm mai mult de Dumnezeu decât de oameni și Domnul ne va da biruința.

În momente de asuprire și amenințare, să cerem putere de la Dumnezeu pentru răbdare și să putem iubi pe cei ce ne urăsc, să ne rugăm pentru ei și să nu le răsplătim cu rău, ci cu vorbe și fapte de dragoste.

Avem ca pildă pe Domnul Hristos care, în momente de chin și durere, s-a rugat pentru iertarea vrășmașilor

Săi. Căci prin răbdarea și dragostea noastră față de cei ce ne urăsc și ne prigonesc îi putem câștiga pentru mântuire și pentru Hristos, căci cine va răbda până la sfârșit, va fi mântuit (Matei 10:22; Romani 12:14).

Prigonitori sunt cei care iubesc păcatul, nu cunosc pe Dumnezeu și nu doresc să-și schimbe viața păcătoasă.

Se constată conflictul dintre Domnul Hristos și Satana, dintre cei ce sunt ai Lui Hristos și cei ce sunt ai Satanei.

Așa cum Domnul Isus Hristos nu a fost primit de toți, ci a fost respins și dat la moarte și urmașii Lui vor fi prigoniți.

Dar noi, cei care am încheiat legământul cu Dumnezeu, trebuie să mergem pe urmele Lui, suferind pentru cauza Domnului Isus, să ne bucurăm că răsplata ne va fi mare în ceruri (1Corinteni 2:9; 2 Corinteni 12:10,11).

Prin suferințe, credința și răbdarea sunt puse la încercare. Acestea sunt armele noastre, ale celor credincioși și persecutați: a suferi cu răbdare și cu încredere în Acela care vede totul (Apocalipsa 3:10).

Sunt cazuri când credincioși ai Domnului sunt prigoniți și persecutați chiar de cei din familiile lor. Aici se poate vedea dragostea pentru Dumnezeu, și neprihănirea mai presus decât amenințările celor care nu înțeleg și nu cunosc adevărul și chemarea Lui Dumnezeu (1 Petru 3:12-15).

"Ferice va fi de voi când, din pricina Mea, oamenii vă vor ocărâ, vă vor prigoni, și vor spune tot felul de lucruri rele și neadevărate împotriva

voastră!"

Un alt motiv de fericire pentru credincioșii Domnului este atunci când sunt prigoniți pentru Numele Lui. Când facem lucrarea misionară a Domnului Hristos de răspândire a Cuvântului Său, celor din "întuneric", este posibil să întâlnim împotrivire din partea oamenilor ce nu cunosc pe Dumnezeu. Avem exemple în Sfânta Scriptură când cei trimiși de Dumnezeu să vestească lumii mesajul și chemarea Lui Dumnezeu la pocăință, au fost respinși, prigoniți, bătuți și chiar dați la moarte.

Ioan Botezătorul, apostolul Pavel, ucenici ai Domnului și mulți alții au plătit chiar cu viața și moartea ca martiri pentru cauza Lui Dumnezeu. Au iubit pe Dumnezeu mai mult decât interesele personale și chiar mai mult decât viața lor. Sacrificiul personal l-au adus cu bucurie pentru Domnul căci priveau dincolo de suferințele pământești la fericirea din veșnicie (Evrei 11:13-16).

Pe ucenicii Domnului nu i-a oprit ceea ce avea să li se întâmple și după porunca Domnului Isus dată lor, au dus mesajul Evangheliei și al mântuirii în lumea întreagă (Matei 28:18-20).

Același mandat îl au și credincioșii ce fac parte din biserica Lui Dumnezeu din zilele noastre, de a răspândi Cuvântul Lui Dumnezeu și a-l spune celor din jurul nostru care nu-l cunosc. Căci Evanghelia aceasta trebuie vestită în toată lumea. Fiecare om de pe fața pământului trebuie să aibă posibilitatea de a cunoaște pe Dumnezeu și mântuirea Sa (Matei 24:14).

Această lucrare s-a făcut şi se va face de către credincioşii Domnului Isus care doresc să se consacre în slujba Lui. Ei întâlnesc în această lucrare împotrivire şi prigonire din partea vrăjmaşilor Domnului.

Dumnezeu ne încurajează să mergem înainte în lucrarea Lui, căci, la sfârşit, răsplata ne va fi mare în ceruri (2 Corinteni 4:5-11).

Sunt făgăduite răsplătirile Domnului pentru creştinii si ucenicii Săi din toate generaţiile şi până la revenirea Domnului Hristos în slavă, pentru acei din toate timpurile, trecute şi viitoare ce L-au slujit, cu toată dăruirea şi cu toată lepădarea de sine.

Acestor adevăraţi credincioşi ascultători şi iubitori de Dumnezeu, ce au aceste trăsături sfinte de caracter şi care sunt poporul Lui Dumnezeu şi Biserica Sa formată aici pe pământ, Domnul Isus Hristos le spune că sunt "sarea pământului şi lumina lumii".

Sunt ca o cetate aşezată pe munte, văzută de toţi. Viaţa şi faptele lor sunt deosebite şi onorează pe Dumnezeu căruia Îi aparţin prin creaţiune şi răscumpărare. Ei vor avea intrare sigură în Împărăţia cerurilor, unde se vor bucura şi vor fi fericiţi o veşnicie împreună cu Dumnezeu Tatăl şi Domnul Isus Hristos.

Toate acestea iţi vor confirma că mergi pe calea tuturor oamenilor adevăraţi ai Lui Dumnezeu din trecut.

Dacă, în inima ta, în gândirea ta, şi în toată structura ta lăuntrică vei asculta de aceste porunci, vei fi cum iţi cer ele, din aceasta va rezulta un comportament ideal, o capacitate de relaţionare cu alţii nemaipomenită, iar aceasta iţi va da fericirea dorită şi căutată de tine.

Domnul Isus iţi garantează că, dacă împlineşti aceste porunci, vei fi mângâiat, întărit, umplut, săturat, împlinit, satisfăcut, vei avea parte de milă, de iertare, şi de bunătatea Lui Dumnezeu; vei vedea pe Dumnezeu, vei fi fiu de Dumnezeu, vei moşteni pământul şi ţi-se va da Împărăţia Cerurilor.

Poruncile se nasc din natura Domnului Isus şi descriu caracterul şi comportamentul Lui Însuşi. "Dacă vei fi aşa şi te vei comporta aşa, vei fi sarea pământului şi lumina lumii" (Matei 5:13-16)

"Aşa că, oricine va strica una dintre cele mai mici din aceste porunci şi va învăţa pe oameni aşa, va fi chemat cel mai mic în Împărăţia cerurilor; dar oricine le va păzi şi va învăţa pe alţii să le păzească, va fi chemat mare în Împărăţia cerurilor" (Matei 5:19).

"Căci vă spun că, dacă neprihănirea voastră nu va întrece neprihănirea cărturarilor şi a Fariseilor, cu nici un chip nu veţi intra în Împărăţia cerurilor "(Matei 5:20).

Poruncile au fost revizuite de Domnul Isus, interiorizate şi aduse de pe table de piatră în mintea şi inima ta (Matei 5:21-48). Domnul Isus iţi cere curăţie în privire şi gândire. Iubeşte adevărat, jurământul pentru a întări cuvântul "da sau nu" nu este necesar, pasiunea ta pentru adevăr fiind suficientă.

În loc de răzbunare echitabilă, Domnul Isus îţi cere nu violenţă, ci facerea de bine. Pe cei ce te persecută, iubeşte-i, roagă-te pentru ei, binecuvântează-i şi fă-le bine.

Iubiţi! Aceasta este porunca supremă pe care ne-o dă Domnul Isus. Iubirea aceasta nu este doar simţire, ci şi acţiune, roagă-te, binecuvântează şi fă bine. Dacă vei fi aşa şi te vei comporta aşa, vei fi desăvârşit, aşa cum este desăvârşit Tatăl nostru din Ceruri.

Nu te lăuda, alungă din tine tendinţa de a face lucrurile Lui Dumnezeu ca să te vadă oamenii, fă acţiunile tale de milostenie în secret. Iartă tot ce ai împotriva cuiva, pentru ca Tatăl tău din Ceruri să îţi ierte greşelile tale.

Posteşte în taină, când posteşti fă lucrul acesta pentru Dumnezeu, nu ca să fii văzut de oameni.

Dezvoltă-ţi pasiunea de a-ţi aduna comori în Cer, învaţă-ţi inima să iubească Cerul şi pe Cel ce este în Cer.

Încrede-te în Dumnezeu, în loc de îngrijorare, învaţă să te încrezi întotdeauna total în Tatăl tău ceresc, care are grijă de pasările cerurilor şi, cu atât mai mult, va avea grijă de tine. Caută Împărăţia Lui Dumnezeu, fă ca prioritatea ta în viaţa aceasta să fie lucrarea şi dreptatea Lui Dumnezeu. Atunci îţi va fi asigurată toată grija Lui Dumnezeu pentru propria-ţi viaţă.

Nu vorbi de rău, alungă din tine spiritul de judecată şi de critică. "Tot ce voiţi să vă facă vouă oamenii, faceţi-le şi voi la fel; căci în aceasta este cuprinsă Legea şi Prorocii."(Matei 7:12)

În Împărăţia Lui Dumnezeu vor intra cei ce fac voia Lui Dumnezeu, aşa cum este ea descrisă în acele porunci.

Aceste cuvinte ale Domnului Isus sunt baza pe care se clădeşte caracterul tău, când trăieşti astfel, se formează în tine chipul Domnului Isus. Lucru care nu s-a schimbat şi a rămas acelaşi, atât în Vechiul cât şi în Noul Testament, şi acesta este scopul final al Lui Dumnezeu: ca omul să capete caracter şi să aibă comportament ca a Lui Dumnezeu.

"Voi să vă sfinţiţi, şi să fiţi sfinţi, căci Eu sunt Domnul, Dumnezeul vostru. Să păziţi legile Mele, şi să le împliniţi. Eu sunt Domnul, care vă sfinţesc." (Leviticul 20:7,8) "Voi fiţi dar desăvârşiţi, după cum şi Tatăl vostru cel ceresc este desăvârşit."(Matei 5:48)

Cine este născut din Dumnezeu, nu va zice niciodată a fi sfânt şi desăvârşit este imposibil, ci va zice: Tatăl Meu care a conceput şi a creat Cerurile şi Pământul, are suficientă înţelepciune, dragoste şi putere ca să împlinească scopurile Lui în Mine.

Eu Îl cred, mă încred în puterea Lui, şi pornesc la drum să ascult de poruncile Lui, să trăiesc după ele, ca să devin ca El, atât în caracter cât şi în comportament.

Adevărata viaţă trăită este viaţa trăită în urmărirea celui mai înalt ideal, idealul cel mai înalt posibil este aceasta: a fi sfânt şi desăvârşit ca Dumnezeu în caracter şi comportament. Prin Isus Hristos şi prin Duhul Sfânt, Dumnezeu se uneşte cu tine ca să realizeze în tine acest ideal, cel mai înalt posibil, condiţia Lui este să intri cu El în Noul Legământ şi să trăieşti după aceste porunci ale Sale.

Când Isus vine în inima ta, la invitaţia ta, El aduce cu sine pe Duhul Sfânt şi astfel eşti născut din Dumnezeu.

Isus locuieşte în inima ta ca Mântuitorul tău, mirele tău, învăţătorul tău, modelul tău, domnul tău. Duhul Sfânt este duhul minţi tale, lumina şi călăuza gândurilor, al sentimentelor și izvorul puteri tale.

Prin nașterea din nou din Dumnezeu ai căpătat fire dumnezeiască, prin care ai acum aversiune față de păcat și pasiune pentru sfințenie.

Părtășia ta cu Dumnezeu Tatăl este prin Domnul Isus și prin Duhul Sfânt. Din această părtășie cu Tatăl, cu Fiul și cu Duhul Sfânt îți vine toată puterea necesară pentru a urca necurmat spre sfințenie și spre desăvârșire.

"Părinte Ceresc, te rugăm, în Numele Domnului Isus Hristos, dă-ne putere și ajută-ne să luptăm lupta cea bună a credinței, să biruim păcatul, să Te slujim cu toată dăruirea (trup, duh și suflet) și să avem toate aceste calități, pentru a avea parte de fericire în Împărăția Slavei Tale o veșnicie. Te mai rugăm ai milă de noi, cei care ne-am pornit spre Împărăția Ta. Pentru toate îți mulțumim!

LEGI ÎMPOTRIVA LUI
DUMNEZEU
***

Sfârşitul este aproape şi aceasta nu este o noutate. În timpurile din urmă, se vor da legi ce vor fi împotriva Lui Dumnezeu şi al copiilor Lui. La început vor ieşi ca o opţiune, iar apoi vor fi impuse.

Deja s-a început şi punerea în aplicare a acestor legi ascunse şi planurile ce le au pentru distrugerea planetei.

Vor urma încetul cu încetul, multe legi cu planuri diabolice, ce se vor dori a fi implementate pentru omenire.

La început, vor fi inofensive, iar pe durata timpului vor fi aspre şi dure, ulterior devenind obligatorii.

Legile vor fi date împotriva Cuvântului Lui Dumnezeu.

O să vă scriu câteva articole din legile pe care le-au introdus şi le vor mai introduce pe viitor.

Legi date pentru perioada 2016-2020, care transformă total lumea în care trăim.

Prevederi ale super memorandum referitoare la învăţământ.

Se desfiinţează începând cu data de 16 octombrie 2016, toate sărbătorile naţionale.

Se renunţă la lecţia de religie în ciclurile de învăţământ şi, începând cu data de 12 septembrie 2016, se introduce lecția de morală religioasă. Se desființează toate facultățile de teologie, acestea vor fi transformate în departamente de filozofie începând cu data de 16 octombrie 2016.

Pentru toate ciclurile de învățământ se vor dedica sărbători mediului înconjurător, începând cu data de 17 octombrie 2016.

Se desființează educația religioasă a elevilor de la data de 1 noiembrie 2016. Se vor organiza vizite obligatorii la sinagogă și moschee pentru toți elevii de ciclu primar și, treptat, pentru toți elevi de ciclu gimnazial și liceal.

Se va trece la concedierea de profesori din toate ciclurile și categoriile de învățământ și se procedează la introducerea internetului începând cu data de 1 ianuarie 2017.

Se anulează toate sărbătorile religioase și naționale în toate instituțiile de învățământ de la data de 1 septembrie 2017.

Începând cu data de 17 septembrie 2017, se vor organiza excursii cu elevii și studenții în locații în care este promovată emanciparea sexuală, iar începând cu data de 16 septembrie 2016, se va începe procedura de emancipare sexuală a elevilor.

Se vor introduce dispozitive pentru susținerea lecțiilor de educație sexuală cu data de 19 septembrie 2017.

Se introduc legitimațiile electronice pentru elevi.

Se va proceda la instalarea de detectoare de metale în toate instituțiile de învățământ indiferent de nivel.

Accesul elevilor, al studenților si al profesorilor va

fi permis numai pe baza unui card de acces, începând cu data de 20 septembrie 2017.

Se renunță la predarea lecției de istorie a Greciei și la acumularea de cunoștințe referitoare la revoluția greacă și se inaugurează cursul de renaștere europeană, având în prim plan revoluția franceză și italiană al lui Garipaldi de la 1843. Această reformă urmează să fie pusă în practică începând cu data de 1 septembrie 2018.

Prevederi ale super memorandum-ului referitoare la biserică.

Va avea loc reforma slujbelor bisericești, mai ales în ceea ce privește orele la care vor fi săvârșite.

Începând cu anul 2016, toate bisericile creștine se vor adapta la realitățile noii ere. Vor mai funcționa doar trei patriarhi ai Bisericii Unite, respective Patriarhia Rusiei, Patriarhia Romei și Patriarhia Constantinopolului, începând cu data de 1 mai 2016.

Se va celebra o sărbătoare dedicată mediului înconjurător în fiecare an la data de 5 iunie, precum și o sărbătoare dedicată pământului la data de 14 aprilie, lege intrată în vigoare de la data de 20 septembrie 2016.

Începând cu data de 1 mai 2017, Organizatia Națiunilor Unite va prelua controlul bisericilor creștine unite. Ierusalimul va deveni capitală spirituală.

Se vor desființa patriarhiile Ierusalimului, Alexadriei, Antiohiei și cele Slave, mai puțin patriarhia Moscovei.

La 1 iunie 2017, se va desființa avatonul la Muntele Athos.

Vor fi desființate toate sărbătorile naționale începând

cu data de 15 iulie 2017. Conducător al bisericii creștine devine Vaticanul cu data de 15 august 2017.

Toate bisericile creștine vor accepta desființarea statelor naționale și înființarea de unități statale, multinaționale, multicentrice, multiculturale si multireligioase, precum și înființarea de unități statale cu caracter religios de tipul patriarhiei ecumenice.

Cu acordul patriarhiei Ierusalimului, cele patru dogme creștine vor trece sub administrarea a patru autorități, respectiv: Organizația Națiunilor Unite, Unesco, biserica Rusiei și Vatican. Bunurile mobile și immobile, ale entităților amintite vor trece în administrarea comună a bisericilor, împreună cu organismele statale și suprastatale amintite mai sus.

Toate bisericile creștine vor accepta unirile federale și naționale începând cu data de 1 septembrie 2017.

Până la data de 18 august 2018, la Muntele Athos vor fi instalați monarhi din toate tagmele romano-catolice, precum și practicanți ai cultelor păgâne, lege introdusă începând cu data de 20 noiembrie 2017.

În diferite insule din Grecia, Cipru, dar și de la Muntele Athos, se vor organiza simpozioane pe teme de ecologie, precum și conferințe pe tema unirii internaționale. În cadrul bisericilor creștine, vor fi numiți în funcții de conducere persoane ce au împlinit vârsta de 28 de ani, începând cu data de 1 noiembrie 2017.

La Muntele Athos se vor pune în funcțiune telegondole și alte sisteme inovatoare, se vor aduce statui aparținând religiilor păgâne, începând cu data de 1 aprilie 2018.

Muntele Athos va fi transformat în parc ecologic de

tip bizantin, în unitate statală independentă, in centrul de promovare al unei noi orientări creştine, în centrul păgân şi bizantin de venerare şi îndrumare, în centrul de promovare al unei noi orientări şi muzici bisericeşti.

Organizaţia Naţiunilor Unite va prelua rolul de Guvern Mondial începând cu data de 1 septembrie 2018.

Prevederi ale super memorandum referitoare la spitale şi sistemul de sănătate.

Toate serviciile sociale vor identifica electronic cetăţenii, excepţie făcând prim-ajutorul acordat în cadrul spitalelor, începând cu data de 17 iunie 2017.

Se va limita numărul spitalelor începând cu data de 1 august 2017.

Se vor interzice specializările multiple. Se va proceda la comasarea spitalelor şi la înfiinţarea de unităţi spitaliceşti multifuncţionale.

Se vor introduce carduri de sănătate obligatorii pentru toţi cetăţeni şi cadrele medicale, de la data de 17 august 2017.

Începând cu data de 8 septembrie 2017, spitalele vor face distincţie între vârstnici şi tineri. Vârstnici vor fi examinaţi în spaţii special amenajate.

Dreptul la internare în spitale îl vor avea doar posesori de card de asigurare. Accesul neasiguraţilor în spitale va fi interzis. Se va amenaja în cadrul spitalelor spaţii speciale de detenţie începând cu data de 16 septembrie 2017.

La data de 19 septembrie 2017, vor fi desfiinţate toate centrele de prim ajutor şi protecţie socială.

Se vor înființa centre experimentale în cadrul spitalelor, începând cu 17 iulie 2018.

Prevederi ale super memorandum-ului referitoare la reforma administrativă.

Se va proceda la legalizarea crematoriilor, începând cu data de 1 mai 2016.

Vor fi promovate cât mai multe proiecte de legi împotriva discriminări rasiale, care vor fi votate de toate parlamentele Europene și vor intra in vigoare începând cu data de 15 mai 2016.

Se va proceda la legalizarea căsătoriilor între homosexuali, a căsătoriilor persoanelor de același sex, a înfierii de copii de către cuplurile homosexuale, începând cu data de 16 mai 2016, iar de la 15 august vor intra in vigoare drepturile homosexualilor, aceștia vor putea face parade in mod regulat și liber pe toate drumurile oraselor Comunitati Europene.

Se va proceda la liberalizarea relațiilor sexuale între persoane ajunse la vârsta majoratului și vârstnici, începând cu 18 mai 2016.

Se vor interzice în întreaga Uniune Europeană înmormântările religioase și se va introduce treptat obligativitatea incinerări morților, începând cu data de 20 mai 2016. Biserica va fi de acord cu incinerarea morților, contrar persoanelor care doresc slujba de înmormântare.

De la data de 23 mai 2016, se va renunța în toate țările Uniuni Europene la jurământul pe Sfânta Biblie și cel religios pentru oameni politici, prefecți, primari, și studenți.

Nu vor mai fi permise slujbe de sfințire în parlament, în instituții de învățământ private și publice. În întreaga Uniune Europeană, se va renunța la depunerea jurământului de către parlamentari.

Se va proceda la legalizarea homosexualității în cadrul instituțiilor de învățământ. În acest sens, în toate unitățile de învățământ se vor preda lecții referitoare la homosexualitate, începând cu data de 20 septembrie 2016.

Se va proceda la liberalizarea transmisiunilor televizate și în presă ale programelor sexuale, și se va permite circulația liberă a cât mai multor reviste pornografice în toate ciclurile de învățământ, începând cu data de 18 noiembrie 2016.

Începând cu data de 19 noiembrie 2016, se va acorda necondiționat statutul legal tuturor emigranților sosiți în Statele Uniuni Europene.

Se va proceda la desființarea statelor naționale și substituirea unui Guvern Mondial, începând cu data de 10 decembrie 2016.

Începând cu data de 19 decembrie 2016, se vor putea înființa case de toleranță în apropierea unităților de învățământ de toate gradele în întreaga Comunitate Europeană precum și în interiorul cazarmelor militare.

Se va proceda la desființarea drapelului Helen și al tuturor drapelelor Europene, începând cu data de 1 martie 2017.

Începând cu data de 21 martie 2017, vor introduce sărbători dedicate mediului înconjurător.

Se va introduce semnătura electronică obligatorie pentru toți cetățeni în relațiile cu statul multinațional al Uniuni Europene, începând cu data de 30 martie 2017.

Vor fi coborâte drapelele grecești și bizantine arborate la intrarea în instituțiile învățământului și în biserici, începând cu 20 aprilie 2017.

Din data de 16 iunie 2017, toți cetățenii Comunități Europene și ai Federației Rusiei vor fi identificați electronic, iar prevederile prezentului articol vor fi acceptate de toate bisericile creștine. Toate serviciile sociale vor identifica electronic cetățenii, excepție făcând prim-ajutorul acordat în cadrul spitalelor, începând cu data de 17 iunie 2017.

Se vor înființa centre experimentale în cadrul spitalelor, începând cu 17 iulie 2018.

Se va proceda la înființarea unui stat dualist în insula Cipru, începând cu data de 14 august 2017. Se va proceda la legalizarea noilor culte, respectiv, se va inaugura noua eră începând cu data de 21 septembrie 2017.

Începând cu data de 17 octombrie 2017, se va proceda la desființarea statelor naționale și la înființarea de state federale, unele cu caracter zonal și capitală proprie.

Organizația Națiunilor Unite va prelua conducerea tuturor religiilor de pe planetă, de la data de 19 octombrie 2017.

Se vor preda la toate nivelele lecții de sex plătit, nu doar de către cadre didactice, ci chiar de către angajate ale caselor de toleranță. Se va permite pornografia infantilă pe internet pentru copiii cu vârste mai mari de 14 ani, începând cu data de 22 decembrie 2017.

De pe data de 14 august 2018, pe întreaga planetă se va proceda la înființarea de centre religioase, sub patronajul consiliului mondial al bisericilor.

Conform modelelor oferite de Nato, începând cu data de 30 ianuarie 2017, se va proceda la înființarea de armate multifuncționale și la renunțarea de armate naționale, în paralel, stagiu militar nu va mai fi desfășurat în statele membre ale Uniuni Europene, unde mai este încă obligatoriu.

1 mai 2016: "Noi, semnatarii prezentului super-memorandumului, ne angajăm să implementăm reformele de mai sus, în paralel cu un memorandum intern, referitor la înțelegerea și colaborarea religioasă în cadrul Uniuni Europene, începând cu data de 1 mai 2016 .

"În cazul în care implementarea acestor reforme va întârzia mai mult de 9 luni, statul național care se face vinovat de aceasta, se obligă la plata unei amenzi plus penalități în cuantum dublu, în cazul în care amenda nu este achitată la timp.

De asemenea, această amendă va fi plătită și de fiecare dintre ministerele fostului stat național, respectiv ministerul învățământului, ministerul sănătăți, ministerul apărări și de toate bisericile creștine.

Implementarea reformelor de mai sus se poate face chiar și cu un an mai devreme de data stabilită prin memorandum. În acest caz, bisericile și fostele autorități statale vor beneficia de un bonus în cuantum de cinci sute de mii de euro din partea autorităților Europene pentru reforme.

"Noi, semnatarii prezentului înscris, ne obligăm

să restaurăm legalitatea democratică, în special în Grecia până la finele anului 2016. În ceea ce privește Grecia, ne angajăm, de asemenea, până la finele anului 2016 să reînviem vechile religii păgâne recunoscute de fostul stat.

1 mai 2016: Se prevede înființarea biroului European pentru reforme, capital inițial de opt sute de milioane de euro.

13 iulie 2017: Se înființează Uniunea Mediteraneeană regională, din care vor face parte toate țările din bazinul mării Mediteranene.

Biroul European de coordonare al Uniuni va avea sediul la Muntele Athos și va funcționa începând cu data de 17 decembrie 2017.

"Subsemnații, ne angajăm în implementarea tuturor acestor reforme începând cu data de 1 mai 2016, și, cel târziu, până la data de 16 mai 2020, astfel încât, începând cu data de 1 mai 2016, să survină schimbarea și sâ sărbătorim intrarea în Noua Eră."

"Subsemnații, ne angajăm la aceasta, și în numele celor care ne vor urma la conducere, în sensul implementării reformelor stabilite de comun acord".

"De asemenea, ne rugăm unuia și singurului Dumnezeu, ca omul să se arate și să rezolve toate problemele planetei."

În final, trebuie să vă spun că în înscrisul tradus mai sunt atașate alte patruzeci de articole ale legii supreme aferente, care, de asemenea, au fost votate, constituindu-se astfel, în cel mai periculos înscris emis vreodată de aceste centre internaționale.

Fapte, gesturi și activități, care se consumă în jurul nostru, demonstrează că, deja, unele articole ale acestui document au fost şi sunt puse în aplicare cu o rapiditate incredibilă. Iar modul extrem de elaborare al documentului ne determină să credem că acesta nu este o simplă poveste.

Bunul Dumnezeu să ne ajute să fim pregătiţi pentru acele vremuri!

ÎMPLINIREA PROFEȚIEI

***

O să vină vremuri grele, vremuri de tulburare când suferința va stăpâni viața întregi lumi, pentru că pacea va dispărea din lume și seninătatea din inimile oamenilor.

Să nu vă înfricoșați când oamenii politici se vor omorâ între ei, și se vor prăbuși statele, nu se vor mai respecta înțelegerile și va fi o mare dezbinare între țări.

Să vă înfricoșați atunci când nu veți mai vedea credință în Dumnezeu.

Satana și-a trimis oamenii lui în toate statele ca să aducă tulburare. Au pregătit multe rele, putem însă să le respingem cu rugăciunile noastre. Părinții iubitori își avertizează copii atunci când există un pericol, și ei vor avea grijă.

Când este dat un avertisment, oamenii devin conștienți de pericol și își iau măsuri de precauție. Tatăl nostru ceresc a dat de altfel avertizări copiilor Săi.

"Domnul nu întârzie în împlinirea făgăduinței Lui, cum cred unii, ci are o îndelungă răbdare pentru voi și dorește ca nici unul să nu piară, ci toți să vină la pocăință" (2 Petru 3:9).

Ziua Domnului însă va veni ca un hoț. În ziua aceea

cerurile vor trece cu trosnet, trupurile cereşti se vor topi de mare căldură şi pământul, cu tot ce este pe el, va arde" (2 Petru 3:10).

Dumnezeu şi-a pregătit copiii pentru scenele finale ale istoriei pământului. Profeţia este darul Său plin de iubire, care garantează credincioşilor Săi pregătirea pentru evenimentele ultimelor zile.

Nu, Domnul Dumnezeu nu face nimic fără Să-şi descopere taina Sa slujitorilor Săi proroci" (Amos 3:7).

În vremurile din urmă, în care deja trăim, omul va fi atât de plin de răutate, atât de înjosit, împietrit la inimă, întunecat şi cu totul epuizat de singura grijă de a supravieţui, încât, pentru viaţa spirituală, nu va mai avea nici bunăvoinţă, nici loc în inima sa. Şi aceştia vor urma căile lumii, unele biserici vor deveni fie goale, fie profanate de către slujitori nevrednici.

La apogeul acestei suferinţe şi al haosului din lume, va apărea antihristul. El va veni ca un factor de pace, conducător bun şi înţelept care poate aduce rânduială în lume.

Cu toate acestea, el va fi un vrăjmaş al tuturor, urâtor al tot ceea ce este bun, un tiran şi un făcător de rău, un distrugător a toate.

Asemenea lui, lumea n-a văzut pe nimeni niciodată şi nici nu va mai vedea vreodată.

Vor fi dezastre naturale, valuri chinuitoare de căldură vor alterna cu perioade de ger aspru, seceta cu inundaţiile, tornade şi furtuni cumplite vor pricinui distrugeri înfricoşătoare. Erupţii vulcanice, cutremure şi boli între oameni, animale şi plante. Toate acestea vor fi atât de îngrozitoare, încât îi vor duce pe oameni la disperare.

Pământul nemai primindu-şi binecuvântarea pentru a mai da roade, va fi lovit de o foamete îngrozitoare.

Va fi cu adevărat o împărăţie al celui rău pe pământ.

Vor veni nenorociri cum n-au mai fost, un timp de agonie intensă, nu numai pe pământ, ci în tot universul, căci ele, stihiile, sunt împreunate într-un singur plan la creaţie, iar acest tot univers urmează să piară pentru că, după aceasta, să poată fi îmbrăcat în nestricăciune, în statornicie şi în veşnicie.

Oamenii pregătesc venirea lui, de pe acum, au în mâinile lor bogăţiile de bază ale pământului. Mirajul bunăstării noastre actuale se va spulbera tot atât de repede cum trece apa. Totul se va trece prin intermediul instituţiilor bancare, de aceea trebuie avut cât mai puţin contact cu ele. Să încercăm să nu avem conturi, bănci sau credite, toate acestea fiind controlate de aceeaşi mână şi acelaşi cap. De ce pe toţi îi deprind acum cu băncile? Îţi iei salariul de la bancă, pensia de la bancă, repede vor fi adunaţi toţi în acelaşi staul. Mare mirare vor avea oamenii când vor afla că şi ultimul bănuţ le este numărat, aceasta din păcate nu va fi ultimul prilej de mirare. Toată această carcasă de bunăstare construită de omul modern, se va dovedi a fi o capcană de oţel pentru el însuşi.

Asupra cui va aţinti atunci gheara ispitei duşmăneşti? Asupra celor credincioşi!! Nu îi va ispiti oare cu confort, aur, bunătăţi, lux şi maşini? Numai cel ce crede în Dumnezeu se va abţine să nu facă pasul irezistibil.

Va da ceva Antihristul lumii? Nu, pentru că el nu va avea nimic de dat. Preţ vor avea doar lucrurile funcţionale, fără de care nu e posibilă supravieţuirea omului.

În ajunul veniri Antihristului, va fi haos în viaţa tuturor oamenilor. Bucuria va fi doar pentru cei care, în virtutea religiei pe care o practică, aşteaptă venirea Antihristului ca Mesia.

Principalul pentru Antihrist va fi să ia în stăpânire pământul. Vor fi uragane de o forţă nemaivăzută, cutremure de pământ, secete nemiloase şi invers, ploi torenţiale ce vor aminti de potop. Se pare că greu va fi de găsit un loc unde omul se va simţi liniştit în plină siguranţă. Omul îşi va găsi liniştea numai nădăjduind în Dumnezeu.

Pământul nu va mai putea fi ocrotit. Cele mai grele urmări ale dezlănţuirilor naturii, vor avea de suportat oraşele. Un singur turn babilonian distrus, o casă contemporană, un bloc şi ar produce sute de morţi fără pocăinţă, sute de suflete pierdute.

Oraşele vor prezenta o privelişte groaznică, vor aminti de nişte imense coşciuge de piatră, atât de mulţi oamenii vor muri. Răsăritul soarelui va anunţa, nu bucuria unei zile, ci mâhnirea necesitaţii de a trăi în acea zi.

Chiar în biserică, în mediul spiritual, vor pătrunde mii de distrugători ai bisericii, aparent evlavioşi, duhul lor fiind altul, iar poporul va părăsi locaşurile acestea rămând instaurate şi proaspăt construite, dar pustii.

Cumplite vremuri, însă toate încep de la mărunţişuri.

Cărţile şi televizorul vor fi pline de oameni goi, scene groaznice de desfrânare, dezgolirea din zilele noastre e doar începutul. Propagarea acestor scârboşenii va atinge proporţii de necrezut. Cazurile căsătoriilor între homosexuali vor beneficia de tot atâta publicitate ca şi inventarea pe timpuri a antibioticelor. Sodomiţi vor apărea peste tot, vor fi artişti, politicieni, administratori.

Păcatul Sodomei va deveni eticheta viitorului apropiat.

Numărul cazurilor de sinucid va creşte peste măsură, şi va creşte întratât încât nu va mai trezi mirarea nimănui.

Totul este orientat spre pierderea sufletelor rătăcite.

O altă capcană va fi îndemnarea oamenilor către câştiguri, către mărirea veniturilor personale. Această patimă a iubirii de avuţie este păguboasă ca orice necumpătare. Ce reprezintă în sine banii actuali? O înşelare, o iluzie!

Totul e îmbibat de ură faţă de adevăr. Nu va trece încă mult timp şi producătorii de televiziune vor începe să îşi bată joc pe faţă de Hristos.

Acum e pace şi linişte, auzim de câte o revoltă sau de câte un război sau un tsunami, dar ni se par toate foarte departe de noi şi ni se pare că aşa va fi o veşnicie, însă oricând se poate declanşa furia.

A lăsat Domnul timp liniştit pentru a ne deschide mintea, a auzi Cuvântul Lui Dumnezeu şi, în principal, pentru dobândirea harului Dumnezeiesc înainte de anii înfricoşători.

Va fi foamete mare, epidemii, boli care nu vor veni în mod firesc, ci vor fi provocate şi induse cu multă dibăcie.

Va fi mare agitaţie din cauza războiului în care vom intra, va fi atât de mare tulburare, atât de mare foamete din cauza războiului, încât va fi de neconceput pentru nivelul nostru de înţelegere.

Vor fi multe tulburări regionale, Satana va încerca să omoare diferiţi lideri şi oameni de vază pentru a înlesni înfăptuirea marilor planuri. Atunci vor recurge cu viclenie la metode iscusite cum ar fi microcipul.

Aceasta va fi o etapă premergătoare, iar atunci când se va împlini vremea şi prorocul mincinos se va instala, va influenţa întreaga lume cu hotărârile lui.

Toţi lideri politici vor fi de partea lui. După ce Papa, stătător al bisericilor catolice va deveni în viitor conducător pe plan mondial al religiilor, va urma o serie de schimbări uluitoare.

Slujitorii vrăjmaşului râvnesc la un plan în care să îl folosească pe acest Papa ca şi lider al tuturor religiilor. Acesta va fi pseudo profetul.

Atunci natura se va răzvrăti, un lanţ de fenomene naturale şi altele nefireşti vor schimba structura pământului. Veţi vedea lucruri pe pământ şi în cer, care vă vor surprinde, şi veţi spune că acestea de acum sunt lucruri normale, veţi vedea natura răzvrătindu-se, fenomene neobişnuite atât în cer, cât şi pe pământ cum sunt catastrofele naturale, de la cataclisme până la furtuni ciudate. Va fi grindina cât mingile de golf care va distruge totul.

Se vor crea foarte multe împrejurări prin care mulţi

arhierei vor deveni marionete ale profetului minci-
nos, îl vor urma, se vor supune voii lui și îi vor învăța,
în mod greșit pe preoți, iar acestia, la rândul lor, vor
transmite poporului cele învățate; foarte mulți se vor
pierde.

Mare schimbare se va produce în biserica noastră.
Va începe în biserica Catolică și apoi se va răspândi
peste tot. Antihristul le va găsi pe toate pregătite.

Să nu credeți că acest microcip se va mai putea
scoate, nu, nu va fi așa. Dumnezeu spune că ceea ce
va fi implantat oamenilor în vremurile acelea, va fi
lucrat după o tehnologie atât de înaltă, încât va pu-
tea influența hotărârile omului. Va fi implantat astfel
încât nu va putea fi scos nicicum. Va fi incizat, gravat
în om, va avea o frecvență atât de înaltă și asemenea
capacitate, încât va putea influența până și simțirile
și sentimentele omului, iar cel care va deține calcu-
latorul central, va putea induce tuturor care vor avea
cipul implantat asemenea senzații încât de durere vor
scrâșni din dinți.

Cei care vor primi acest microcip, vor fi primi care
se vor distruge, iar ei vor ști totul despre om, ei vor
putea interveni în viața lui.

La sfârșit, va veni prigoana adevăraților creștini,
care vor trebui să scape fugind. Vine timpul, și nu e
departe, când foarte multe biserici vor vrea să le facă
în slujba Domnului și le vor repara, dar le vor reface
nu numai pe dinăuntru, cât și pe dinafară, vor auri atât
acoperișurile bisericilor cât și clopotnițele. Cu toate
acestea, preoțimea nu va lucra la sufletul credinciosu-
lui, ci numai la cărămizile lui Faraon; preotul nu va

mai face şi misiune, căci atunci când vor termina lucrările nu se vor putea bucura de slujbe duhovniceşti fiindcă va veni vremea împărăţiei lui Antihrist, şi el va fi pus împărat.

Totul se pregăteşte cu foarte mare viclenie. Toate bisericile vor fi într-o bunăstare imensă, plină de bogăţii ca niciodată.

Antihristul va fi încununat ca împărat în oraşul Ierusalim, acolo îşi va pune scaunul de domnie. De aceea, când veţi ve dea urâciunea pustiirii", despre care a vorbit prorocul Daniel," aşază-te în locul sfânt", cine citeşte să înţeleagă."(Matei 24:15).

Vaticanul va fi distrus prin foc, iar Antihristul îşi va aşeza scaunul de domnie în Ierusalim! Intrarea şi ieşirea din Ierusalim va fi liberă pentru orice om, însă să nu vă duceţi, căci totul va fi doar pentru a vă amăgi şi a vă atrage în ispită.

Antihristul este numit şi fiara, adică este fără milă, brutal fără a simţi ceva, ucide fără remuşcări.

Unul dintre denumirile antihristului în Biblie este fiul pierzării, ceea ce înseamnă fiul Satanei.

Când Dumnezeu a vrut să salveze lumea, a trimis pe Fiul Său, Isus Hristos, ca să moară pe cruce.

Când Satana vrea sa distrugă lumea, îşi va trimite pe fiul său, să ucidă, să jefuiască, să omoare o tremie din populaţia pământului, sub domnia lui.

Ce va face Antihristul când va ajunge la putere?

Biblia spune cu pace va ucide pe mulţi. Antihristul va primi puterea direct de la Satana, şi el va cere ca fiecare persoană de pe pământ să i se închine şi cei care vor refuza vor fi ucişi.

O treimi din populația de pe pământ va muri în timpul domniei lui. El va apărea ca fiind un om al păci, adică va face pace cu oamenii, cu intenția ca atunci când face acordul de pace să îl încalce. El va distruge omenirea folosindu-se de pretextul că vine pentru a face pace cu ei.

El va profita de situația de criză din Orientul Mijlociu, va rezolva disputa dintre națiunile arabe și Israel. Primul lucru pe care îl va face este cel de a face un tratat de pace de șapte ani cu Israelul, cu intenția de a-l încălca la jumătatea celor trei ani și jumătate. În felul acesta el va distruge prin pace.

Biblia spune când va striga: "Pace! Pace!" atunci va veni nenorocirea peste ei. Spune că Antihristul este un rege de temut, va fi fără milă. El va fi fără rușine și viclean.

Va prăbuși Economia Mondială. Va forța pe fiecare om, femeie sau copil să primească acel semn, semnul fiarei, adică microcipul. Cei care nu vor primi semnul fiarei, și anume 666, nu vor putea vinde nici cumpăra (citește Apocalipsa 13;15:18).

Va crea o societatea fără bani lichizi, dacă mergi la supermarket, îți vei pune mâna dreaptă deasupra unei lumini ultraviolet, și computerele vor transfera suma de bani din contul băncii îm contul magazinului de unde faci cumpărăturile. Nu vor mai fi probleme cu emigrarea, pentru că nu contează pe unde vei merge, ei știu unde ești, știu ce ai cumpărat, cât ai plătit, totul până la cel mai mic detaliu. Nu mai contează unde ești, te vor avea mereu sub urmărire.

Dar să nu ne pierdem nădejdea sau să ne descurajăm, căci Dumnezeu nu-și va părăsi turma Sa; să nu ne fie frică.

Creștinii vor fi omorâți sau izgoniți în locuri pustii, dar Dumnezeu are să-și îngrijească turma Sa, dându-le de mâncare și apă de băut celor ce-L urmează.

Și pe evrei îi va izgoni de asemenea, dar Dumnezeu va fi cu ei în această perioada de trei ani și jumătate.

Mulți evrei care au trăit cu adevărat după legea lui Moise, nu vor primi pecetea lui Antihrist. Ei vor sta în așteptare, urmărindu-i toate activitățile, conștienți că strămoșii lor nu l-au recunoscut pe Hristos drept Mesia, dar aici va lucra Dumnezeu, căci ochii lor se vor deschide și ei nu vor primi semnul fiarei, ci, în cel de-al doisprezecelea ceas, îl vor recunoaște pe Isus Hristos drept Mesia și, pentru credința lor, ei vor fi mântuiți.

Restul poporului, fiind slab în credință, va merge după Antihrist, iar când pământul nu va mai rodi, oamenii vor merge la Antihrist cerând-i pâine, la care el va răspunde: dacă pământul n-a rodit, eu nu pot face nimic. Vor seca râurile și lacurile, nu va mai fi nici apă în fântâni, acest dezastru se va lungi vreme de trei ani și jumătate, dar pentru aleșii Săi Dumnezeu va scurta aceste zile.

Râul Eufrat va seca, va deveni uscat. Cu o armată numeroasă, de milioane de oameni, Antihristul cu profețiile lui mincinoase, va face semne și minuni, dacă va fi cu putință să îi înșele chiar și pe cei aleși.

Dacă semnele și minunile nu aduc Glorie și onoare Lui Dumnezeu, atunci ei sunt profeți mincinoși.

În aceste grele vremuri încă vor fi luptători puternici, adevărați stâlpi ai bisericii, care vor avea harul Lui Dumnezeu și binefacerea Sa atotputernică și ei nu vor vedea acele minuni și semne false pregătite de Antihrist pentru oameni, doar restul lumi le va vedea, unele având loc chiar în bisericile lor. Să nu mergeți în bisericile acelea, căci Hristos și binefacerea lui nu va fi acolo!

Va fi război, iar locurile prin care va trece el, Antihristul, vor fi pustiite. Când ultima bătălie pe Pământ va fi terminată, Isus Hristos, va distruge pe dușmanii Israelului și Ierusalimul va fi salvat, iar poporul Israel va fi mântuit.

Când va începe cel de-al treilea război mondial, scopul va fi distrugerea. Mulți slujitori ai bisericilor își vor pierde sufletul în vremea Antihristului.

În timpurile acelea, toți îngerii răi vor fi pe pământ și în oameni; va fi o mare calamitate și nici măcar apă nu va mai fi. Apoi va fi războiul mondial. Vor fi niște bombe atât de puternice încât și fierul va arde, vor rămâne foarte puțini oameni.

Întreg pământul este în agitație, totuși lumea își vede de treburile ei și acordă puțină ascultare tuturor lucrurilor pe care Domnul le-a spus, tuturor semnelor și indicilor care au fost date.

Vor fi proroci și învățători mincinoși care vor strecura pe furiș erezii nimicitoare, se vor lepăda de Stăpânul care i-a răscumpărat și vor face să cadă asupra lor o pierzare năprasnică. Mulți vor urma în destrăbălările lor și, din pricina lor, calea adevărului va fi vorbită de rău. În lăcomia lor, vor căuta ca, prin cuvântări înșelătoare, să aibă mereu câștig. Dar osânda îi paște de multă vreme şi pierzania lor nu va întârzia să apară. Falşi învăţători biblici vor umbla după averi, vor fi buni oratori, vor avea mulţi discipoli şi vor sluţi credinţa creştină.

"Să ştiţi că în zilele din urmă vor fi vremuri grele. "Căci oamenii vor fi iubitori de sine, iubitori de bani, lăudăroşi, trufaşi, hulitori, neascultători de părinţi, nemulţumitori, fără evlavie, fără dragoste firească, neînduplecaţi, clevetitori, neînfrânaţi, neîmblânziţi, neiubitori de bine, vânzători, obraznici, îngâmfaţi, iubitori mai mult de plăceri decât iubitori de Dumnezeu" (2 Timotei 3;1-3).

"Un neam se va scula împotriva altui neam şi o împărăţie împotriva altei împăraţii; şi pe alocuri, vor fi cutremure de pământ, foamete şi ciumă. Dar toate aceste lucruri nu vor fi decât începutul durerilor" (Matei 24:7-8).

"Veţi auzi de războaie şi veşti de războaie, vedeţi să nu vă înspăimântaţi, căci toate aceste lucruri trebuie să se întâmple. Dar sfârşitul tot nu va fi atunci."(Matei 24:6)

"Şi, din pricina înmulţiri fărădelegilor, dragostea celor mai mulţi se va răci." (Matei 24-12)

Oamenii nu vor mai respecta Cele Zece Porunci ca indicator moral, comiţând adulter, furând, minţind şi omorând. "Având doar o formă de evlavie dar tăgăduindu-i puterea. Depărtează-te de oamenii aceştia (2 Timotei 3,5).

În zilele noastre există un sistem religios rece, care neagă puterea Lui Dumnezeu. "Îşi vor întoarce urechea de la adevăr şi se vor îndrepta spre   istorisiri închipuite." (2 Timotei 4-4).

Oameni vor înlocui adevărul biblic cu fantezii, cel mai elocvent exemplu este Crăciunul, în timpul căreia se serbează venirea lui Moș Crăciun în locul nașterii Mântuitorului.

Foametea va crește. Boli mortale vor fi prezentate tot mai mult, aproximativ 160.000 de americani murind anual de cancer, iar îmbolnăvirile cauzate de Sida sunt greu de estimat.

Potopul va fi negat, deși există un număr mare de dovezi fosilifere pentru a dovedi acest lucru va fi ignorat de către lumea științifică datorită implicațiilor lor stranii.

Instituția căsătoriei va fi ignorată de mulți. "Ei opresc căsătoria și întrebuințarea bucatelor, pe care Dumnezeu le-a făcut ca să fie luate cu mulțumire de către cei ce cred și cunosc adevărul." (1 Timotei 4-3).

Se va auzi un strigăt de pace. (1 Tesaloniceni 5-3). Când vor zice: Pace și liniște! Atunci o prăpădenie neașteptată va veni peste ei, ca durerile nașterii peste femeia însărcinată și nu va fi chip de scăpare.

Controlul asupra Ierusalimului va cauza tensiuni diplomatice internaționale. Vor fi mulți înșelători în interiorul bisericilor. "Căci se vor scula Hristos mincinoși și proroci mincinoși, și vor face semne mari și minuni, până acolo încât să înșele, dacă va fi cu putință chiar și pe cei aleși. (Matei 24-24). Va crește numărul învățătorilor falși.

Oamenilor le va fi teamă de viitor. "Oamenii își vor da sufletul de groază, în așteptarea lucrurilor care se vor întâmpla pe pământ, căci puterile cerurilor vor fi clătinate" (Luca 21-26).

Populația va fi materialistă. Creștinii vor fi urâți și persecutați din pricina Numelui Său.

„Atunci vă vor da să fiți chinuiți și vă vor omorâ și veți fi urâți de toate neamurile. Vor fi semne în soare, în lună și în stele. Și pe pământ va fi strâmtorare printre neamuri, care nu vor ști ce să facă la auzul urletului mării și al valurilor" (Luca 21-25).

Tinerii vor fi rebeli față de autoritatea părinților. Oamenii își vor bate joc de semnele timpului, motivația lor fiind pofta. „Înainte de toate, să știți că în zilele din urmă vor veni batjocoritori plini de batjocuri, care vor trăi după poftele lor și vor zice:

Unde este făgăduința venirii Lui? Căci de când au adormit părinții noștri, toate rămân așa cum erau de la începutul zidirii" (2 Petru 3-3,4).

Dumnezeu nu este supus timpului pe care L-a creat, El se poate plimba prin timp la fel cum dăm noi filele unei cărți. Motivul pentru care El pare tăcut este răbdarea Sa care așteaptă ca toți să se pocăiască și niciunul să nu moară în păcat.

Cu puțin timp înainte de moartea Domnului Isus Hristos, El a ținut un discurs ucenicilor Săi în timp ce se aflau pe muntele Măslinilor. El este menționat în Marcu 13, Luca 21, și Matei 24, 25.

În Matei 24: Domnul Isus răspunde ucenicilor legat de viitoarea distrugere a templului și legat de semnul venire Sale și a sfârșitului veacului. Ce doresc să remarcați la acest răspuns al Domnului Isus viza-vi de semnul venirii Sale, este frecvența cu care El accentuează unul dintre semne, pentru ai da mai mare importanţă faţă de celelalte.

Domnul Isus a menţionat o singură dată despre următoarele semne: veşti de războaie, înmulţirea războaielor, foamete, epidemii, cutremure de pământ. Dar Domnul Isus avertizează de patru ori despre înşelătoria religioasă care îi va viza pe credincioşii Săi.

Luaţi seama să nu vă înşele nimeni, căci vor veni mulţi în numele Meu spunând: eu sunt Hristosul şi vor înşela astfel pe mulţi, se vor ridica mulţi profeţi falşi şi vor înşela pe mulţi. "Atunci, dacă vă va spune cineva: "Iată, Hristosul este aici, sau acolo, să nu credeţi. Căci se vor ridica hristoşi falşi, profeţi falşi şi vor face semne mari şi minuni pentru a-i înşela dacă este posibil chiar si pe cei aleşi. Iată că v-am spus mai dinainte. Deci, dacă vă vor zice:"Iată-L în pustie, să nu vă duceţi acolo! "Iată-L în odăiţe ascunse, să nu credeţi. Căci, cum iese fulgerul de la răsărit şi se vede până la apus, aşa va fi şi venirea Fiului omului.(Matei 24;23-27),(Marcu 135,6),(Luca 21-8).

Din ceea ce le prezintă ucenicilor aici cadrul spiritual al celei de a doua veniri a Sa, este foarte clar caracterizat în primul rând de înşelătoria religioasă, care întotdeauna a fost legată sau a avut ca şi consecinţă apostazia, adică lepădarea de credinţa cea adevărată prin înfăţişarea alteia false.

Cartea Apocalipsa 13 ne dezvăluie limpede că toate sistemele politice, religioase şi financiare ale diferitelor naţiuni ale pământului, evaluează convergent spre:

Un singur Guvern Mondial (versetul 7);

O singură Religie Mondială;
Un singur Sistem Economic Global controlat
(versetul 16-17).

Cartea Daniel, de exemplu, ne dezvăluie exact ceea ce liderii organismelor politice mondiale de elită nu se mai feresc astăzi să spună deschis și anume că pentru pacea și securitatea mondială e nevoie de o Nouă Ordine Mondială.

Astfel, ideea creări unui singur Guvern Mondial care să controleze toate națiunile unei singure religii planetare, să includă învățăturile comune ale tuturor religiilor și a unui sistem economic global controlat, va avea rolul în noua atopie să asigure reparația echitabilă a surselor economice planetare, fiind soluția ideală pentru ei.

Dumnezeu are însă oameni Săi, profeții Săi, mesagerii Săi în orice generație, trimiși, unși de Domnul să cheme poporul Domnului la veghere, adevăr, pocăință autentică, sfințenie la păstrarea învățăturilor Evangheliei nealterate și la așteptarea revenirii Sale.

Mesagerii Domnului sunt conștienți de avertismentul Său din cartea profetului Ieremia și ei nu leagă în chip ușuratic rana poporului și nu spun pace, pace, când nu este pace, cum fac, din păcate, mulți lideri creștini de azi care au ajuns lacomi de câștig și înșelători ca liderii spirituali evrei, din vremea prorocului Ieremia. "Căci de la cel mai mic până la cel mai mare, toți sunt lacomi de câștig, de la proroc până la preot, toți înșală"(Ieremia 6:13).

"Leagă în chip ușuratic rana fiicei poporului Meu, zicând: "Pace! Pace! Și totuși nu este pace!"(Ieremia

6-14).

"Sunt daţi de ruşine, căci săvârşesc urâciuni şi totuşi nu roşesc şi nu ştiu de ruşine. De aceea, vor cădea împreună cu cei ce cad, vor fi răsturnaţi, când îi voi pedepsi, zice Domnul!"(Ieremia 6-15).

"Aşa vorbeşte Domnul: „Staţi în drumuri, uitaţi-vă şi întrebaţi care sunt cărările cele vechi, care este calea cea bună: umblaţi pe ea şi veţi găsi odihnă pentru sufletele voastre! Dar ei răspund: „Nu vrem să umblăm pe ele!"(Ieremia 6;13-16).

Dovezile prezentate în zilele noastre de creştinii unşi şi împuterniciţi de Dumnezeu, ne demonstrează schimbările majore în creştinismul contemporan, care analizate în lumina profeţiilor biblice, ne obligă la o reflectare profundă şi serioasă asupra problemei.

În ziua de azi, sunt multe biserici creştine care o iau în direcţia greşită, pe care o iau multe biserici creştine de azi, chiar foarte multe din păcate, iar chemarea la pocăinţă, la adevărul Scripturi este din ce în ce mai evitat astăzi de creştini. Trăim în epoca urechilor gâdilate, aşa cum scrie în Cuvânt: "Căci va veni vremea când oamenii nu vor putea să sufere învăţătura sănătoasă; ci îi vor gâdila urechile să audă lucrurile plăcute şi îşi vor da învăţături după poftele lor" (2 Timotei 4:3).

Şi, tocmai ca altădată când vechii profeţi biblici, care nu erau deloc primiţi cu aplauze de poporul Domnului, din cauza mesajului lor care aducea corecţia, chemarea la pocăinţă şi întoarcerea la adevărul Cuvântului Sfânt, nici azi cei trimişi de Domnul să cheme, atât biserica, cât şi liderii ei la întoarcerea şi adevărul

Sfintelor Scripturi nu primesc un tratament prea bun.

Foarte diferit e astăzi ce afirmă Scriptura că ar fi rolul bisericii de ceea ce a practicat în consecință biserica primară apostolică.

Cu atât mai mult cu cât Scriptura ne avertizează foarte clar că, înainte de venirea Domnului, va veni o mare apostazie, adică o lepădare de credință creștină, biblică, cea adevărată, care va fi acompaniată de venirea lui Antihrist ca lider mondial al sistemului global, politic, religios și financiar.

El este numit de apostolul Pavel și, fiul pierzări sau omul fărădelegii. "Nimeni să nu vă amăgească în vreun chip, căci nu va veni înainte ca să fi venit lepădarea de credință și de a se descoperi omul fărădelegii, fiul pierzaniei, potrivnicul, care se înalță mai pe sus de tot ce se numește "Dumnezeu", sau de ce este vrednic de închinare. Așa că se va așeza în Templul Lui Dumnezeu, dându-se drept Dumnezeu (2 Tesaloniceni 2:3,4).

Aceasta nu înseamnă absolut deloc că marea masă de creștini care se va apostazia, va deveni atee ci dimpotrivă, va avea o religie, o formă de creștinism apostat, care îl va venera pe Antihrist la apariția lui, deoarece el se va prezenta pe sine ca fiind Isus Hristos.

De altfel prefixul "anti" în limba greacă, indică clar acest aspect. "Anti" înseamnă în limba greacă atât împotriva lui cât și în locul lui.

Nu-i va seta greșit pe acei neo-evanghelici naivi care acceptă să construiască de fapt împărăția Antihristului, crezând că o fac pentru Isus? Din păcate, veți fi uimiți dacă cercetați atent, câți lideri creștini celebri la nivel international, apreciați probabil de mulți dintre noi, sunt parte a acestei agende pe care o susțin direct, sau indirect, depinde de caz. Noi suntem îndemânați la fel de Scripturi, să nu luăm deloc parte la lucrările neroditoare ale întunericului, ci mai degrabă să le demascăm. Așa cum spune în Efeseni 5-11:

"Să nu luați deloc parte la lucrările neroditoare ale întunericului, ba încă mai degrabă osândiți-le. Căci e rușine numai să spunem ce fac ei în ascuns. (Efeseni 5-11,12).

"Dar, toate aceste lucruri, când sunt osândite de lumină sunt date la iveală, pentru că ceea ce scoate totul la iveală este lumina". (Efeseni 5-13).

Una din greșelile fundamentale manifestate în creștinismul din zilele noastre la nivel internațional, este că cei mai mulți teologi, lideri, pastori creștini, nu realizează, din păcate, că astăzi, în post modernist este o capcană religia majoritară a lumii occidentale, religia New Age, adică așa numita religie a noii ere.

Este vorba de acel umanism cosmic, care se vrea, de fapt, să fie religia fără Dumnezeu, o religie a Occidentului fără nici o etichetă clară, vizibilă, afirmând crezuri spiritual extrem de relativiste, preluate din diferitele religii care promovează adevărurile subiective și care doresc eliberarea de orice reguli, dogme și doctrine, care spun că nu ofensează și nu judecă pe nimeni, dar nici nu suportă să fie judecate.

Această religie este dușmanul declarat al adevărului absolut și este avidă după practici mistice, care îi deschid ușa contactului personal, direct, supranatural cu divinul.

Este vorba despre New Age care îşi susţine din plin credinţa în doctrinele sale oculte fundamentale, care sunt absolut anti-biblice, anti-cristice, ce provin dintr-o adaptare occidental şireată şi abilă, a principalelor doctrine şi practici orientale hinduse, budiste şi satanice.

Ce este însă mult mai grav este că, astăzi, vedem din ce în ce mai multe învăţături şi practici New Age, promovate în multe biserici creştine sub un abil camuflaj de terminologie creştină, cu ajutorul căruia zboară nestingherit pe sub radarul spiritual, al marilor majorităţi ai neo-evanghelicilor.

New Age, noua spiritualitate este de fapt o doctrină amestecată în special cu hinduismul, budismul şi şamanismul, fuzionată cu elemente creştine care sunt doar ca şi camuflaj.

Această nouă spiritualitate posedă credinţa şi practici foarte atractive, care fac deliciu marii majorităţi ai lumi occidentale, şi, din păcate, din ce în ce mai mult, şi al multor biserici creştine.

Literatura evanghelică este şi ea invadată de romane creştine de mare succes între cititorii naivi din bisericile evanghelice, care sunt, în schimb, presărate cu nişte erezii sfidătoare şi periculoase, comune cu literatura ocultă New Age.

Aşa sunt de exemplu cărţile de succes vândute în milioane de exemplare.

Dacă atât liberalismul teologic cât şi misticismul cu practicele sale aberante erau la periferia evanghelismului la începutul perioadei moderne, fiind specific unor grupuri deloc numeroase şi considerate de evanghelici eretice, azi în post modernist, lucrurile stau exact invers.

Creştinismul biblic, evanghelic conservator este pus cu spatele la zid, în timp ce neo evanghelismul contemporan, care susţine majoritar neo liberalismul teologic şi misticismul, care îmbracă uneori forme aberante sunt uluitor de îmbrăţişate astăzi de majoritatea evanghelicilor.

Trăim oare vremuri profetice despre care Biblia ne avertizează insistent? Răspunsul trebuie să şi-l dea fiecare dintre noi în dreptul său. "Şi mă rog ca dragostea voastră să crească tot mai mult în cunoştinţă şi orice pricepere, ca să deosebiţi lucrurile alese, pentru ca să fiţi curaţi şi să nu vă poticniţi până în ziua veniri Lui Isus" (Filipeni 1;9-10).

Ce ne spune Biblia despre sfârşitul lumii?

Apocalipsa este o carte greu de interpretat, şi ca întotdeauna, ea a însemnat o piatră de încercare pentru toţi cei care au studiat-o.

Cartea sfântă are numeroase referirii şi elemente profetice asupra momentului în care oamenii se vor confrunta cu Apocalipsa.

Cutremure, epidemii sau dispariţia soarelui sunt doar câteva dintre semnele care vor prevesti Sfârşitul lumii, conform Bibliei.

Conceptul de Apocalipsă se poate regăsi în aproape toate religiile, fie că vorbim de creştinism, budism, iudaism, sau islamism. Principala idee al acestui concept este că vechea lume, distrusă de păcat, va fi înlocuită cu una mai bună, eternă, după ce răul va fi distrus.

„Să știi că în zilele din urmă, vor fi vremuri grele, căci oameni vor fi iubitori de sine, iubitori de bani, lăudăroși, trufași, hulitori, nemulțumitori, fără evlavie, fără dragoste firească, neînduplecați, clevetitori, neînfrânați, neîmblânziți, neiubitori de bine, vânzători, obraznici, îngâmfați, iubitori mai mult de plăceri decât iubitori de Dumnezeu".

În cadrul creștinismului, sfârșitul lumii este menționat în Apocalipsa, ultima carte din Noul Testament. Însă, multe alte referiri despre sfârșitul lumii pot fi găsite și în alte cărți din Biblie, deși nimeni nu știe când sfârșitul va avea loc.

"Despre ziua aceea și despre ceasul acela, nu știe nimeni, nici îngerii din Ceruri și nici Fiul, ci numai Tatăl." (Marcu 13:32)

Să vedem cum caracterizează evanghelistul Matei sfârșitul lumii: Se vor scula mulți proroci mincinoși fiindcă vor veni mulți în Numele Meu și vor zice:"Eu sunt Hristosul!" Și vor înșela pe mulți.

"Veți auzi de războaie și vești de războaie: vedeți să nu vă spăimântați, căci toate aceste lucruri trebuie să se întâmple. Dar sfârșitul tot nu va fi atunci "(Matei 24-5,6).

Vor fi conflicte politice interne și probleme sociale, un neam se va scula împotriva altui neam și o împărăție împotriva altei împărății. Pe alocuri, vor fi cutremure de pământ, foamete și ciume, iar adevărați credincioși vor fi prigoniți.

„Atunci, vă vor da să fiți chinuiții vă vor omorî și veți fi urâți de toate neamurile pentru numele Meu"

(Matei 24:9).

Păcatul și fărădelegea în lume vor crește și din pricina înmulțirii fărădelegii, dragostea celor mai mulți se va răci. "Evanghelia aceasta a Împărăției va fi propăvăduită în toată lumea, ca să slujească de mărturie tuturor neamurilor. Atunci va veni sfârșitul "(Matei 24-14).

Cu ajutorul cifrei șapte, simbol al perfecțiuni în religia creștină, apostolul Ioan descrie semnele prevestitoare ale Apocalipsei.

Astfel, aceasta va fi anunțată de șapte îngeri cu șapte trâmbițe, moment în care pe pământ vor apărea nenorociri, cataclisme fără precedent.

Apocalipsa mai notează că balaurul cu șapte capete și Antihrist va da scaunul său de domnie fiarei cu zece coarne, care va apărea din mare. Toți cei care se vor închina fiarei vor trebui să suporte mânia Lui Dumnezeu.

După aceea, Antihristul va semna un legământ de pace cu Israelul într-o perioada de șapte ani, în timp ce oamenii se vor confrunta cu epidemii și cataclisme.

La mijlocul acestei perioade, Antihristul va rupe legământul cu Israelul și va porni război împotriva acestuia. Oamenii vor fi ispitiți să se închine celui rău. Întoarcerea Lui Isus va avea loc la finalul celor șapte ani, când Ierusalimul se va confrunta cu un atac din partea Antihristului. Aceasta va fi momentul în care Isus se va întoarce pe pământ și Îl va învinge pe cel rău.

Timp de un mileniu, Hristos îl va ține pe Antihrist legat, conform Apocalipsei. Cel rău va fi eliberat apoi pentru timp scurt, însă va fi învins definitiv de Hristos.

Va urma apoi Judecata pentru toți cei care nu mai sunt. Cei necredincioși ajungând în iazul cu foc, iar credincioși alături de Isus, primind viața veșnică, într-un Cer și pământ nou. "El va șterge orice lacrimă din ochii lor. Și moartea nu va mai fi. Nu va mai fi nici tânguire, nici țipăt, nici durere, pentru că lucrurile dintâi au trecut" (Apocalipsa 21-4).

Ne uităm în jur, vedem o degradare îngrozitoare a societății și ne întrebăm: Oare cât va mai răbda pământul? Potrivit profețiilor Biblice, se pare că nu va mai răbda mult.

Comete și meteoriți ne vor lovi planeta și stelele vor cădea din cer pe pământ, cerul se va strânge și împărații pământului se vor ascunde în stâncile munților. "Și am auzit un glas tare, care venea din Templu, și care zicea celor șapte îngeri: "Duceți-vă, și vărsați pe pământ cele șapte potire ale mâniei Lui Dumnezeu!"

Cel dintâi s-a dus și a vărsat potirul lui pe pământ. Și o rană rea și dureroasă a lovit pe oamenii, care aveau semnul fiarei și care se închinau icoanei ei "(Apocalipsa 16-1,2).

"Cel de al doilea înger a vărsat potirul lui în mare, și marea s-a făcut sânge ca sângele unui om mort. Și a murit orice făptură vie, chiar și tot ce era în mare" (Apocalipsa 16-3).

"Al treilea a vărsat potirul Lui în râuri și în izvoarele apelor. Și apele s-au făcut sânge" (Apocalipsa 16-4).

"Al patrulea a vărsat potirul lui peste soare. Și soare-

lui i s-a dat să dogorească pe oameni cu focul lui
"(Apocalipsa 16-8). Arșița apocaliptică apare datorită
radiației solare.

**Vom vorbi acum despre cei patru călăreți din
Apocalipsa.**

Citind pasajul din Regi, capitolul 8, se observă
faptul că toate forțele distructive ale călăreților din
Apocalipsa, adică războiul, foamea, bolile, moartea
sunt identice cu pedepsele pe care omul și le atrage
în momentul în care uită de Dumnezeu și se închină
idolilor.

În capitolul 6 al Apocalipsei, Ioan vede cum Isus
Hristos, reprezentant ca Miel înjunghiat, primește de
la Dumnezeu un sul de hârtie pe care era pecetluită
Judecata Lui Dumnezeu, pecetluit cu șapte peceți sau
sigilii, pe care le desface, El fiind singurul în măsură
să facă aceasta.

Pe măsură ce sunt deschise primele patru sigilii, își
face apariția câte un călăreț călare pe un cal colorat,
care este trimis pe pământ pentru a fi executant al Ju-
decați Lui Dumnezeu.

Cunoscuți ca cei patru călăreți din Apocalipsă, au
generat multe dezbateri în legătură cu identitatea lor.

Primul călăreț pe calul alb: "Și am văzut când
Mielul a rupt cea dintâi din cele șapte peceți, m-am
uitat, și am auzit pe una din cele patru făpturi vii
zicând cu un glas ca de tunet: "Vino și vezi"! "M-am
uitat și, iată că, s-a arătat un cal alb. Cel ce sta pe el,
avea un arc; I s-a dat o cunună, și a pornit biruitor, ca
să biruiască (Apocalipsa 6-1,2).

De la început trebuie să menționez că acești călăreți

sunt duhuri neputând fi identificate cu vre-o persoană anume din istoria lumi, iar înfățișarea lor nu este decât un simbol al misiuni pe care o îndeplinesc.

În al doilea rând, după cum vom vedea din misiunea lor, dar și din motivele celorlalte pedepse divine care le vor urma, ei sunt trimiși către cei păcătoși, de unde tragem concluzia că adevărații slujitori ai Lui Dumnezeu nu vor fi afectați.

Primul călăreț reprezintă o putere cuceritoare, căreia nimeni nu-i poate rezista. Aceasta persoană are aparența Lui Isus Hristos fiind foarte asemănător călărețului din capitolul 19 al Apocalipsei, care este clar identificat cu Isus, dar el nu este Isus, ci vine ca un înșelator.

Mulți comentatori l-au identificat pe acest călăreț cu Antihristul, însă acest lucru nu poate fi veridic, deoarece Scriptura nu prezintă niciodată aceasta. Antihristul este descris în Apocalipsa 13 ca om.

În Zaharia capitolul 6, unde este descrisă o vedenie asemănătoare celui din Apocalipsa, se spune că acei cai sunt ființe care aparțin domeniului spiritual, slujitori ai Lui Dumnezeu, care coboară din cer. În plus Antihristul vine din adânc, în Apocalipsa ni se spune de două ori că duhul fiarei care va locui în Antihrist, vine din adânc.

"Când își vor isprăvi mărturisirea lor, fiara, care se ridică din Adânc, va face război cu ei, îi va birui și-i va omorâ" (Apocalipsa 11-7). "Fiara, pe care ai văzut-o era, și nu mai este. Ea are să se ridice din Adânc și are să se ducă la pierzare "(Apocalipsa 17-8).

Calul era considerat o mașină de război în timpurile biblice, arcul menționat face referire la săgeți, așa cum sugerează mulți că acel călăreț este în mijlocul unui demers de cucerire pașnică, prin diplomație și fără vărsare de sânge, deoarece arcul este frecvent folosit în Sfânta Scriptură simbol al vânătorii sau al războiului.

Capitolul 24 al Evangheliei după Matei cuprinde un pasaj paralel celui din Apocalipsa 6, unde Domnul Isus îi descrie pe cei patru călăreți, răspunzând Isus le-a zis:

"Băgați de seama să nu vă înșele cineva. Fiindcă vor veni mulți în Numele Meu și vor zice:"Eu sunt Hristosul! Și vor înșela pe mulți. Veți auzi de războaie și vești de războaie; vedeți să nu vă spăimântați, căci toate aceste lucruri trebuie să se întâmple. Dar sfârșitul tot nu va fi atunci"(Matei 24; 4-6).

Astfel, primul călăreț este un spirit al religiilor false condusă de liderii care pretind a fi Hristos sau a venit în numele Lui Hristos înșelându-și adepții.

Și foarte mulți în ziua de azi sunt care se dau drept Isus Hristos sau care spun că au venit în numele Lui!!

Călărețul al doilea și calul roșu ca focul, când au deschis pecetea a doua, am auzit zicând pe a doua ființă: "Vino și vezi!" Și s-a arătat un alt cal, un cal roșu. Cel ce sta pe el a primit puterea să ia pacea de pe pământ, pentru ca oamenii să se junghie unii pe alții, și i s-a dat o sabie mare"(Apocalipsa 6-3,4).

Calul roșu simbolizează vărsarea de sânge și războiul. Călărețul acestui cal primește puterea de a lua pacea de pe pământ și, mai mult, de a provoca pe oameni să se ucidă unii pe alți.

Cert este că aşa a fost dintotdeauna de-a lungul istoriei, din 1496 înainte de Hristos până în 1861 după Hristos, lumea cunoscând trei mii o sută treizeci de ani de război şi doar două sute doăzeci şi şapte de ani de pace. În ultimii patru sute de ani, Naţiunile Europene au semnat mai mult de opt mii de tratate de pace. În secolul al-XX-lea, opt milioane şi jumătate de oameni au murit în primul război mondial, douăzeci şi două de milioane au murit în al doilea război mondial, iar în al treilea cu siguranţă vor muri şi mai mulţi.

Chiar dacă este alarmant, Scriptura ne avertizează că acest lucru nu este sfârşitul lumii, ci doar evenimente care conduc la Ziua Venirii Domnului.

Astfel, al doilea călăreţ, este un spirit al războiului care umple pământul cu vărsare de sânge, până la momentul sfârşitului vremurilor.

Al treilea călăreţ pe calul negru: "Când a rupt Mielul pecetea a treia, am auzit pe a treia făptură vie zicând:

"Vino şi vezi!" M-am uitat, şi iată că s-a arătat un cal negru. Cel ce sta pe el avea în mână o cumpănă. Şi în mijlocul celor patru fapturi vii, am auzit un glas care zicea: "O măsură de grâu pentru un leu. Trei măsuri de orz pentru un leu! Dar să nu vatămi undelemnul şi vinul!" (Apocalipsa 6-5,6).

Calul negru simbolizează doliu şi frica, acest călăreţ poartă în mână o balanţă care era folosită pentru a cântări cerealele. Acest lucru implică faptul că produsele alimentare de bază vor trebui cântărite şi raţionalizate cu grija deoarece, aşa cum este în general valabil, lipsa şi foametea urmează războiului.

Aşa dar al treilea călăreţ aduce foamete în lume. Măsura de grâu era echivalentul cantităţii medii de pâine pe care un om o mănâncă într-o zi, în timp ce un dinar era plata medie pentru o zi de lucru, deci, idea care reiese de aici este aceea că un om nu va câştiga decât pâinea suficientă pentru o persoană, făcându-l incapabil să îşi hrănească familia.

Al patrulea călăreţ şi calul gălbui-vânăt. "Când a rupt Mielul pecetea a patra, am auzit glasul făpturii a patra zicând:"Vino şi vezi!". "M-am uitat şi iată că s-a arătat un cal gălbui. Cel ce sta pe el se numea Moartea şi după el venea Locuinţa morţilor. Li s-a dat putere peste a patra parte a pământului ca să ucidă cu sabia, cu foamete, cu molima şi cu fiarele pământului" (Apocalipsa 6-7,8).

Din termenul grecesc care defineşte culoarea calului, anume cloros, derivă denumirea substanţei chimice pe care o numim clor. Ceea ce ne ajută să înţelegem mai bine cloritul acestui cal care seamănă cu cel al unui cadavru.

Prezenţa iadului în imediata sa apropiere arată faptul că cei omorâţi de al patrulea călăreţ sunt destinaţi să ajungă acolo, adică ei fac parte dintre oamenii păcătoşi, care nu-L recunosc pe Isus drept mântuitor.

O precizare foarte important este aceea că toţi aceşti călăreţi aduc moartea în forme diferite.

Această distincţie este importantă, deoarece mulţi dintre comentatorii vremurilor de pe urmă văd aceşti călăreţi ca aducând moartea şi distrugerea întregii planete. De asemenea nu trebuie să pierdem din vedere faptul că toate aceste pedepse, care vin asupra pământenilor, ca manifestare a Judecați divine, au un accentuat caracter pedagogic, prin faptul că Dumnezeu nu permite afectarea decât a unei părți din populație.

Trebuie să vedem răgazul pe care îl acordă celor rămași în viață de a se pocăi și a se întoarce din căile lor păcătoase.

Dacă cercetăm pasajul din Regi, vedem că toate forțele distructive ale călăreților, adică războiul, foamea, bolile și moartea nu sunt decât pedepse pe care omul și le atrage în momentul în care uită de Dumnezeu și se închină idolilor. Însă ele încetează imediat ce omul se pocăiește.

Una dintre cele mai fascinante dileme este cu privire la sfârșitul lumii și mulți fiind de părere că omenirea trăiește ultimii ani. Asta cred și cei care au auzit că în Turcia s-au născut gemenii care poartă pe trupurile lor însemnele ce prevestesc sfârșitul.

Este vorba despre două crenguțe de măslin și două sfetnice imprimate pe cap și în zona splinei. Gemenii ar fi cei doi martori de care ar fi pomenit Ioan teologul în Biblie. "Voi da celor doi martori ai mei să prorocească, îmbrăcați în saci, o mie două sute șase zeci de zile "(Apocalipsa 11-3).

Scenariul celor care cred că bebeluși prevestesc sfârșitul lumii capătă și mai mult contur datorită locului unde s-au născut aceștia: orașul antic Efes unde a murit Ioan autorul Apocalipsei. "Aceștia sunt cei doi măslini și cele două sfetnice, care stau înaintea Domnului pământului.

"Dacă umblă cineva să le facă rău, le iese din gură

un foc, care mistuie pe vrăjmașii lor; și dacă vrea cineva să le facă rău, trebuie să piară în felul acesta" (Apocalipsa 11-4,5).

"Ei au putere să închidă cerul, ca să nu cadă ploaie în zilele prorociei lor; și au putere să prefacă apele în sânge, și să lovească pământul cu orice fel de urgie, ori de câte ori vor veni." "Când își vor isprăvi mărturisirea lor, fiara, care se ridică din Adânc, va face război cu ei, îi va birui și-i va omorî." (Apocalipsa 11-6,7).

Adevărul se află în Biblie, și chiar dacă mulți au citit-o și cunosc textele prezentate în Cartea Sfântă, puțini sunt aceia care realizează de fapt ce se întâmplă.

Prezentul în care trăim este descris amănunțit în Biblie, iar acesta este un fel de început al Sfârșitului. Oricare ar fi convingerile personale ale fiecăruia, un lucru este cert: dezastre naturale se întâmplă zilnic, estimarea acestora nu este întotdeauna posibilă, însă este bine să fim pregătiți pentru orice.

Oamenii trebuie să redevină buni unii cu alții, să-și dea seama că nu trebuie să se lase conduși de bani și competiție, deoarece în fata Lui Dumnezeu toți suntem egali.

Apocalipsa capitolele 1, 2 și 3 descrie descoperirea lui Ioan pe care i-a dat-o Dumnezeu, ca să arate robilor Săi lucrurile care au să se întâmple în curând.

"Ferice de cine citește și de cei ce ascultă cuvintele acestei prorocii și păzesc lucrurile scrise in ea! Căci vremea este aproape!"(Apocalipsa 1-3).

Vor accepta oamenii darul generos al Lui Dumnezeu?

"Cum vom scăpa noi, dacă stăm nepăsători față de o mântuire așa de mare? "(Evrei 2-3).

Nu mai este mult timp, până va începe criza finală! Decretul Duminical, Noua Ordine Mondiala; o bătălie între închinarea adevărată versus închinarea falsă. O avertizare pentru generația nouă.

Cine este fiara din Apocalipsă?

Cartea Apocalipsei este una dintre cele mai larg discutate și comentate cărți, atât pentru cercetătorii Bibliei, cât și printre savanții seculari. Pe pagina ei sunt înregistrate cele mai groaznice avertizări și cele mai vii profeții. "Și iată, Eu vin curând! Ferice de cei ce păzesc cuvintele prorociei din cartea aceasta!" (Apocalipsa 22:7).

Unul dintre cele mai captivante simboluri, totuși greșit înțeles, din scrierile relevante ale Apocalipsei este capitolul al treisprezecelea al fiarei de pe mare, adesea numită simplu "fiara".

De sute de ani, oamenii au speculat intens cu privire la identitatea fiarei. Biblia este propriul ei interpret.

"Fiara a patra, este o a patra împărăție, care va fi pe pământ. Ea se va deosebi de toate celelalte, va sfârși tot pământul, îl va călca în picioare și-l va zdrobi "(Daniel 7-23).

Fiara de pe mare (Apocalipsa 13) este legată de alte două simboluri folosite în Scriptură, toate reprezentând aceeași putere și aceeași împărăție.

Când comparăm capitolele Scripturii unele cu altele, identitatea puterii antihristice devine evidentă.

Caracteristici identice identificate ale puterii

"fiarei".

1. Ambele reprezintă o biserică și o cetate.
"Și femeia, pe care ai văzut-o este cetatea cea mare, care are stăpânire peste împărații pământului"(Apocalipsa 17-18).
,O "femeie „în profeție este o biserică infidelă, apostată.

2. Stă pe șapte munți. "Aici este mintea plină de înțelepciune. Cele șapte capete sunt șapte munți, pe care șade femeia"(Apocalipsa 17-18).

3. Este îmbrăcată în purpură și stacojiu, împodobită cu aur și pietre prețioase. "Femeia aceasta era îmbrăcată cu purpură și stacojiu; era împodobită cu aur, cu pietre scumpe și cu mărgăritare. Ținea în mână un potir de aur, plin de spurcăciuni și de necurățiile curviei ei "(Apocalipsa 17-4).

4. Asupreşte pe toți locuitorii pământului. "I s-a dat să facă război cu sfinții și să-i biruiască.
Și i s-a dat stăpânire peste orice seminție, peste orice norod, peste orice limbă și peste orice neam"(Apocalipsa 13-7).

5. Se ridică într-o zonă dens populată și cu diversitate culturală. "Apoi mi-a zis: "Apele, pe care le-ai văzut, pe care șade curva, sunt noroade, gloate, neamuri și limbi "(Apocalipsa 17-15).

6. Când va ajunge la putere extermină alte trei împărății. "M-am uitat cu băgare de seama la coarne și, iată că, un alt corn mic a ieșit din mijlocul lor și dinaintea acestui corn au fost smulse trei din cele dintâi coarne. Și cornul acesta avea niște ochii ca ochii unui om, și o gură care vorbea cu trufie"(Daniel 7-8). Un corn în profeție înseamnă un împărat, o împărăție.

7. Face război cu sfinții. "Și am văzut pe femeia aceasta îmbătată de sângele sfinților și de sângele mucenicilor Lui Isus. Când am văzut-o, m-am mirat minune mare "(Apocalipsa 17-6).

8. Are un singur om care acționează și vorbește în numele tuturor..."Și cornul (împărăție) avea niște ochii ca ochii de om și o gură, care vorbea cu trufie "(Daniel 7-8).

9. Suveranul acestei împărății se înalță pe sine mai presus de Dumnezeu. "Nimeni să nu vă amăgească în vreun chip; căci nu va veni înainte ca să fie venit lepădarea de credință și de a se descoperi omul fărădelegii, fiul pierzării, potrivnicul, care se înalță mai presus de tot ce se numește "Dumnezeu", sau de ce este vrednic de închinare.

Așa că se va așeza în temple Lui Dumnezeu, dânduse drept Dumnezeu"(2 Tesaloniceni 2-3,4).

10. Suveranul acestei împărății este identificat cu numărul "666"."Aici e înțelepciunea. Cine are

pricepere, să socotească numărul fiarei. Căci este un număr de om. Și numărul ei este: șase sute șase zeci și șase "(Apocalipsa 13-18).

11. Spune vorbe mari si hule. "Și i s-a dat o gură, care rostea vorbe mari și hule. Și i s-a dat putere să lucreze patruzeci și doua de luni " (Apocalipsa 13-5).

12. Se încumetă să schimbe calendarul și Legea Lui Dumnezeu. "El va rosti vorbe de hulă împotriva Celui Prea Înalt, va asupri pe sfinții Celui Prea Înalt, și se va încumeta să schimbe vremile și legea; și sfinții vor fi dați în mâinile lui timp de o vreme, două vremi, și o jumătate de vreme "(Daniel 7-25).

13. Domnește absolut timp de 1260 de zile. "I s-a dat o gură, care rostea vorbe mari și hule. Și i s-a dat putere să lucreze patruzeci și doua de luni." (Apocalipsa 13-5). Adică trei ani și jumătate.

14. A fost dezbrăcată de autoritate, de o putere civilă și luată în captivitate. "Cine duce pe alții în robie va merge și el în robie. Cine ucide cu sabia trebuie să fie ucis cu sabie. Aici este răbdarea și credința sfinților."(Apocalipsa 13-10). Sabia aici indică puterea civilă (Romani 13,4).

15. A fost lovită de moarte, dar rana s-a vindecat. "Unul din capetele ei părea rănit de moarte, dar rana de moarte fusese vindecată. Si tot pământul

se mira după fiară (Apocalipsa 13-3).

1. *Este Biserică și Cetate.*

2. *Este situată pe Șapte Munți.*

3. *Este îmbrăcată în purpură și cărămiziu și împodobită cu aur și pietre prețioase.*

4. *Are putere asupra tuturor locuitorilor pământului.*

5. *Se ridică într-o zonă dens populată și cu diversitate culturală.*

6. *Smulge din rădăcini alte trei împărății, când ajunge la putere.*

7. *Face război cu sfinții.*

8. *Are un singur om care vorbește și acționează în numele tuturor.*

9. *Suveranul acestei împărății se înalță pe sine mai presus de Dumnezeu.*

10. *Suveranul acestei împărății este identificat cu numarul 666*

11. *Folosește cuvinte pline de hulă.*

12. *Se încumetă să schimbe Calendarul și Legea Lui Dumnezeu.*

13. *Are stăpânire absolută timp de o mie două sute șaizeci de ani.*

14. *A fost dezbracat de autoritate, de o putere civilă si a fost dusă in robie.*

15. *A fost ranită de moarte, dar rana sa vindecat*

1. Biserica Romano-Catolică și statul-oraș Vatican sunt sinonime.

Tratatul de la Luteran (Mussolini-Papa Pius XI,1929) a oferit cetății Vatican "statut independent" și recunoaște suveranitatea Papei în interiorul orașului.

"Acordurile includ un tratat politic, care a creat statut cetății Vatican și garantează scaunului sfânt suveranitate completă și independență. (Encarta Reference Library,2004).

2. Este situată pe șapte munți (Apocalipsa 17:9).

Roma, "Cartea celor șapte coline". "Așezarea istorică a Romei pe faimoasele șapte coline s-a produs în epoca de bronz" (Encyclopedia Britanica 1990,vol. 10;pag 102).

3. Era îmbrăcată în purpura și cărămiziu și împodobită cu aur și pietre prețioase. (Apocalipsa 17;4).

Culoarea cardinalilor și altor preoți este purpura (violet), iar pentru cardinali cărămiziu (roșu).
"Crucea de la piept trebuie făcută din aur și decorată cu pietre scumpe" (Our Sunday Visitor's Catholic Encyclopedia 1991).

Au existat patru culori oferite de Dumnezeu pentru a fi purtate: albastru, purpura, cărămiziu și in subțire."(Exod 28:4,5) Care este semnificația culorii pe care biserica catolică a evitat-o? Albastrul.

4. Are putere asupra tuturor locuitorilor pământului. (Apocalipsa 13:7).

"Definim că Sfântul scaun Apostolic și Pontiful Roman (Papa) deține supremația supra întregii lumi."(La etentur Coeli, Conciliul din Florenta,1439). "Nu există nici o autoritate mai mare."(pastor Aeternus 1870).

"Papa Grigore a domnit între anii 73-85 și s-a prezentat pe sine ca moștenitorul unei nelimitate responsabilități asupra tuturor sufletelor "(Encyclopedia Britanica 1990 vol.26 pag 927).

5. Se ridică într-o zonă dens populată și cu diversitate culturală (Apocalipsa 17:15).

Statul și Biserica Romano-Catolică s-au ridicat și înăuntrul celor zece triburi originale (monarhii) ce divizau Europa.

6. A smuls din rădăcini trei din celelalte împărății când a ajuns la putere (Daniel 7:8).

Istoria consemnează că Papalitatea a înlăturat trei dintre cele zece triburi originale (monarhii) ce divizau Europa: vandalii, herulii și ostrogoții.
"Împăratul catolic Zeno (474-491) aranjase un tratat cu ostrogoții în 487, al cărui rezultat a fost eradicarea împărăției herulilor ariene în 493. Și împăratul catolic Iustinian (527-565) extermină pe Vandalii arieni în 534 și destramă semnificativ

puterea Ostrogoților arieni in 538.

Astfel, cele trei coarne din Daniel: herulii, vandalii și ostrogoții au fost smulse din rădăcini".(C.Mervyn Max Well, God vol.1 pag.120).

Astăzi, nu există nici o singură linie ereditară care să meargă înapoi până la una dintre aceste trei împărății. Ele au fost literal exterminate (smulse din rădăcini).

7. A făcut război cu sfinții (Apocalipsa 17:6).

"Biserica Romei a vărsat mai mult sânge nevinovat decât oricare altă instituție care a existat vreodată în lume, nu va fi pus la îndoială de nici un protestant care deține cunoștințe complete de istorie. Este imposibil să-ți faci o concepție cu privire la mulțimea victimelor ei și este cert că nici o putere a imaginației nu poate cu adevărat realiza suferințele lor."(Istoria Apariției și Influența Spiritului Raționalismului în Europa,vol.2:32.)

8. Are un singur om care acționează și vorbește pentru toți.

Papa este singurul purtător de cuvânt al întregi Bisericii Catolice."(Enciclopedia Britanică, 1990, vol. 26 pag. 951).

9. Suveranul acestei împărății se înalță pe sine asemenea Lui Dumnezeu (2 Tesaloniceni 2:3,4).

"Noi deținem pe acest pământ locul Celui Prea Înalt"(Papa Leo XIII, Enciclical Letter, Datata 20 Iunie 1894).

10. Suveranul acestei împărății este identificat cu numarul"666" (Apocalipsa 13:18).

Tripla coroană a Papei deține inscripția: "VICARIUS FILII DEI", care tradus din Latină înseamnă: Vicar Locțiitorul Fiului lui Dumnezeu. Valoarea numerică a acestui titlu blasfemator este 666.

11. Spunea vorbe mari și hule (Apocalipsa 13:5).

"Papa nu este doar reprezentantul lui Isus Hristos, ci el este Isus Hristos, ascuns în acoperământ trupesc."(The Catholic National, July 1895).

Pretenția de a ierta păcatele. "Cum vorbește omul acesta astfel? Hulește! Cine poate să ierte păcatele decât numai Dumnezeu!" (Marcu 2:7).

"Autoritatea judiciară va include chiar puterea de a ierta păcatul."(Enciclopedia catolica, vol.12, Articolul „Papa" pag. 265)
"Să persecute poporul Celui Prea Înalt în Numele Celui Prea Înalt. Trebuie să oferim rang Inchiziției, ca cea mai întunecată pată din istoria omenirii."(Will Durant, Istoria Civilizației vol.4 pag.78).

Unii istorici estimează că mai mult de o sută de milioane de oameni au fost uciși de Biserica Romei în timpul Inchiziției. Sub valul creștinismului, fiara a persecutat și ucis pe adevărații urmași ai Lui Dumnezeu și pe aceia care nu se conformau regulilor lor.

12. "A început să schimbe Calendarul și Legea Lui Dumnezeu" (Daniel 7:25).

"Papa se află la un nivel atât de înalt al autorității și puterii, încât el poate modifica, explica sau interpreta chiar și legile divine."(Lucius Ferraris Promta Bibliothica, Article" Papa"vol. 6 pag. 29).

"Duminica este o instituție catolică și obligația de a fi observată poate fi apărată doar de principiile catolice.

De la începutul până la sfârșitul Scripturii nu există nici un singur pasaj care poruncește transformarea din ultima zi a săptămânii în prima."(Catholic Press, Sydney Australia, August 1900).

"Desigur Biserica Catolică declară schimbarea (de la Sabat la Duminică) ca fiind acțiunea ei. Iar aceasta reprezintă Scrisoarea lui H.F.Thomas, cancelarul Cardinalului Gibbsons:

Această schimbare nu a fost doar o schimbare a zilelor de închinare, ci și o schimbare a calendarelor.

Roma, în secolul patru, a adoptat calendarul păgân, modern, contrafăcut, şi a scos în afara legii Calendarul Biblic, Luni-Solar.

Papalitatea, de asemenea, a îndepărtat porunca a doua, care interzicea închinarea la idoli. Pentru a păzi totuşi zece porunci, ei au divinizat porunca a zecea in doua părţi.

13. Are stăpânire absolută timp de o mie două sute şaizeci de ani.

"In 1798, Generalul Berthier al Franţei şi-a făcut intrarea în Roma, a abolit guvernul papal şi a stabilit unul secular "(Enciclopedia Britanica 1941).

Papalitatea a avut stăpânirea absolută pentru exact 1260 de ani. (din 538 până în 1798)."

14. A fost dezbrăcat de autoritate de o putere civilă şi a fost dusă în robie" (Apocalipsa 13:10).

"Umilirea finală a Bisericii a venit când Pius a fost scos din Roma de armatele franceze în 1798 şi a fost ţinut captiv în următorul an şi târât înapoi în Franţa, unde a şi murit."(Enciclopedia Britanica, 1990 vol.26 pag.938).

15. Era rănită de moarte, dar rana s-a vindecat.

Istoria ne arata că papalitatea dupa ce şi-a pierdut

puterea politică în anul 1798, a recuperate-o în 1929 atunci când Musolini, prin tratatul de la Latran, a facut din noul papa un şef de stat pentru a domni în Vatican.

"Unul din capetele ei părea rănit de moarte; dar rana de moarte fusese vindecată. Si tot pământul se mira după fiară "(Apocalipsa 13:3).

Papa înlocuitorul Lui Isus pe pământ? Este o blasfemie. Biblia ne învaţă că Duhul Sfânt este înlocuitorul Lui Isus pe pământ.

"Se vor scula mulţi proroci mincinoşi şi vor înşela pe mulţi."(Matei 24:11)

"Toţi au acelaşi gând şi dau fiarei puterea şi stăpânirea lor "(Apocalipsa 17:13).

Fiecare individ de pe această planetă va trebui să facă alegerea ori să accepte moralitatea şi legea Lui Dumnezeu ca şi standard al justiţiei, ori să accepte legea modelată și modificată de Roma.

"Cât despre mine, eu şi casa mea, am decis, vom sluji Domnului"(Iosua 24:15).

Cuvântul Domnului este o candelă pentru picioarele mele şi o lumină pe cărarea mea.

Cuvântul ne spune clar care vor fi evenimentele venirii sfarsitului.

Se va cere implantarea semnului fiarei, iar lumea va urmări odinele sistemului papal.

Dacă se închină cineva fiarei şi icoanei ei şi primeşte semnul ei pe frunte sau pe mână „vor bea şi ei din vinul mâniei Lui Dumnezeu.

"Acei care primesc semnul fiarei vor fi pierduţi pentru totdeauna. "Dar strâmtă este poarta, îngustă este calea care duce la viaţă şi puţini sunt cei care o află"(Matei 7:14).

"Biblia spune doar un singur lucru despre cei care nu primesc semnul fiarei:"aici este răbdarea sfinților, care păzesc poruncile Lui Dumnezeu și credința Lui Isus "(Apocalipsa 14:12).

În Evul Mediu, papii se bucurau de putere absolută asupra tuturor împăraților, regilor, prinților și nobililor Europei. Nimeni dintre cei ce trăiesc astăzi nu mărturisește că papalitatea conduce în deplinătatea puterii sale de fiară.

Din păcate, cei mai mulți sunt ignoranți sau toleranți cu privire la întunecata istorie a papalității, atunci când conducea pământul cu puterea de fiară înfricoșată.

Se estimează că au fost martirizați între cincizeci și o sută de milioane de urmași a Lui Dumnezeu în ținuturile papalității pentru ca au îndrăznit să înfrunte aceasta instituție.

Putem proclama cu bucurie crescută că A Doua Venire este doar la câțiva ani distanță. Evenimentele finale se vor desfășura într-o succesiune rapidă, datorită scurtării timpului.

Începând cu anul 2017 și până la A Doua Venire a Lui Isus, se vor petrece următoarele evenimente:

Sunetul Trâmbițelor și al celor 7 plăgi.

Deplina restaurare a puteri fiarei.

Promulgarea legii duminicale globale și forțarea închinări în Ziua Duminicii, semnul autoritati Romei asupra lumii.

Vor fi trei ani și jumătate de persecuție din momentul când martorii Lui Isus vor proclama lumii ultima Sa chemare de har în timpurile încercări

extreme. Astfel că putem vedea linia timpului din-
tre prezența și Glorioasa Venire a Doua oară a Lui
Isus, străbătută de evenimente majore. Și putem doar
concluziona că aceste evenimente se vor petrece cu
rapiditate incredibilă.

Perfecțiunea caracterului va trebui sa fie obținută,
într-o perioada scurtă de timp. Nu ne mai permitem
luxul timpului îndelungat pentru biruirea slăbiciunii
păcatului cultivat. Avem nevoie să purtăm un război
necruțător împotriva fiecărui păcat, cât timp mai avem
harul de partea noastră.

Nu va exista nici prosperitate economică mondi-
ală trainică, din contra, o criză economică curentă
cuprinzând lumea este destinată să înrăutățească
lucrurile dramatic, mai ales când sună Trâmbițele!

Disperarea economică care va îngrozi lumea va
fi unul din motivele majore care va aduce pe liderii
mondiali să se supună puterii și autorității Papale.

Trăim într-un timp privilegiat, având abilitatea de a
vedea aceste dovezi mai clar decât predecesorii noștri.
Dumnezeu ne-a oferit aceste prețioase cuvinte ale
profeției ca să putem cunoaște și înțelege.

Curând, fiara va căuta să distrugă în mod deschis pe
credincioșii Lui Dumnezeu. El se va înălța pe sine și
se va așeza în Ierusalim, dându-se drept Dumnezeu.

"Fie ca nimeni să nu vă amăgească în vreun chip;
căci nu va veni înainte ca să fie venit lepădarea de
credință și de a se descoperi omul fărădelegii, fiul
pierzării, potrivnicul, care se înalță mai presus
de tot ce se numește ”Dumnezeu” sau de ce este
vrednic de închinare. „Așa că se va așeza în Templul

Lui Dumnezeu, dând-se drept Dumnezeu"(2 Tesaloniceni 2:3,4).

Când împlinirea evenimentelor profetice se apropie, dorința Tatălui este ca poporul Său să înțeleagă pe deplin Cartea Apocalipsei, în care a descoperit tot ce trebuie cunoscut cu privire la evenimentele finale.

Iubitorul nostru Tată ne-a descoperit că, foarte curând, lumea va experimenta o serie de paisprezece plăgi; primele șapte sunt Trâmbițele.

Slujind cu ultimele chemări de trezire ale umanități, chiar înainte de încheierea timpului de probă, Dumnezeu oferă o ultimă șansă mai înainte ca destinul fiecărei persoane să fie sigilat.

În continuare sunt 7 plăgi finale care vor fi pedepsitoare după încheierea timpului de probă, exact înainte de A Doua Venire.

Evenimentele catastrofale ale tuturor acestor plăgi nu vor fi văzute ca niște dezastre cauzate de capriciul naturii, ci ca avertizări divine. Impactul lor va duce la decădere universală.

Când Prima Trâmbița va lovi pământul.

Prima Trâmbiță în curând va zdrobi lumea ca o copleșitoare surpriză, cauzând o teroare fără precedent în toți oamenii. Conform Apocalipsei 17, suntem foarte aproape de Trâmbițele care vor lovi pământul într-o succesiune rapidă.

Ce spune Biblia că se va întâmpla când Prima Trâmbiță va lovi pământul?

"Îngerul dintâi a sunat din trâmbiță și a venit grindină și foc amestecat cu sânge, care au fost aruncate pe pământ și a treia parte a pământului a fost ars și a treia parte din copaci a fost arsă, și toată iarba verde a fost arsă." (Apocalipsa 8:7)

Prima trâmbiță va cauza distrugerea globală a unei treimi din copaci și distrugerea totală a ierbii verzi.

Chiar dacă se cunosc efectele profetizării din Prima Trâmbiță, mulți experți în domeniul hranei de la ONU cred că lumea nu este departe de o confruntare cu o teribilă foamete. Sute de oameni din întreaga lume, care abia își pot asigura hrana, vor constata că le este tot mai greu să-și cumpere pâinea cea de toate zilele.

În ziua când Prima Trâmbiță va lovi pământul, o panică indescriptibilă va copleși toate țările lumii. Vor constata subit că recoltele din lumea întreagă și o tremie din copaci (incluzând pomii fructiferi) au fost distruse.

Nu îndrăznesc să schițez tabloul scenelor de revoltă care vor înghiți orașele lumii.

Următoarele evenimente cu certitudine vor avea loc atunci când Prima Trâmbiță va lovi pământul.

Căderea dramatică a dolarului american, rezerva de valută a lumii, va conduce la colapsul altor monede.

Acest șoc copleșitor va veni la momentul când economia mondială aproape se recuperase din cea mai rea criză financiară începând cu anii 1930 încoace.

Dispariția banilor va lovi toate piețele financiare, trăgând după sine o avalanșă de facturi și contracte în fiecare depozit din lume și va duce la o dezordine financiară de nedescris pe piețele de capital.

Înfricoșătoare confruntări vor apărea în țările care au hrana insuficientă, nemai existând nici un control, iar prețurile vor crește enorm pentru toate alimentele de bază.

Liderii mondiali se vor grăbi să facă planuri pentru a ține sub control starea de urgență, în timp ce vor căuta să limiteze revoltele foamei în toate orașele lor.

Civilii furioși și neliniștiți vor fi fără frâu în marele orașe ale lumii, oamenii vor realiza subit că mulți vor muri de foame în locuri în care niciodată nu s-a dus lipsă de hrană.

Căderea legilor și anarhia îi va determina pe oameni să-și apere hrana prin orice mijloace.

Cuvintele profetice ale Mântuitorului nostru se vor împlini literar."Vor fi semne în soare, în lună și în stele și pe pământ va fi strâmtorare printre neamuri, care nu vor ști ce să facă la auzul urletului mării și al valurilor; oamenii își vor da sufletul de groază, în așteptarea lucrurilor care se vor întâmpla pe pământ; căci puterile cerurilor vor fi clătinate " (Luca 21:25,26).

Când Prima Trâmbiță va lovi pământul de unde vor mai cumpăra grâne ca să-și hrănească populația? Ce țări vor mai fi dispuse să exporte din rezerva lor limitată de grâu atunci? Câte regiuni vor mai putea sta în picioare atunci când liderii lor sunt incapabili să asigure securitatea alimentelor de bază pentru popoarele lor, după Prima Trâmbiță?

Prima Trâmbiță va fi urmată de Trâmbițele 2, 3 și 4.

Trâmbițele de la 5 la 7 sunt descrise ca "vaiuri".

Ceea ce înseamnă ca ele vor fi mult mai înfricoșătoare și devastatoare decât orice s-a suportat în primele 4 Trâmbițe.

"M-am uitat și am auzit un vultur, care zbura prin mijlocul cerului și zicea cu glas tare: "Vai, vai, vai de locuitorii pământului, din pricina celorlalte sunete de trâmbiţă ale celor trei îngeri, care au să mai sune ''(Apocalipsa 8:13).

"Câtă vreme se zice:''Astăzi, daca auziţi glasul Lui, nu vă împietriţi inimile, ca în ziua răzvrătirii ''(Evrei 3:15).

Astăzi este privilegiul tău să nu mai fugi de Dumnezeu şi să accepţi ultima Sa chemare de har, pe care El a plătit-o pentru tine la un preţ infinit, cu preţiosul sânge al singurului Lui Fiu născut. Astăzi este ocazia ta să capeţi înţelepciune cu privire la propria salvare. De ce să-ţi pierzi coroana veşniciei şi viaţa veşnică pentru bogăţii pământeşti care se vor transforma în cenuşă? "Şi ce ar folosi unui om ca să câştige toată lumea, daca şi-ar pierde sufletul? Sau, ce ar da un om în schimb pentru sufletul său?''(Matei 16:26).

Astăzi este oportun pentru tine să te înarmezi cu făgăduinţele Sale protectoare ca să poţi îndura iminentele Trâmbiţe care-şi vor vărsa amarul devastator asupra întregii lumi.

Vei îndrăzni să treci prin timpul celor 4 Trâmbiţe şi celor 3 Vaiuri fără beneficiul protecţiei şi providenţei Sale?

Aceste făgăduinţe sunt pentru cei care fac din Dumnezeu stânca lor de scăpare. "Pentru că zici: ''Domnul este locul meu de adăpost!'' şi faci din Cel Prea Înalt turnul tău de scăpare, de aceea nici o nenorocire nu te va ajunge, nici o urgie nu se va apropia de cortul tău. Căci El va porunci îngerilor Săi să te păzească în toate căile tale ''(Psalmul 91:9-11).

"Dacă vreunuia dintre voi îi lipseşte înţelepciunea,

s-o ceară de la Dumnezeu, care dă tuturor cu mână largă şi fără mustrare şi ea îi va fi dată "(Iacov 1:5).

Când Trâmbiţa a Doua va lovi pământul.

Chiar înainte ca Prima Trâmbiţă să lovească pământul, omenirea va fi deja la limită, în ceea ce priveşte siguranţa hranei. Nu ne este greu să ne imaginăm foametea mondială căreia va trebui să-i facem faţă după ce Prima Trâmbiţă va lovi planeta. Când trâmbiţa a doua loveşte pământul, nevoia globală de hrană va deveni mult mai acută.

"Al doilea înger a sunat din trâmbiţă. Şi ceva ca un munte mare de foc aprins a fost aruncat în mare; şi a treia parte din mare s-a făcut sânge; şi a treia parte din făpturile, care erau în mare şi aveau viaţă, au murit; şi a treia parte din corăbii a pierit "(Apocalipsa 8:8,9).

A doua trâmbiţă descrie un munte incandescent, (un meteorit) căzând în mare care cauzează un imaginabil dezastru ecologic. Consecinţele vor fi: o tremie din Oceanul Planetar se va transforma în sânge, o tremie din toate creaturile vor muri şi o tremie din toate corăbiile vor fi distruse.

Moartea unei treimi din toate fiinţele mării se va datora substanţei deosebit de toxice conţinute în masa incandescentă şi a exploziei produse la impactul cu apa.

A doua trâmbiţă va fi sursa celorlalte tsunamiuri care vor distruge o tremie din toate navele, aproximativ 18.000 de nave comerciale vor dispărea în adâncul mării într-o zi.

Foamea mondială va fi exacerbate prin aceasta, răspândirea bolilor va lua avânt.

Care este scopul acestor Trâmbițe?

Tatăl nostru iubitor a proiectat Trâmbițele ca să slujească în ultimul efort de a se atrage atenția fiecărei persoană de pe pământ înainte ca El să încheie timpul de probă.

„Înainte ca Mântuitorul nostru să revină, Evanghelia împărăției va fi predicată în toată lumea "(Matei 24:14).

Adevărat, dar trist, cei mai mulți oameni sunt astăzi prea ocupați ca să-și ia timp să asculte ultima chemare a milei Lui Dumnezeu. Peste tot în jurul nostru se întâmplă calamități, ca niște semne fără greș a iminentei închideri timpului de probă. Mințile oamenilor sunt cufundate în tradițiile omenești și lumești, împiedicându-i să asculte și să accepte Evanghelia.

Foarte curând Dumnezeu va întrerupe dramatic viețile oamenilor de pe pământ și le va schimba felul de a gândi prin aceste Trâmbițe.

Aceste Trâmbițe îi pune față în față cu realitatea morții, fiecare persoană care trăiește va trebui să decidă pe cine să asculte: pe Dumnezeu, sau pe Satana. Numai după ce ultima persoană a luat propria decizie finală, va fi închis timpul de probă și destinul fiecărei persoane va fi sigilat.

Astăzi este ocazia ta să te înarmezi cu făgăduințele Lui Dumnezeu de protecție când vei trece prin iminentele Trâmbițe, care vor aduce distrugeri fără precedent și pierderi de vieți.

Când Trâmbița a Treia va lovi pământul.

"Al treilea înger a sunat din trâmbiță. Și a căzut din cer o stea mare, care ardea ca o făclie; a căzut peste a treia parte din râuri şi peste izvoarele apelor.

Steaua se cheamă "Pelin" şi a treia parte din ape s-au prefăcut în pelin. Şi mulţi oameni au murit din pricina apelor, pentru că fuseseră făcute amare." (Apocalipsa 8:10,11).

Când a treia Trâmbiţă va suna, un alt meteorit gigantic va cădea din cer ca o torţă aprinsă. Aceasta va cădea peste o tremie din râuri şi peste izvoarele apelor, atunci o tremie din apa potabilă a pământului va deveni amară.

Mulţi oameni vor muri din cauza amărăciunii şi toxicităţii extreme a acestei ape.

Acest meteorit incandescent, este numit Pelin.

Numele reprezintă o plantă din flora spontană care este toxică, puternic aromată şi cu gust foarte amar. În Biblie, planta simbolizează suferinţă şi necaz mare.

Plaga Trâmbiţei a treia a fost descrisă în viziune de Ieremia sub forma avertizărilor solemne ce urmează.

"Ascultaţi şi luaţi aminte! Nu fiţi mândri, căci Domnul vorbeşte!" (Ieremia 13:15).

De aici înţelegem că în timpul Trâmbiţelor a doua şi a treia, atât apa proaspătă cât şi cea sărată vor fi contaminate. Prin aceste două plăgi, o treime din toate apele de pe Glob nu se mai pot folosi atunci când marea se transformă în sânge în timpul Trâmbiţei a doua şi când apa potabilă devine amară în timpul Trâmbiţei a treia.

Mai mult, aceste două Trâmbiţe vor produce o însemnată poluare atmosferică.

Ştim că meteoriţi sunt foarte toxici. Au existat rapoarte emise despre meteoriţi relativi mici care au lovit pământul în trecut.

Fără îndoială coliziunea cu marele meteorit din timpul Trâmbiței a treia, va avea drept consecință distrugerea resurselor de apă potabilă.

În unele părți ale Americii se folosesc peste 80% din resursele de apă potabilă disponibilă. Aceasta înseamnă că o ușoară secetă sau o creștere a necesarului va cauza o criză de apă. Două treimi din orașele Chinei suferă de pe urma crizelor de apă, iar apa curată este din ce în ce mai greu de găsit.

Raportul estimează că patruzeci de procente din lume, mai mult de 2 miliarde de oameni, nu au acces la ape curate sau condiții de igienă. Râurile și lacurile de pe întreg pământul conțin în prezent deșeuri din:

- poluare (adesea cu otrăvuri mortale).
- radiații, eroziune (cauzată de despăduriri forțate).
- prospecțiuni aurifere (unde se folosește din combinatele industriale).
- pesticidele (utilizate în întreaga lume în agricultură, în substanțele pentru uciderea țânțarilor, etc).

Când succesiv Trâmbița a treia lovește pământul după prima și a doua Trâmbiță, criza de apă va deveni acută și Biblia confirmă că mulți vor muri din cauza acestei plăgi.

În Biblie sunetul Trâmbiței reprezintă o avertizare.

În Cartea Apocalipsei, Trâmbițele reprezintă o avertizare puternică de la Dumnezeu, care anunță că timpul de probă pentru întreaga omenire este gata de încheiere.

Oamenii sunt prea ocupați ca să asculte ultima

chemare de har a Lui Dumnezeu. Peste tot se întâm-
plă calamități, dar cei mai mulți le consideră doar
dezastre naturale. Chiar, după ce locuitorii pămân-
tului vor fi martorii repercusiunilor devastatoare ale
primei și a treia Trâmbiță, vor fi mulți care vor refu-
za să recunoască aceste calamități ca fiind avertizare
divină.

Guvernatorul orașului Tokio a fost nevoit să-și ceară
scuze pentru că a denumit cutremurul de magnitu-
dine nouă grade pe scara Richter"o pedeapsă divină"
împotriva egoismului japonez.

Astăzi, celor mai mulți oameni le place să vadă
dezastrele ca niște evenimente naturale, mai degrabă,
decât avertizări supranaturale.

Ei pun pe seama schimbărilor climatice globale,
severitatea dezastrelor și nu le consideră ca dovezi ale
evenimentelor sfârșitului profetizat în Biblie.

Credem că atunci când Trâmbița a patra va lovi
pământul, concepția că cele mai multe dezastre sunt
naturale și nu supranaturale se va schimba definitiv.

Omenirea va vedea aceste calamități așa cum sunt
în realitate, intervenții divine intenționate, avertizări
și Judecăți din partea iubitorului nostru Tată Ceresc.

Toți vor înțelege cu claritate că Trâmbița a patra
și celelalte Trâmbițe: prima, a doua și a treia sunt
întradevăr avertizări și judecăți solemne de o mare
importanță.

Când Trâmbița a Patra va lovi pământul.

"Al patrulea înger a sunat din trâmbiță. Și a fost
lovită a treia parte din soare și a treia parte din lună
și a treia parte din stele, pentru că a treia parte din ele

să fie întunecată, ziua să-şi piardă a treia parte din lumina ei şi noaptea de asemenea "(Apocalipsa 8:12).

Dumnezeu va reduce cele trei surse naturale de lumină la o tremie. Va fi cel mai de temut şi cel mai îngrozitor eveniment. Soarele va fi complet întunecat pentru o tremie din zi şi luna şi stelele vor fi întunecate pentru o treime din noapte. La acel moment nimeni nu va putea spune că fenomenul catastrofic este coincidenţa schimbărilor climatice globale. Toţi vor fi îngroziţi şi muţi de uimire.

Când Trâmbiţa a patra va suna, se vor împlini literal următoarele cuvinte profetice:

"De aceea toate mâinile slăbesc şi orice inimă omenească se topeşte. Ei sunt năpădiţi de spaimă; îi apucă chinurile şi durerile; se zvârcolesc ca o femeie în durerile naşterii, se uită unii la alţii încremeniţi; feţele lor sunt roşii ca focul.

Iată, vine ziua Domnului, zi fără milă, zi de mânie şi urgie aprinsă, care va preface tot pământul în pustiu şi va nimici pe toţi păcătoşii de pe el "(Isaia 13:7-9).

Există o semnificaţie profundă în prima şi a patra Trâmbiţă, în faptul că impactul se produce asupra unei treimi. Aceasta sugerează că scopul acestor judecaţi este de a avertiza oamenii şi de a le mai da timp să se pocăiască, înainte ca Domnul să-şi reverse întreaga mânie prin ultimele şapte plăgi, cu care va lovi pământul, după încheierea timpului de probă.

Ultimele trei Trâmbiţe sunt numite "Vaiuri" deoarece dezastrele lor sunt indescriptibile şi copleşitoare.

Dumnezeu cel iubitor caută să dea tuturor o ultimă

şansă înainte ca timpul de probă să fie închis.

Mulţi oameni sunt lumeşti în modul lor de a gândi şi a plănui. Ei sunt fericiţi să trăiască şi să moară pe această planetă şi au îndepărtat realităţile eterne de pe lista lor de priorităţi. Lucrul aceasta se întâmplă în timp ce Dumnezeu este pe punctul de a finaliza timpul de probă al omenirii. De aceea, Trâmbiţele reprezintă ultima Lui avertizare pentru a trezi spiritual oamenii adormiţi.

Îţi vei preda inima Lui Dumnezeu astăzi, şi-I vei mărturisi păcatele tale? Îl vei face Stăpân asupra inimii şi minţii tale?.

Tatăl nostru iubitor a făcut tot ce se putea face ca să avem parte de privilegiul vieţii veşnice. Totuşi, avem nevoie să acceptăm oferta Sa şi să ne pregătim pentru viaţa viitoare. Pregătirea inimii şi a minţii ia timp. Cu cât El va începe mai repede în noi procesul curăţirii de păcat, cu atât mai sigur vom putea întâmpina toate obstacolele puse de Satana în călătoria noastră, spre locul Ceresc.

"Şi, aceasta cu atât mai mult cu cât ştiţi în ce împrejurări ne aflăm; este ceasul să vă treziţi în sfârşit din somn; căci acum mântuirea este mai aproape de noi decât atunci când am crezut. Noaptea aproape a trecut, se apropie ziua.

Să ne dezbrăcam dar de faptele întunericului şi să ne îmbrăcăm cu armele luminii. Să trăim frumos, ca în timpul zilei, nu în chefuri şi în beţii; nu în curvii şi în fapte de ruşine; nu în certuri şi în pizmă; ci îmbră-caţi-vă în Domnul Isus Hristos şi nu purtaţi grijă de firea pământească, pentru ca să-i treziţi poftele."(Romani 13:11-14).

"Şi am văzut pe cei şapte îngeri, care stau înaintea Lui Dumnezeu; şi li s-au dat şapte trâmbiţe. Apoi a venit un alt înger, care s-a oprit în faţa altarului, cu o cădelniţă, ca s-o aducă, împreună cu rugăciunile tuturor sfinţilor, pe altarul de aur, care este înaintea scaunului de domnie."

"Fumul de tămâie s-a ridicat din mâna îngerului înaintea Lui Dumnezeu, împreună cu rugăciunile sfinţilor. Apoi, îngerul a luat cădelniţa, a umplut-o din focul de pe altar şi aruncat pe pământ. Şi s-au stârnit tunete, glasuri, fulgere şi un cutremur de pământ."(Apocalipsa 8:2-5).

Această aruncare preliminară a cădelniţei indică faptul că aceasta este începutul răzbunării Lui Dumnezeu în favoarea Copiilor Săi. Cu acest act încep evenimentele finale care vor conduce încheierea timpului de probă, când Isus Hristos, Marele Preot va arunca cădelniţa Sa de mijlocire pentru ultima dată, iar vocea Lui Dumnezeu se va auzi strigând cu putere: "S-a sfârşit!"

Aceste trâmbiţe sunt ultima chemare de har dinaitea încheieri timpului de probă. Un ultim efort de a trage atenţia umanităţii astfel ca noi să acceptăm planul de salvare până nu este prea târziu.

Din nefericire, Trâmbiţele nu vor fi luate în seama de majoritatea oamenilor şi, imediat după ce o Trâmbiţă va lovi, mulţi vor uita aceste catastrofe, iar ei îşi vor relua cursul vieţii de dinainte.

Să recapitulăm primele patru Trâmbiţe.

Prima Trâmbiţă (Apocalipsa 8:7).

Prima trâmbiță va aduce distrugerea recoltei de cereale și a unei treimi din copaci, rezultând o foamete mondială fără precedent.

A doua Trâmbiță (Apocalipsa 8:8,9).

În Trâmbița a doua, un meteorit va fi cauza celui mai dezastros tsunami pe care l-a experimentat lumea vreodată, măturând multe orașe de pe țărmurile lumii și distrugând o tremie din flota comercială.

Acest meteorit va transforma o tremie din Ocean în sânge, distrugând o tremie din toate viețuitoarele marine și agravând astfel foametea globală.

A treia trâmbiță (Apocalipsa 8:10,11).

În Trâmbița a treia, o tremie din sursele de apă potabilă vor deveni amare și imposibil de băut (intensificând criza de apă proaspătă prezentă).

Din sursele de apă potabilă ale lumii, o tremie vor deveni amare. Mulți vor muri din cauza amărăciunii apei.

Amărăciunea apei va fi cauzată de meteoritul gigantic care va intra în spațiul planetar, afectând o tremie din râurile și izvoarele pământului.

A patra Trâmbiță (Apocalipsa 8:12).

Groaznicul fenomen al Trâmbiței patru va afecta cele trei surse de lumină cerească: soarele, luna și stelele.

Întreaga lume va experimenta o întunecare a cerului timp de o tremie din zi, când soarele va dispărea. Aceasta va fi urmată de întunericul îngrozitor ce se va așterne timp de o tremie din noapte când luna și stelele vor dispărea.

Fără nici o îndoială, Trâmbița a patra va fi cea mai

înfricoşătoare, deoarece va fi evident că aceste eveni-
mente nu au doar consecinţe naturale, ci sunt mani-
festări de trezire.

Trâmbiţele de la prima la a patra vor determina
chemările de trezire.

Trâmbiţele de la a cincea la a şaptea vor accentua
mult mai mult severitatea primelor patru Trâmbiţe, de
aceea se face referire la ele ca fiind "Vaiuri".

"M-am uitat şi am auzit un vultur, care zbura prin
mijlocul cerului, şi zicea cu glas tare: "Vai, vai, vai
de locuitorii pământului, din pricina celorlalte sunete
de trâmbiţă ale celor trei îngeri, care au să mai sune."
(Apocalipsa 8:13)

În lumina acestor lucruri, să revedem descrierea
Trâmbiţei 5, primul Vai.

Când Trâmbiţa a Cincea va lovi pământul.

"Îngerul al cincilea a sunat din trâmbiţă. Şi am văzut
o stea care căzuse din cer pe pământ. I s-a dat cheia
fântânii Adâncului şi a deschis fântâna Adâncului.
Din fântână s-a ridicat un fum, ca fumul unui cuptor
mare. Şi soarele şi văzduhul s-au întunecat de fumul
fântânii" (Apocalipsa 9:1,2).

Trâmbiţa a cincea începe în ordinea cronologică
după ce primele patru Trâmbiţe s-au împlinit.

Scriptura defineşte "fântâna adâncului" ca fiind
închisoarea în care sunt ţinuţi îngerii căzuţi. "Si dracii
rugau stăruitor pe Isus să nu le poruncească să se ducă
în Adânc "(Luca 8:31).

Astfel că, atunci când Satanei îi este dată cheia
"fântâni Adâncului" el poate să elibereze îngerii
căzuţi doar în funcţie de permisiunea Lui Dumnezeu.

Amintiți-vă, când Satana a căzut, o tremie din toți îngeri din cer au mers împreună cu el deoarece i-au crezut minciunile. "Cu coada trăgea după el a treia parte din stelele cerului și le-a aruncat pe pământ."(Apocalipsa 12:4).

"Și a deschis fântâna Adâncului. Din fântână s-a ridicat un fum, ca fumul unui cuptor mare. Și soarele și văzduhul s-au întunecat de fumul fântânii. Din fum au ieșit niște lăcuste pe pământ. Și li s-a dat o putere, ca puterea pe care o au scorpiile pământului "(Apocalipsa 9:2,3).

Aceasta arată că invazia acestor demoni va fi atât de mare și atât de densă, încât soarele și atmosfera se vor întuneca total "ca fumul unui cuptor mare".

Când citim descrierea făcută acestor "lăcuste" este necesar să ne amintim, de asemenea, că demonii (îngerii căzuți) au abilitatea de a lua orice înfățișare doresc în îndeplinirea scopului lor. "Și nu este de mirare, căci chiar Satana se preface într-un înger de lumină. Nu este mare lucru, dacă și slujitorii lui se prefac în slujitori ai neprihănirii. Sfârșitul lor va fi după faptele lor "(2 Corinteni 14,15).

"Lăcustele acelea semănau cu niște cai pregătiți de luptă. Pe capete aveau un fel de cununi, care păreau de aur. Fețele lor semănau cu niște fețe de oameni.

Aveau părul ca părul de femeie și dinții lor erau ca dinții de lei.

Aveau niște platoșe ca niște platoșele de fier; și vuietul, pe care-l făceau aripile lor, era ca vuietul unor care trase de mulți cai, care se aruncau la luptă " (Apocalipsa 9:7-9).

Înfăţişarea acestor demoni, care ies din fântâna Adâncului, vor avea faţă de om, păr de femeie, dinţi de lei, cozi de scorpioni, platoşe de fier. Şi fac zgomot mare atunci când zboară.

Descrierea acestor lăcuste e remarcabil asemănătoare cu extratereştrii imaginari cu care este saturat publicul în fiecare zi, fără a bănui ceva.

Astfel, Satana, prin Hollywood, manipulează masele chiar mai subtil decât prin mass-media.

Trebuie să concluzionăm că mama tuturor înşelăciunilor Satanei va începe când demonii, din fântâna Adâncului, vor lua forma extratereştrilor ce invadează pământul cu intenţia de a face rău umanităţii.

De mii de ani, Satana şi-a pregătit înşelăciunea cu privire la această invazie prin manipularea locuitorilor de pe pământ ca să accepte idea greşită că ar mai exista alte rase şi creaturi decăzute, extraterestre în univers. Din acest motiv, Satana va reuşi într-o mare măsură să răstoarne crezurile religioase a celor ce s-au îmbibat cu aceste învăţături false.

„Din fum au ieşit nişte lăcuste pe pământ. Şi li s-a dat o putere, ca puterea pe care o au scorpiile pământului.

Li s-a zis să nu vatăme iarba pământului, nici vre-o verdeaţă, nici vre-un copac, ci numai pe oamenii care n-aveau pe frunte pecetea Lui Dumnezeu. Li s-a dat putere nu să-i omoare, ci să-i chinuiască cinci luni; şi chinul lor era cum e chinul scorpiei, când înţeapă pe un om ”(Apocalipsa 9:3-5).

Aceşti demoni extratereştri vor afecta oamenii prin înţepăturile provocate de cozile lor, iar manifestările experimentate vor fi asemenea înţepăturii unui scorpion veninos.

„În acele zile, oamenii vor căuta moartea şi n-o vor găsi; vor dori să moară, şi moartea va fugi de ei" (Apocalipsa 9:6).

„Aveau nişte cozi ca de scorpioni, cu bolduri. Şi în cozile lor stătea puterea, pe care o aveau ca să vatăme pe oameni cinci luni "(Apocalipsa 9:10).

Durata scorpionilor în a-i chinui pe cei păcătoşi va fi de cinci luni, adică aproximativ o sută cincizeci de zile.

Mulţi vor căuta să-şi sfârşească viaţa, decât să sufere acest necaz, dar vor fi incapabili s-o facă.

Pentru cei care fac din Dumnezeu locul de refugiu, pentru ei există protecţie. "Li s-a zis să nu vatăme iarba pământului, nici vreo verdeaţă, nici vreun copac, ci numai pe oamenii, care n-aveau pe frunte pecetea Lui Dumnezeu "(Apocalipsa 9:4).

Dumnezeu îi va împiedica pe aceşti demoni străini să facă rău tuturor celor ce au protecţia sigiliul Său.

Acest sigiliu este oferit celor căror sunt în conformitate cu voinţa Sa. Demonii, de asemenea, nu vor distruge recoltele sau plantele. "Peste ele aveau ca împărat pe îngerul Adâncului, care pe evreieşte se cheamă Abadan, iar pe greceşte Apolion" (Apocalipsa 9:11).

Nu putem aprecia teribila suferinţă în timpul Trâmbiţelor de la prima până la a patra şi nici necazul groaznic din timpul Trâmbiţei cinci (primul vai).

"Cea dintâi nenorocire a trecut, iată că mai vin încă două nenorociri după ea "(Apocalipsa 9:12).

Astăzi avem oportunitatea să primim făgăduința protejării prin sigilarea Lui Dumnezeu atunci când Îl alegem pe El să domnească în inimile noastre.

Adevăraților Săi urmași, Dumnezeu le confirmă din nou prețioasele făgăduințe.

„Dacă vei trece prin ape, Eu voi fi cu tine și râurile nu te vor îneca, dacă vei merge prin foc, nu te va arde și flacăra nu te va aprinde."(Isaia 43:2).

„De aceea, pentru că ai preț în ochii Mei, pentru că ești prețuit și te iubesc, dau oameni pentru tine, și popoare pentru viața ta "(Isaia 43:4).

"Nu te teme de nimic, căci Eu sunt cu tine, Eu voi aduce înapoi neamul tău de la răsărit, și te voi strânge de la apus "(Isaia 43:5).

Alegi să fii sigilat de Dumnezeu? Accepți ultima Sa chmare de har până nu va fi prea târziu?

De aceea, cum zice Duhul Sfânt:" Astăzi, dacă auziți glasul Lui, nu vă împietriți inimile, ca în ziua răzvrătirii, ca în ziua ispitirii în pustie "(Evrei 3:7,8).

Când Trâmbița a Șasea va lovi pământul.

Va fi o perioadă de încercare extremă atât pentru poporul Lui Dumnezeu cât și pentru lume.

"În vremea aceea se va scula marele voivod Mihail, ocrotitorul copiilor poporului tău; căci aceasta va fi o vreme de strâmtorare cum n-a mai fost de când sunt neamurile și până la vremea aceasta. Dar, în vremea aceea, poporul tău va fi mântuit și anume oricine va fi găsit scris în carte."(Daniel 12:1)

Credincioșii Lui Dumnezeu în acest timp vor profeți, avertizând asupra trâmbițelor și plăgilor ce vor veni îndemnând la pocăință.

„Îngerul al şaselea a sunat din trâmbiţă. Şi am auzit un glas din cele patru coarpe ale altarului de aur, care este înaintea Lui Dumnezeu şi zicând îngerului al şaselea, care avea trâmbiţa: "Dezleagă pe cei patru îngeri, care sunt legaţi la râul cel mare Eufrat! (Apocalipsa 9:13,14).

Cine sunt îngerii legaţi la râul cel mare Eufrat? Ei nu sunt îngeri cereşti pentru că îngerii din cer nu sunt niciodată "legaţi".

Prin studierea Cuvântului Său, am aflat că mulţi din îngerii decăzuţi sunt legaţi în invizibila fântână a Adâncului. Astfel, concluzionăm din Biblie că marele râu Eufrat este închisoarea unde îngerii condamnaţi şi decăzuţi sunt legaţi în fântâna Adâncului.

"Şi cei patru îngeri, care stăteau gata pentru ceasul, ziua, luna şi anul acela, au fost dezlegaţi, ca să omoare a treia parte din oameni. Oştirea lor era în număr de douăzeci de mii de ori zeci mii de călăreţi, le-am auzit numărul"(Apocalipsa 9:15,16).

Timpul profetizat al Trâmbiţei a şasea este bine determinat. La o oră sigură, într-o zi, o lună şi un an anume, o tremie din populaţia lumii va fi masacrată de două sute de milioane de demoni conduşi de cei patru îngeri condamnaţi.

Diavolul se va folosi de această mare armată de două milioane de demoni ca să creeze o baie de sânge în timpul unei singure ore. Într-o oră vor muri peste doua miliarde de oameni.

"Şi iată cum nu s-au arătat în vedenie caii şi călăreţii: aveau platoşe ca focul, iacintul şi pucioasa. Capetele cailor erau ca nişte capete de lei, şi din gurile lor ieşea foc, fum şi pucioasă. A treia parte din oameni a fost ucisă de aceste trei urgii: de focul, de fumul şi de pucioasa care ieşeau din gurile lor. Căci puterea cailor stătea în gurile şi în cozile lor. Cozile lor erau ca nişte şerpi cu capete şi cu ele vătămau "(Apocalipsa 9:17-19).

Înfăţişarea pe care armata demonilor o va lua este diferită de cea din timpul Trâmbiţei a cincea. Aceşti demoni vor fi asemenea unor călăreţi, vor avea capete ca de lei, cozi ca ale şerpilor, foc, fum şi pucioasă vor ieşi din gura lor.

Prin foc, fum şi pucioasă va fi ucisă o tremie din omenire. Din păcate, cele două treimi rămase vor continua să se răzvrătească împotriva Lui Dumnezeu, dispreţuind ultima Sa chemare de har. După ce se trece prin aceste şase Trâmbiţe, ce avertizare mai puternică ar mai putea milosul şi iubitorul nostru Tată să ne dea înainte de încheierea timpului de probă?

Prin incorigibila răzvrătire se va face sigilarea destinelor şi se va trece la pedeapsa şi lovirea cu trâmbiţa a şaptea, (al treilea vai) care va fi dată fără milă.

"A doua nenorocire a trecut. Iată ca a treia nenorocire vine curând "(Apocalipsa 11:14).

Celor ce vor rămâne credincioşi în tot acest timp, li se vor împlini făgăduinţele din Psalmul 46: "Dumnezeu este adăpostul şi sprijinul nostru, un ajutor, care nu lipseşte niciodată în nevoi. De aceea nu ne temem, chiar dacă s-ar zgudui pământul şi s-ar clătina munţii în inima mărilor. Chiar dacă ar urla şi ar spumega valurile mării şi s-ar ridica până acolo de să se cutremure munţii.

Este un râu, ale cărui izvoare înveselesc cetatea Lui Dumnezeu, sfântul locaș al locuințelor Celui Prea Înalt.

Dumnezeu este în mijlocul ei: ea nu se clatină; Dumnezeu o ajută în revărsatul zorilor. Neamurile se frământă, împărățiile se clatină, dar glasul Lui răsună și pământul se topește de groază.

Domnul oștirilor este cu noi, Dumnezeul lui Iacov este un turn de scăpare peste noi.

Veniți și priviți lucrările Domnului, pustiirile, pe care le-a făcut El pe pământ! El a pus capăt războaielor până la marginea pământului; El a sfărâmat arcul, și a rupt sulița, a ars cu foc carele de război.

Opriți-vă și să știți că Eu sunt Dumnezeu: Eu stăpânesc peste neamuri, Eu stăpânesc pe pământ. Domnul oștirilor este cu noi. Dumnezeu lui Iacov este un turn de scăpare pentru noi "(Psalmul 46).

"Și am auzit altarul zicând:" Da, Doamne Dumnezeule, Atotputernice, adevărate și drepte sunt judecățile Tale!"(Apocalipsa 16:7).

Prin spiritul de continuă răzvrătire și prin refuzul de a asculta avertismentele primelor șase Trâmbițe, omenirea, practic, va provoca pe Dumnezeu să închidă timpul de probă.

"Cine este nedrept, să fie nedrept și mai departe; cine este întinat, să se întineze și mai departe; cine este fără prihană să trăiască și mai departe fără prihană. Și cine este sfânt, să se sfințească și mai departe!" (Apocalipsa 22:11).

Cei nepocăiți vor fi gata pentru a testa cele șapte plăgi neamestecate cu milă, al treilea Vai.

"A doua nenorocire a trecut. Iată că a treia nenorocire vine curând "(Apocalipsa 11:14).

Când Trâmbiţa a Şaptea va lovi pământul.

"Îngerul al şaptelea a sunat din trâmbiţă. Şi în cer s-au auzit glasuri puternice care ziceau: "Împărăţia lumii a trecut în mâinile Domnului nostru şi ale Hristosului Său. Şi El va împăraţii în vecii vecilor"(Apocalipsa 11:15).

Când trâmbiţa a şaptea sună, împărăţiile acestei lumi devin împărăţiile Lui Dumnezeu, indicând astfel încheierea marii controverse între Satana şi Dumnezeu şi faptul că Dumnezeu va veni curând să ia ce Îi aparţine.

Comparând efectele Trâmbiţelor, observăm că trâmbiţa ce succede este mai rea decât precedenta ei, aşa că Trâmbiţa şapte este cea mai severă în amploare.

Trâmbiţa a şaptea este cea mai dezastroasă şi vine înainte de A Doua Venire a Domnului.

Trâmbiţa a şaptea va fi turnată după încheierea timpului de probă, de aceea este fără milă. "Apoi am văzut în cer un alt semn mare şi minunat: şapte îngeri, care aveau şapte urgii, cele din urmă, căci cu ele s-a isprăvit mânia Lui Dumnezeu " (Apocalipsa 15:1).

Ele vor începe şi se vor sfârşi repede. Din cărţile lui Daniel şi Apocalipsa, aflăm că de la sfârşitul Trâmbiţei şase până când sună trâmbiţa a şaptea, va exista o perioadă de trei ani şi jumătate

În timp ce nelegiuiţi vor muri de foame şi de boli, îngeri vor proteja pe creştini si le vor sluji în nevoi.

Pentru cei ce merg „pe calea dreptăţii" există făgăduinţa: "Cine umblă în neprihănire şi vorbeşte fără vicleşug, cel ce nesocoteşte un câştig scos prin stoarcere, cel ce îşi trage mâinile înapoi ca să nu primească mită, cel ce îşi astupă urechea să n-audă cuvinte setoase de sânge şi îşi leagă ochii ca să nu vadă răul, acela va locui în locurile înalte; stânci întărite vor fi locul lui de scăpare; i se va da pâine şi apa nu-i va lipsi" (Isaia 33:15,16).

Întregul Univers va fi martorul Justiţiei Lui Dumnezeu în turnarea ultimelor şapte plăgi. "Şi am auzit altarul zicând: "Da, Doamne Dumnezeule, Atot-puternice, adevărate şi drepte sunt judecăţile Tale "(Apocalipsa 16:7).

Necazul cel mare şi turnarea ultimelor şapte plăgi asupra nelegiuiţilor face ca inima lor să fie mai împietrită ca oricând. Mulţi dintre neprihăniţii vii vor fi în celulele închisorilor sau ascunşi în locuri retrase, cu toţi pledând pentru protecţie divină în confruntarea cu decretul universal de moarte dat împotriva lor.

Pe perioada care vor avea loc urgiile, păcătoşi se vor trezi gradual la cruda realitate, şi anume, că cei drepţi sunt apăraţi în mod supranatural. Dintr-odată, vor realiza că au fost înşelaţi de fiară şi aliaţii ei, care le-au promis prosperitate şi favoare divină dacă îi vor extermina pe cei care nu vor să primească semnul fiarei.

Speranţa unor câştiguri lumeşti şi a unei prosperităţi material, pentru care ei au sacrificat totul ca să şi-o asigure, este văzută acum în adevărata ei lumină.

Chinul, groaza şi disperarea care îi vor cuprinde pe cei răi în acel timp al groazei va fi greu de descris în cuvinte.

"Afară bântuie sabia, în casă ciuma şi foametea! Cine este la câmp va muri de sabie, iar cine este în cetate va fi mâncat de foamete şi ciumă.

Fugarii lor, când scapă, stau pe munţi ca nişte porumbei ai văilor, vătămându-se toţi, fiecare de nelegiuirea lui.

Mâinile tuturor au slăbit şi genunchii tuturor se topesc ca apa. Se încing cu saci şi-i apucă groaza. Toate feţele sunt acoperite de ruşine, toate capetele sunt rase.

Îşi vor arunca argintul pe uliţe şi aurul lor le va fi o scârbă. Argintul sau aurul lor nu va putea să-i scape, în ziua urgiei Lui Dumnezeu; nu poate nici să le sature sufletul, nici să le umple măruntaiele, căci El i-a aruncat în nelegiuirile lor.

Vocea Lui Dumnezeu, nu doar că va zdruncina cerurile şi pământul, dar va produce un mare cutremur de pământ care reprezintă plaga a şaptea, astfel că se va face un mare cutremur de pământ, aşa de tare, cum de când este omul pe pământ n-a fost un cutremur aşa de mare.

„Şi au urmat fulgere, glasuri, tunete şi s-a făcut un mare cutremur de pământ, aşa de tare cum de când este omul pe pământ, n-a fost un cutremur aşa de mare "(Apocalipsa 16:18).

Acest cutremur va distruge toate structurile arhitectonice făcute de om din toate oraşele lumii.

„Toate ostroavele au fugit şi munţii nu s-au mai găsit.

O grindină mare, ale cărei boabe cântăreau aproape un talant, a căzut din cer peste oameni. Şi oamenii au hulit pe Dumnezeu din pricina urgiei grindinei, pentru că aceasta urgie era foarte mare".

Singurul scop al Trâmbițelor este de a da omenirii o ultimă chemare la trezire, înainte ca Dumnezeu să-și retragă definitiv Duhul Sfânt de pe pământ și să sigileze astfel destinul oricărui suflet. ă

Lumea este pe punctul de a fi martoră a unor cataclisme fără precedent, prin care Dumnezeu atrage atenția tuturor oamenilor. Azi, în timp ce marele Preot face ispășire pentru noi, avem cu toții oportunitatea să ne spălăm hainele și să le albim în sângele Mielului, ca să fim despărțiți de păcat prin credința în sângele ispășitor a Lui Isus Hristos.

Scumpul Mântuitor te invită să te împrietenești cu El, să unești slăbiciunea ta cu privirea Lui, ignoranța ta cu înțelepciunea Lui, nevrednicia ta cu meritele Lui.

Glorioasă va fi eliberarea celor ce vor aștepta cu răbdare venirea Sa și ale căror nume vor fi scrise în Cartea Vieți.

"Căci El mă va ocroti în coliba Lui, în ziua necazului, mă va ascunde supt acoperișul cortului Lui și mă va înălța pe o stâncă"(Psalmul 27:5).

"Nimicește moartea pe vecie: Domnul Dumnezeu șterge lacrimile de pe toate fețele și îndepărtează de pe tot pământul ocara poporului Său; da, Domnul a vorbit.

În ziua aceea, vor zice: "Iată, aceasta este Dumnezeul nostru, în care aveam încredere că ne va mântui." Acesta este Domnul, în care ne încredem, acum să ne veselim, și să ne bucuram de mântuirea Lui!"(Isaia

25:8,9.)

"Ferice de cei ce îşi spală hainele, ca să aibă drept la pomul vieţii şi să intre pe porţi în cetate!"(Apocalipsa 22:14).

E clar că trăim evenimentele dinaintea sfârşitului.

Profetul Daniel a prefetizat că înainte de sfârşitul lumii, cunoştinţa va creşte şi vom fi martorii unor creşteri dramatice a cunoaşterii. Dacă stăm bine şi ne gândim, acest lucru chiar se întâmplă în zilele noastre; mijloacele de transport au evoluat în timpurile moderne. Omul timp de câteva mii de ani se deplasa cu viteza celui mai rapid cal. Acum, în zilele noastre, călătoriile ce odată durau luni de zile, se fac în câteva minute. Într-o singură generaţie computerul a produs schimbări pe care strămoşii noştri nu şi le-ar fi putut vreodată imagina, iar cunoaşterea referitoare la Cărţile profetice a crescut foarte mult, conform prorociei.

Nu doar în Daniel găsim aceste scrieri care vorbesc despre evenimentele ultimelor zile. "Veţi auzi de războaie şi veşti de războaie, vedeţi să nu vă înspăimântaţi, căci toate aceste lucruri trebuie să se întâmple.

Dar, sfârşitul tot nu va fi atunci. Un neam se va scula împotriva altui neam şi o împărăţie împotriva altei împărăţii, şi pe alocuri vor fi cutremure de pământ, foamete şi ciume.

Dar toate aceste lucruri nu vor fi decât începutul durerilor"(Matei 24:6,8).

Putem să privim în jurul globului şi să vedem că, atât forţele politice cât şi cele naturale, au făcut din această lume modernă un loc tot mai periculos de viețuire pentru omenire. În ultima sută de ani, pământul a îndurat două războaie mondiale și alte conflicte majore. Au mai avut loc și dezvoltarea terorismului internațional, cutremure, incendii, inundații, tornade, furtuni ucigașe și condiții climatice cauzate de toate acestea, continuând să aducă dezastrul pe planeta pământ.

Apostolul Ioan a profetizat că un alt semn al ultimelor zile pe pământ va fi capacitatea omului de a distruge Planeta.

"Neamurile se mâniaseră, dar a venit mânia Ta; a venit vremea să judeci pe cei morți, să răsplătești pe robii Tăi proroci, pe sfinți și pe cei ce se tem de Numele Tău, mici și mari și să prăpădești pe cei ce prăpădesc pământul! (Apocalipsa 11-18).

După cum putem vedea această profeție a fost deja împlinită.

Timp de secole omul a putut doar să arunce cu săgeți sau ghiulele de turn spre inamici. Astăzi, însă posedăm arme devastatoare care pot cu mare repeziciune să distrugă viața noastră pe pământ.

Dacă revenirea Lui Isus ar fi amânată, nici o ființă nu ar supraviețui. Isus ne avertizează că va trebui să ne confruntăm cu toate aceste pericole, doar că acestea vor fi doar începutul sfârșitului.

Omul va face anumite lucruri și le va folosi pentru a declanșa evenimentele finale.

"Să știți că în zilele din urmă vor fi vremuri grele. Căci oamenii vor fi iubitori de sine, iubitori de bani, lăudăroși, trufași, hulitori, neascultători, fără evlavie, fără dragoste firească, neînduplecați, clevetitori, neînfrânați, neîmblânziți, iubitori mai mult de plăceri decât iubitori de Dumnezeu." (2 Timotei 3:1-4)

Oricine a trăit în ultimii zeci de ani, nu poate nega înspăimântătoarea decădere morala a societății.

Fiecare generație a împins tot mai mult limitele comportamentului acceptabil. În consecință, fiecare generație îi succedă celeilalte operând la un nivel inferior al standardelor morale față de precedent. Din nefericire, se pare că nu există o limită a acestei tendințe rușinoase.

În zilele lui Noe, decăderea morală cronică a condus la anihilarea acestor cetăți prin focul venit din cer. "Ce s-a întâmplat în zilele lui Lot, se va întâmpla aidoma; oamenii mâncau, beau, cumpărau, vindeau, sădeau, zideau; dar în ziua când a ieșit Lot din Sodoma a plouat foc și pucioasă din cer, și i-a pierdut pe toți. Tot așa va fi și în ziua când Se va arăta Fiul Omului "(Luca 17:28-30).

Ar fi posibil ca in zilele noastre imoralitatea și perversiunile să cheme încă o dată judecățile cerului?

Odată cu declinul moral al societății, Biblia avertizează că în zilele din urmă va avea loc o creștere dramatică a fenomenelor spiritiste și oculte.

"Dar Duhul spune lămurit că în vremurile din urmă, unii se vor lepăda de credință, ca să se alipească de duhuri înșelătoare și de învățăturile dracilor (1 Timotei 4:1).

Practica comunicării cu morții, interzisă de Scriptură, devine cu repeziciune acceptabilă în bisericile

moderne. Programele TV şi filmele care prezintă vră-
jitoria şi temele oculte, au devenit extrem de popu-
lare, în special în rândul tinerilor de exemplu: Buffy,
Harry Potter, etc.

În ciuda acestei creşteri galopante a spiritismului
şi imoralităţii, Biblia ne învaţă că, acolo unde păca-
tul se înmulţeşte, harul se înmulţeşte şi mai mult şi
astfel ajungem la un punct luminos al zilelor din
urmă, la promisiunea Lui Isus că, înainte de revenirea
Sa, Evanghelia va fi vestită în toată lumea.

"Evanghelia aceasta a împărăţiei va fi propovăduită
în toată lumea, ca să slujească de mărturie tuturor
neamurilor. Atunci va veni sfârşitul "(Matei 24:14).

Sarcină ce odată părea insurmontabilă, aceea a
comunicării Evangheliei spre cele patru colţuri ale
pământului, devine tot mai rapid o realitate. Prin
misionari, cărţi, casete, transmisiuni prin satelit şi in-
ternet, lucrarea Evangheliei este accelerată peste tot
în lume.

Mesajul salvării n-a avut niciodată o răspândire mai
largă ca astăzi.

Biblia descoperă faptul evident că trăim în zilele
finale ale pământului. Creşterea în cunoaştere, insta-
bilitatea globală, declinul moral, interesul exploziv
pentru fenomenele oculte, toate certifică faptul că
sfârşitul este aproape.

Semnele finale se împlinesc cu repeziciune.
Mai sunt şi alte aspect despre care ne avertizează
Biblia, cum că forţele oponente ale binelui şi răului
vor conduce, în cele din urmă, lumea spre bătălia de
la Armaghedon.

Într-un moment din viitorul apropiat, anumite crize globale necunoscute vor scufunda întreaga planetă în cele mai terifiante evenimente pe care lumea le-a văzut vreodată. "Pentru că atunci va fi un necaz aşa de mare, cum n-a fost niciodată de la începutul lumii până acum şi nici nu va mai fi "(Matei 24:21).

Când începe marea strâmtorare, liderii mondiali se vor strădui să facă faţă tuturor acestor calamităţi.

Între timp, creştinii sinceri faţă de Dumnezeu vor experimenta o revărsare a puterii Duhului Sfânt.

"După aceea am văzut pogorându-se din cer un alt înger, care avea o mare putere şi pământul s-a luminat de slava lui " (Apocalipsa 18:1).

Această mare putere care iluminează poporul Lui Dumnezeu este Duhul Sfânt. Cu o sinceritate sfântă, ei vor da mărturie în favoarea Lui Dumnezeu, chemându-i pe cei din biserici la reformă şi pe cei pierduţi la Dumnezeu. Ei vor rămâne fermi lângă Cuvântul Lui Dumnezeu şi îi vor chema pe toţi să se pocăiască de păcatele lor şi să respecte poruncile Lui Dumnezeu.

O atmosferă de redeşteptare se va simţi în lume, peste tot şi Duhul Sfânt va aduce pastorii şi membri laici să lucreze deopotrivă cu hărnicie, pentru salvarea sufletelor.

Pe măsură ce lucrarea Duhului Sfânt devine tot mai accentuate, se intensifică şi manifestările oculte.

Demoni înşelători se vor arăta multora pretinzând că ar fi cei dragi care au murit sau sunt sfinţii din timpurile biblice.

Aceşti demoni vor vorbi despre pace şi speranţă, în timp ce vor prezenta doctrine care conţin erori subtile și periculoase.

Biblia avertizează cu privire la ei. "Aceştia sunt duhuri de draci, care fac semne nemaipomenite şi care se duc la împărăţii pământului întreg, ca să-i strângă pentru războiul zilei celei mari a Dumnezeului Celui Atotputernic "(Apocalipsa 16:14).

Cum vă puteţi imagina singuri, aceste manifestări supranaturale au mare influenţă asuprea oamenilor şi puţini sunt aceia dispuşi să le condamne. Până în acest moment, familii şi biserici au fost ineficiente în a stăvili valul tot mai mare al nelegiuirii globale.

În mijlocul acestor frământări politice, morale şi de mediu, oamenii vor căuta cu disperare o modalitate eficientă de a stăvili valul universal al imoralităţii.

Liderii religioşi şi politici, ce vor fi constrânşi de împrejurări dramatice, vor face apel la măsuri legale mai aspre care să restaureze principiile evlaviei greşite. Guvernul va valida legi care vor contraveni în mod direct Legii Lui Dumnezeu.

Nu este pentru prima dată în istorie când se va întâmpla aşa ceva. Poate vă amintiţi relatarea cunoscută din Daniel 3, când regele babilonean Nebucadneţar a poruncit tuturor să se plece şi să se închine uriaşului chip de aur pe care îl făcuse. Totuşi, trei tineri evrei, care au ştiut că porunca aceasta contravenea în mod direct porunci a doua, privitor la idolatrie, hotărâţi să-i rămână credincioşi Lui Dumneze au refuzat să se plece în faţa statuii. Regele s-a înfuriat şi a poruncit ca tinerii să fie aruncaţi într-un cuptor încins, dar Dumnezeu a intervenit în mod miraculos, salvându-le viaţa.

Mai este relatarea despre Daniel în groapa cu lei.

Vă amintiți că regele Darius a dat un decret că timp de treizeci de zile, nimeni să nu se închine vreunui zeu, ci doar lui, regelui. Dacă Daniel ar fi ascultat de cerințele acelui decret, ar fi însemnat să încalce prima poruncă din Legea Lui Dumnezeu.

Daniel a continuat curajos obiceiul său de a se ruga zilnic Lui Dumnezeu, în mod deschis, chiar dacă prin aceasta își risca viața.

Dușmanii lui Daniel i-au raportat imediat regelui aceasta încălcare a decretului său, iar regele, după multe ezitări a lăsat ca slujitorul său credincios să fie coborât în groapa cu lei. Dar, încă o data, puterea Lui Dumnezeu s-a manifestat în viața lui Daniel, fiind cruțat în mod miraculos.

La fel ca în zilele acelea, Apocalipsa prezice că o putere a răului va constrânge guvernele lumii să dea legi privitoare la modul în care oamenii trebuie să se închine Lui Dumnezeu.

La suprafață, aceste legi par să promoveze moralitatea, dar, în realitate ele pregătesc lumea pentru a adopta Semnul fiarei și a-l întâmpina pe Antihrist.

În timpul acestei crize adânci, când lumea va căuta cu disperare eliberarea și stabilitatea globală, ajutorul va veni într-o manieră uimitoare. În diferite locații, peste tot în lume, se va auzi strigătul: "Isus vine! Isus S-a întors!" O ființă radiantă, charismatică va apărea pretinzând a fi Fiul Lui Dumnezeu. O armată de reporteri se va aduna pentru a vedea această entitate supranaturală făcând minuni.

Ei îl aud repetând unele din cuvintele pe care Isus le-a rostit în Scripturi.

Aceste evenimente vor fi transmise lumii întregi prin satelit și, milioane de oameni, în mod eronat vor considera că aceste apariții TV împlinesc cuvântul "biblic" și orice ochi Îl va vedea.

Multe religii așteaptă cu nerăbdare un salvator, iar această ființă strălucitoare pare a fi răspunsul oferit rugăciunilor lor. Dar Biblia a avertizat, în 2 Corinteni, că Satana are capacitatea de a se preface într-un înger de lumină. E trist faptul că nu pe Isus îl întâmpină oamenii cu brațele deschise, ci pe Satana, travestit ca Fiu al Lui Dumnezeu.

Prin aceasta Diavolul e în stare să-i unească pe toți oamenii din lume și să își reafirme sistemul contrafăcut de închinare. Și astfel, Diavolul va realiza cea mai mare înșelăciune de care a avut parte omenirea.

Înșelăciunea Satanei se va dovedi a fi o puternică forță motivatoare în lume. Cei mai mulți lideri spirituali îl vor accepta pe marele impostor, și, totodată, sistemul fals de închinare pe care îl va promova.

Pe măsură ce calamitățile globale se intensifică, liderii bisericilor consideră că nu trebuie să piardă timpul și că lumea trebuie constrânsă să adere la doctrinele acelui Mesia contrafăcut. "Aici este răbdarea sfinților, care păzesc poruncile Lui Dumnezeu și credința Lui Isus "(Apocalipsa 14:12).

Nu toți vor fi înșelați, câțiva înțeleg că Biblia avertizase cu privire la această înșelăciune uimitoare și ei știu că scopul acestui fals Mesia este de a-i îndepărta pe oameni de poruncile Lui Dumnezeu.

Dar nu e prima dată când Satana s-a înfățișat ca un înger de lumină.

Când Isus a fost ispitit, Satana I s-a arătat deghizat ca mesager glorios din partea Lui Dumnezeu. Dar Diavolul și-a descoperit adevărata identitate atunci când L-a ispitit pe Isus să nesocotească Cuvântul Lui Dumnezeu. Și așa, încă o dată, folosind tactici similare, diavolul încearcă să înșele lumea determinând-o să nesocotească Legea Lui Dumnezeu.

"Nimeni nu poate sluji la doi stăpâni. Căci sau va urî pe unul și va iubi pe celălalt; sau va ținea la unul și va nesocoti pe celălalt. Nu puteți sluji Lui Dumnezeu și lui Mamona. (Matei 6:24)

Lumea este condusă spre un moment al deciziei, hristosul fals și tendința globală vor paraliza populația în două grupări distincte: cei care urmează Biblia și cei care urmează fiara.

Neliniștea va umple inimile oamenilor și religia este subiectul suprem în mintea fiecărui om.

La radio și TV, precum și în dezbateri la tribunale, urmașii adevărați ai Lui Dumnezeu vor fi duși în fața liderilor lumii, unde vor da o puternică și elocventă susținere biblică deciziilor de a se opune sistemului fals de închinare, pe care masele vor să-l impună.

Poruncile Lui Dumnezeu și punctele cele mai importante ale actului adevăratei închinări se află în centrul atenției fiecărei discuții. Mișcați de puterea Duhului Sfânt și de argumente convingătoare ale slujitorilor Lui Dumnezeu, mii de persoane, peste tot în lume vor părăsi bisericile lor lipsite de viață și vor lua poziție de partea nepopularilor, dar adevăraților urmași ai Lui Isus.

Întrebare:"Ar trebui să ascultăm de Dumnezeu sau de oameni? Tradiția sau Scriptura? Pe de-o parte sunt cei care primesc sigiliul Lui Dumnezeu, iar pe de altă parte sunt aceia care primesc Semnul fiarei.

"Cine este nedrept, să fie nedrept și mai departe, cine este întinat, să se întineze și mai departe, cine este fără prihană să trăiască și mai departe fără prihană și cine este sfânt, să se sfințească și mai departe"! (Apocalipsa 22:11).

Acest text din Apocalipsa prezice următorul eveniment, prin care fiecare bărbat, femeie sau copil va lua decizia definitivă pentru sau împotriva Lui Dumnezeu.

De partea Lui Dumnezeu sunt aceia care se bazează cu credincioșie pe Cuvântul Său, în ciuda opoziției intense.

De partea cealaltă, sunt aceia care îmbrățișează tradițiile religioase ale omului. Tot așa cum ușa de la arca lui Noe a fost sigilată chiar înainte de potop, ușa harului este în cele din urma închisă lumii și harul Lui Dumnezeu nu le mai este disponibil celor pierduți.

A doua venire a Lui Hristos este iminentă, dar mai întâi lumea va experimenta cea mai devastatoare serie de plăgi care a lovit vreodată umanitatea.

"Și am văzut un glas tare, care venea din Templu și care zicea celor șapte îngeri: "duceți-vă și vărsați pe pământ cele șapte potire ale mâniei Lui Dumnezeu " (Apocalipsa 16:1).

Speranța că lucrurile se vor îmbunătăți se va nărui pe măsură ce ultimele șapte plăgi ale Apocalipsei vor începe să cadă pe pământ, într-o succesiune rapidă.

Acestea vor fi cele mai teribile lovituri pe care le-a văzut sau le va vedea vreodată omul.

Prima plagă este o rană extrem de dureroasă care apare și produce o suferință îngrozitoare celor pierduți.

Șase plăgi mai devastatoare urmează cu repeziciune.

Apa mării și a râurilor se transformă în sânge. Soare lui îi este oferită puterea de a-i pârjoli pe oameni cu o căldură intensă. Pe măsură ce plagă după plagă lovește, teroarea se instalează în lume și oamenii sunt loviți de panică.

În această perioadă de timp, unii dintre cei salvați găsesc adăpost în locuri pustii și sigure, unde sunt protejați de îngerii Lui Dumnezeu care se îngrijesc de nevoile lor. Alții sunt aruncați în închisori singuratice, deși par a fi uitați de oameni, ei nu sunt uitați de Dumnezeu.

Cei credincioși Lui Dumnezeu sunt ocrotiți de plăgi, în același fel în care copii lui Israel au fost ocrotiți in timpul plăgilor care au lovit Egiptul.

Atunci cei credincioși trec printr-un timp răscolitor de cercetare sufletească, în mintea lor va fi permanent gândul: „Suntem noi împăcați cu Dumnezeu?" În final, ei își vor găsi pacea, încrezându-se în promisiunile Lui Dumnezeu.

"Și balaurul, mâniat pe femeie, s-a dus să facă război cu rămășița semniției ei, care păzesc poruncile Lui Dumnezeu, și țin mărturia Lui Isus Hristos" (Apocalipsa 12:17).

Convinși de hristosul cel fals, nefericiți, cei pierduți vor crede că singura lor speranță de a găsi eliberare de plăgile devastatoare constă în a-i elimina pe cei care li se opun.

Așa că, se ia hotărârea ca poporul Lui Dumnezeu, care se ține cu încăpățânare de Scriptură, să fie căutat și exterminat într-o singură zi.

Astfel, pe tărâmul bătăliei spirituale, vor fi aceia care urmează tradițiile oamenilor și se închină fiarei, înfuriați împotriva acelora care-L iubesc pe Isus și păzesc poruncile Sale.

Acesta va fi bătălia finală a Armaghedonului, o lume rea, nelegiuită, care va atinge, în cele din urmă, limitele răbdării Lui Dumnezeu și când El vine să își salveze copiii credincioși. "La miezul nopții s-a auzit o strigare: "Iată mirele, ieșiți în întâmpinare!""(Matei 25:6).

În ora cea mai întunecată, îndelung așteptată, speranța veacurilor devine atunci realitate. Vocea poruncitoare a Lui Dumnezeu este auzită spunând:"S-a sfârșit!"

Vocea Sa tunătoare cutremură cerurile, apoi se face un cutremur puternic, cutremur care semnalizează apropierea unei armate cerești numeroase.

Copiii Lui Dumnezeu, palizi și hărțuiți, se vor ridica în fața opresorilor lor, învăluiți într-un curcubeu radiant.

Fețele lor vor străluci, pentru că ei știu că Răscumpărătorul lor și imensa Lui armată de îngeri vin ca să-i ia acasă.

"Iată că El vine pe nori, și orice ochi Îl va vedea și

cei ce L-au străpuns şi toate seminţiile pământului se vor boci din pricina Lui! Da, Amin "(Apocalipsa 1:7).

Aceasta nu va fi o răpire secretă cum poate aţi auzit pe unii spunând, ci fiecare persoană de pe planetă va fi martoră al acestui eveniment minunat, deşi cei mai mulţi vor fi îngroziţi de el.

Cei răi vor fugi disperaţi la stânci şi la peşteri, încercând, în zadar, să se ascundă de Sfântul Rege care vine. Aşa cum a promis Isus, oamenii răi, care au avut un rol proeminent în procesul şi crucifierea Sa, sunt înviaţi din mormintele lor pentru a-L vedea venind în nori de slavă.

"Căci însuşi Domnul, cu un strigăt, cu glasul unui arhanghel şi cu trâmbiţa Lui Dumnezeu Se va pogorî din cer şi întâi vor învia cei morţi în Hristos "(1 Tesaloniceni 4:16).

O trâmbiţă puternică va fi auzită răsunând prin ceruri şi vocea puternică a Salvatorului îi va chema pe sfinţii adormiţi din toate veacurile, spunând: "Treziţi-vă! Trezi-ţivă!" voi cei care dormiţi în ţărână şi "ridicaţi-vă!".

Pe toată suprafaţa pământului o mare armată de sfinţi se va ridica din paturile lor de ţărână. Se vor arăta în trupuri tinere, glorificate şi nemuritoare, fără nici o urmă de boală sau diformitate. Apoi, cei care au trăit în timpul de strâmtorare vor fi şi ei transformaţi, într-o clipă le vor fi oferite trupuri noi, frumoase şi nemuritoare.

Nelegiuiţii se vor uita îngroziţi la toată acea privelişte uimitoare.

"Apoi, noi cei vii, care vom fi rămas, vom fi răpiţi

toţi împreună cu ei, în nori, ca să întâmpinăm pe Domnul în văzduh şi astfel vom fi totdeauna cu Domnul"(1 Tesaloniceni 4:17).

Cu lumea care va rămâne în urma lor, răscumpăraţii pământului îşi vor lua zborul şi se vor ridica deasupra distrugerii. Ei se vor înălţa printre nori, lângă îngeri, pentru a se alătura Salvatorului lor. Durerea, păcatul şi suferinţa vor rămâne pentru totdeauna în urma lor. Vălul care-i separa de Domnul lor va fi îndepărtat pentru totdeauna şi ei Îl vor privi pe Dumnezeul lor si pe îngerii cereşti faţă în faţă.

"Cei pe care-i va ucide Domnul în ziua aceea vor fi întinşi de la un capăt al pământului până la celălalt, nu vor fi nici jăliţi, nici adunaţi, nici îngropaţi, ci vor fi un gunoi de pământ" (Ieremia 25:33).

Satana va fi legat şi închis în Adânc, iar intrarea va fi pecetluită timp de o mie de ani. "Apoi am văzut pogorânduse din cer un înger, care ţinea în mână cheia Adâncului şi un lanţ mare. El a pus mâna pe balaur, pe şarpele cel vechi, care este Diavolul şi Satana şi l-a legat pentru o mie de ani"(Apocalipsa 20:1,2). Legat ca într-o uriaşă fântână fără fund, fără să aibă pe cine ispiti sau manipula, el este absolut nefericit.

"Şi am văzut nişte scaune de domnie şi celor ce au şezut pe ele, li s-a dat judecata. Şi am văzut sufletele celor ce li se tăiase capul din pricina mărturiei Lui Isus şi din pricina Cuvântului Lui Dumnezeu şi ale celor ce nu se închinaseră fiarei şi icoanei ei şi nu primiseră semnul ei pe frunte şi pe mână. Ei au înviat şi au împărăţit cu Hristos o mie de ani.

Ceilalţi morţi n-au înviat până nu s-au sfârşit cei o

mie de ani. Aceasta este întâia înviere "(Apocalipsa 20:4,5.)

În timp ce Satana este lăsat să-și contempleze soarta, cei răscumpărați se vor bucura de slava de nedescris a Cerului. Fiecare își va întâlni îngerul păzitor, care va răspunde întrebărilor privitoare la viața lui pe pământ. Apoi, Dumnezeu, într-un act de transparență finală, îi va invita să participe la judecată, deschizând în fața lor toate înregistrările privitoare la cei pierduți.

Cei răscumpărați vor avea oportunitatea de a vedea ei înșiși de ce anumiți oameni pe care s-ar fi așteptat să-i vadă în ceruri nu sunt acolo. Gândurile ascunse al celor pierduți vor fi expuse cu claritate și vălul va fi dat la o parte lăsând să se vadă luptele spirituale care s-au purtat pentru fiecare suflet. Sunt văzute chiar și acțiunile și motivațiile îngerilor căzuți.

Caracterul deschis și transparența Lui Dumnezeu sunt remarcabile. Așa cum a prezis Pavel în 1 Corinteni 6:2, "Nu știați că sfinții vor Judeca lumea? Și dacă lumea va fi judecată de voi, sunteți voi nevrednici să judecați lucruri de foarte mică însemnătate?"(1 Corinteni 6:2).

Înainte ca fiecare păcătos să-și primească pedeapsa finală, dosarul său este revizuit cu atenție de semenii săi care știu și înțeleg luptele vieții de pe pământ.

Toate vorbele și faptele celor nelegiuiți sunt cântărite prin prisma Cuvântului Lui Dumnezeu. Corectitudinea condamnării lor este afirmată și gradul pedepsei lor este determinat.

În cele din urmă, la finalul celor o mie de ani, Isus

şi cei răscumpăraţi se pregătesc pentru a se întoarce pe pământ. Satana şi îngerii lui cei pierduţi se vor confrunta cu consecinţele finale ale acţiunilor lor.

Cei blânzi vor moşteni pământul, dar Dumnezeu trebuie mai întâi să execute faza finală a Judecăţii şi să curăţe Universul de păcat.

"Şi am văzut coborându-se din cer, de la Dumnezeu, cetatea sfântă, noul Ierusalim, gătită ca o mireasă împodobită pentru bărbatul ei "(Apocalipsa 21:2).

După cei o mie de ani, Hristos şi cei răscumpăraţi se vor întoarce în cetatea Noului Ierusalim, pe pământ.

În timp ce Cetatea se va apropia de planeta pustiită, Isus le va porunci morţilor nelegiuiţi să se ridice din mormintele lor.

La Cuvântul Său, nemântuiţii din toate veacurile şi din toate locurile vor sta înaintea Lui Dumnezeu. Cei pierduţi vor fi înviaţi în aceleaşi trupuri muritoare pe care le avuseseră înainte de a muri.

În timp ce Isus va coborî, picioarele Sale vor atinge Muntele Măslinilor. Un cutremur extraordinar va spulbera muntele şi îl va transforma într-o mare câmpie.

Apoi "Noul Ierusalim" , masiva cetate a Lui Dumnezeu, va coboî din ceruri şi temelia sa se va opri, pe câmpia pe care Isus a pregătit-o.

"Când se vor împlini cei o mie de ani, Satana va fi dezlegat "(Apocalipsa 20:7).

În mod uimitor, Satana va reuşi să-şi înşele pentru ultima dată susţinătorii şi să-i convingă să cucerească prin forţă cetatea cerească.

Generalii şi militari de carieră din toate veacurile

vor aplica îndemânările lor, pregătindu-se pentru ceea ce se așteaptă a fi o bătălie legendară. Dacă ar fi cu putință ei, L-ar da jos pe Dumnezeu de pe tronul Său și ar distruge Cetatea Sfântă.

Deodată, sus, deasupra cetății, Domnul va apărea pe tronul Slavei Sale. Toate planurile de război ale celor nelegiuiți se vor nărui îndată. În timp ce vor privi fața Lui Dumnezeu, cei pierduți vor deveni dureros de conștienți de fiecare păcat pe care l-au comis vreodată. Își vor aminti de fiecare moment în care și-au redus la tăcere glasul conștiinței. Fiecare ocazie în care au refuzat harul lui Dumnezeu, crezând că au reușit să-și ascundă crimele, nelegiuirile și viciile de toți va fi dezvăluită.

În cele din urmă, va veni momentul pentru cei pierduți să se confrunte cu consecințele finale ale acțiunilor lor.

"Și am văzut pe morți, mari și mici stând în picioare înaintea scaunului de domnie. Niște cărți au fost deschise și a fost deschisă o alta carte, care este cartea vieții. Și morții au fost judecați după faptele lor, după cele ce erau scrise în cărțile acelea "(Apocalipsa 20:12).

„Marea a dat înapoi pe morții care erau în ea; Moartea și Locuința morților au dat înapoi pe morții care erau în ele. Fiecare a fost judecat după faptele lui" (Apocalipsa 20:14).

În cele din urmă vine momentul pentru cei pierduți să se confrunte cu consecințele finale ale acțiunilor lor.

„Oricine n-a fost găsit scris în cartea vieții, a fost

aruncat în iazul de foc" (Apocalipsa 20:15).

Cuvintele Lui Isus din Luca 12 ne spun: "Căci nu e nimic acoperit, care să nu fie descoperit, nici ascuns și să nu fie făcut cunoscut. De aceea, orice ați spus la întuneric, va fi auzit la lumină și orice ați vorbit la ureche în odăițe va fi vestit de pe acoperișul caselor "(Luca 12:2,3).

În timp ce o panoramă luminoasă a vieții lor li se va înfățișa, fiecare suflet pierdut va înțelege, pe deplin, că prin propria lor alegere au respins salvarea oferită.

Fiecare păcătos va fi pedepsit în funcție de faptele sale, cei cu păcate puține sunt distruși rapid, în timp ce aceia care sunt vinovați de rele oribile împotriva umanității suferă mai mult, iar Satana instigatorul tuturor păcatelor este forțat să sufere cel mai mult.

Răzvrătiții nu pot nega corectitudinea judecații Lui Dumnezeu; într-un singur glas, ei vor striga: "Drepte și adevărate sunt căile Tale, Tu împărate al sfinților.

"Și căzuți în prosternare, ei se vor închina Prințului vieții. În mod tragic, pacea și fericirea celor din interiorul cetății nu va fi a lor niciodată. Simțămintele de disperare și deznădejdie, care îi vor cuprinde, sunt dincolo de cuvinte.

"Și ei s-au suit pe fața pământului și au înconjurat tabăra sfinților și cetatea prea iubită. Dar, din cer s-a pogorât un foc care i-a mistuit "(Apocalipsa 20:9).

„Și diavolul, care-i înșela, a fost aruncat în iazul de foc și de pucioasă unde este fiara și prorocul mincinos. Și vor fi munciți zi și noapte în vecii vecilor "(Apocalipsa 20:10)

Pentru Dumnezeu actul celor nelegiuiți este un act

dureros, dar este un act pe care dreptatea Sa Îl pretinde.

Pedeapsa pentru păcat este moartea. Pe cruce Isus a suferit această pedeapsă în favoarea tuturor celor ce aveau să accepte sacrificiul Său. Dar, în mod tragic, cei care resping acest dar trebuie să plătească singuri teribilul preț al păcatului. "Căci iată, vine ziua, care va arde ca un cuptor! Toți cei trufași și toți cei răi vor fi ca miriștea, ziua care vine îi va arde, zice Domnul oștirilor și nu le va lasă nici rădăcină, nici ramură." (Maleahi 4:1).

"Dar, pentru voi, care vă temeți de Numele Meu, va răsari soarele neprihănirii și tămăduirea va fi supt aripile Lui, veți ieși și veți sări ca vițeii din grajd "(Maleahi 4:2). "Și veți călca în picioare pe cei răi, căci ei vor fi ca cenușa supt talpa picioarelor voastre, în ziua pe care o pregătesc Eu, zice Domnul oștirilor "(Maleahi 4:3).

În timp ce ultimele rămășițe ale celor pierduți se vor risipi, cetățenii universului își vor înălța vocile și-L vor lăuda pe Dumnezeu pentru faptul că domnia de teroare a Satanei a încetat pentru totdeauna.

Având asigurată pacea Universului, Dumnezeu Își va îndrepta atenția spre crearea unui cer nou și a unui pământ nou. "Apoi am văzut un cer nou și un pământ nou, pentru că cerul dintâi și pământul dintâi pieriseră și marea nu mai era " (Apocalipsa 21:1).

După ce pământul va fi purificat prin foc, Domnul se va apuca de lucrarea Sa minunată de recreare. La puterea Cuvântului Său, pământul va fi refăcut la frumusețea sa edenică de la început. Domnul va vorbi şi se va face un covor de vegetaţie bogată, luxuriantă, ce va acoperi planeta.

La porunca Sa, pământul şi apa vor fremăta din nou de viaţă, în timp ce nenumărate creaturi complexe şi magnifice, de tot soiul, vor explora paşnice noul paradis. Atmosfera va fi revigorantă, pură şi dulce. Pământul va deveni o vitrină a strălucirii creatoare.

"El va şterge orice lacrimă din ochii lor. Şi moartea nu va mai fi. Nu va mai fi nici tânguire, nici ţipăt, nici durere, pentru că lucrurile dintâi au trecut " (Apocalipsa 21:4).

Universul va fi în siguranţă deplină. Având Noul Ierusalim drept capitală, toate fiinţele create se vor bucura sub conducerea iubitoare a Lui Dumnezeu.

Cei care vor fi salvaţi de la distrugerea veşnică, împărtăşesc o legătură specială cu Creatorul lor pe care nici o altă fiinţă cerească nu o poate aprecia.

Deşi păcatul şi păcătoşii au fost distruşi pentru totdeauna, o urmă a marii răzvrătirii va rămâne; cicatricile din mâinile, picioarele şi coasta Lui Isus Hristos.

Pe măsură ce eternitatea strălucitoare va fi zi după zi, toate amintirile triste şi dureroase se vor pierde în slava splendorii strălucitoare a Cerului. Nemai fiind limitaţi de timp, copiii nemuritori ai Lui Dumnezeu vor fi liberi să atingă cele mai înalte ambiţii ale lor.

Accesul nelimitat la cunoaştere le va înviora şi stimula mintea, nemai fiind legaţi de pământ, cei răscumpăraţi vor fi liberi să exploreze minunile infinitului univers al Lui Dumnezeu.

Cerul este un loc al păcii şi armoniei perfecte, unde

dragostea pentru Dumnezeu și pentru ceilalți umple fiecare inimă. Biblia promite că această Împărăție, care vine, poate fi căminul tău veșnic. Isus s-a jertfit pe cruce ca să-ți ofere ție iertare și biruință asupra păcatului. Mai mult decât orice altceva, Isus dorește ca să trăiești alături de El pe acest nou pământ. În timp ce El tânjește să te salveze, nu te poate obliga să-Î accepți darul. Tu singur trebuie să decizi sa Îl accepți. Nu vrei sa vii azi la El? Cheamă-L acum și El va veni în inima ta.

ORA REDEŞTEPTĂRI

***

Biserica trăieşte timpuri din urmă, după cum ştim că sfârşitul se apropie după evenimente, aşa ştim şi vedem că dragostea celor mai mulţi s-a răcit.

„Ucenicii Lui au venit la El deoparte, şi I-au zis: "Spune-ne când se vor întâmpla aceste lucruri? Si care va fi semnul venirii Tale şi al sfârşitului veacului acestuia? "Drept răspuns, Isus le-a zis: "Băgaţi de seama să nu vă înşele cineva. Fiindcă vor veni mulţi în Numele Meu şi vor zice: "Eu sunt Hristosul!" Şi vor înşela pe mulţi" (Matei 24:3,4).

‚Semnele şi indiciile pe care Domnul le oferă ucenicilor se găsesc în domeniul religios: vor veni mulţi în Numele Meu şi vor zice: "Eu sunt Hristosul!, vor fi semne si pe plan politic şi militar, veţi auzi de războaie şi veşti de război, un neam se va scula împotriva altui neam, o împărăţie împotriva altei împărăţii, la nivelul scoarţei terestre vor fi cutremure de pământ, economia va fi în faliment, foametea va domina, iar, în ce priveşte sănătatea, oamenii se vor confrunta cu "ciume".

Toate aceste semne se vor întâmpla în afara comunităţii creştinilor, însă Domnul Isus oferă indicii şi înăuntru acestora.

După cum cunoaştem semnele vremii, aşa ştim şi vremurile sfârşitului." Atunci mulţi vor cădea, se vor vinde unii pe alţi şi se vor urî unii pe alţi."(Matei 24:10).

Domnul face referire aici la creştinii din biserică, pentru că doar despre ei se poate spune că "vor cădea", cei înşelaţi nu pot fi alţii decât cei credincioşi, iar rătăcirea dragostei cu siguranţă că îi are în vedere tot pe ei. Domnul spune clar că biserica în vremurile din urmă va fi un declin:"Atunci mulţi vor cădea." Se vor vinde şi se vor urî unii pe alţi, mulţi vor fi înşelaţi, iar dragostea celor mai mulţi se va răci.

Declinul bisericilor, în cele din urmă, va atinge cea mai mare parte a credincioşilor. Biserica nu va mai fi compromisă total, va fi ca şi în istoria lui Israel, Domnul ne spune că mai este "o rămăşită." Trebuie să precizez că această cădere a credincioşilor se va face simţită între relaţiile frăţeşti dintre aceştia.

Răcirea între ei este semnul că, spiritual, vine iarna asupra bisericii şi că biserica trăieşte zilele din urmă.

Domnul Isus ne spune că în vremurile din urmă, relaţiile credincioşilor vor fi caracterizate de ură, invidie şi lipsa dragostei unuia faţă de celălalt, până acolo că se vor amăgi şi îşi vor face rău unii altora. Atmosfera multor biserici va fi motiv de gâlceavă, un teatru de luptă, nu cu lumea, ci credincioşii între ei.

Amintindu-ne de realitatea în care trăim, nimic nu ne surprinde. Astăzi auzim de frământări în foarte multe biserici, dezbinări, certuri şi nemulţumiri. Am auzit în unele cazuri chiar şi bătăi între preoţi şi enoriaşi. Cei care se numesc credincioşi apelează la gesturi şi fapte condamnate categoric de Sfânta Scriptură. Vânzarea şi ura creştinilor de astăzi este uşor de sesizat.

Păcatele au fost dintotdeauna, numai că acum modalitatea de exprimare a păcatelor este mult mai răspândită și Domnul ne spune: "din pricina înmulțirii fărădelegii...

Răspândirea aceasta este realizată în același timp și prin intermediul posturilor de televiziune, radio și literatură care abundă în imoralitate.

Starea de imoralitate a credincioșilor se datorează, nu doar îndepărtării de Cuvântul Lui Dumnezeu, dar și datorită expunerii tot mai mare la influența imorală a acestor mijloace de propagandă, pe care cel rău le folosește cu mare succes.

Credincioșii nu cer doar aprobarea constituției prin învățătura falsă, ci își întinează conștiința prin murdărirea cuvintelor, ideilor și imaginilor păcătoase.

Cum descrie Pavel starea din urmă a oamenilor:"să știți că în zilele din urmă vor fi vremuri grele. Căci oamenii vor fi iubitori de sine, iubitori de bani, lăudăroși, trufași, hulitori, neascultători de părinți, nemulțumitori, fără evlavie, fără dragoste firească, neînduplecați, neînfrânați, neîmblânziți, neiubitori de bine, vânzători, obraznici, îngâmfați, iubitori mai mult de plăceri decât iubitori de Dumnezeu; având doar o formă de evlavie dar tăgăduind-i puterea. Depărtează-te de oamenii aceștia" (2 Timotei 3:1-5).

Apostolul Pavel, inspirat de Duhul Sfânt, nu spune că cei credincioși nu-L vor iubi pe Dumnezeu, dar spune că vor iubi plăcerile personale mai mult decât pe Dumnezeu. Și acesta este adevărul, dragostea pentru Dumnezeu, pentru cei mai mulți, nu este prioritatea supremă.

Credincioșii influențați de starea de păcat a lumii din jurul nostru vor fi înclinați, tot mai mult, spre satisfacerea poftelor personale și nu spre ascultarea de Dumnezeu.

Toate acestea se întâmplă și în bisericile noastre, se petrec sub ochii noștri. Cei mai sinceri dintre ei le recunosc, dar le tolerează și le justifică zicând: "acum sunt alte vremuri. "Așa a spus și Cuvântul Domnului: sunt vremuri din urmă și sunt grele.

Trăirea oamenilor și alegerile lor fac vremurile bune sau rele, ușoare sau grele. "Este Casa aceasta peste care este chemat Numele Meu o peșteră de tâlhari înaintea voastră?

„Eu însumi văd lucrul acesta, zice Domnul"(Ieremia 7:11).

Unii oameni se păcălesc singuri crezând că doar prin venirea la biserică ei sunt salvați, apoi continuă viața lor de păcat fără nici o remușcare.

Cum Domnul Dumnezeu a spus evreilor, așa ne spune și nouă astăzi, dacă se continuă așa, Casele de rugăciune vor rămâne goale.

Frumuseți de clădiri impunătoare vor fi părăsite. Chiar dacă în bisericile noastre încă se mai fac slujbe, încă mai vin oameni, Cuvântul Domnului este adevărat: „din pricina răutății poporului, Casa va fi părăsită și poporul lepădat! Domnul Isus lasă să intre o lumină de speranță care înviorează sufletele copiiilor Lui Dumnezeu, întrucât, indiferent cât de densă este bezna spirituală în care mulți se vor rătăci, totuși, există o soluție prin care acei credincioși vor putea rămâne biruitori, însă cine va răbda până la sfârşit va fi mântuit.

Mântuirea este personală, de aceea trebuie să ne cercetăm pe noi înşine. Starea decăzută a unor credincioşi nu trebuie să fie o justificare pentru pierderea mântuirii. Avem un Tată iubitor, la care întotdeauna găsim iubire şi iertare.

Oamenii se vor asupri unii pe alţi, unul va apasă pe celălalt, fiecare pe aproapele lui, tânărul va lovi pe cel bătrân şi omul de nimic pe cei puşi în cinste"(Isaia 3:5).

Observăm aici că apare lipsa de respect şi dispreţul faţă de cei înaintaţi în vârstă, dar şi faţă de autoritate. Orice autoritate este lăsată la discreţia celor imaturi şi a oamenilor de nimic. Dreptatea şi judecata sunt teme ce apar frecvent în prorociile lui Isaia. Acolo unde nu mai este dreptate şi judecată, relaţiile frăţeşti devin tot mai reci şi ura ia locul dragostei.

La început biserica stăruia în dragoste frăţeas-că: „Ei stăruiau în învăţătura apostolilor, în legătură frăţească, în frângerea pâinii şi în rugăciune" (Faptele apostolilor 2:42).

Biserica, la început, era plină de dragoste, credin-cioşii veneau cu drag la Casa Domnului, dragostea lor era aşa de fierbinte pentru ceilalţi încât ajungeau ca unii dintre ei să-şi vândă averile şi din veniturile lor acopereau nevoile fraţilor lor mai săraci.

Astăzi, oamenii iubesc mai mult păcatul decât pe Dumnezeu, iar liderii spirituali în loc să aplice dreptatea, au aplicat metode moderne invocând dragostea nebiblică, tolerantă şi unită cu cei ce persistă în păcat şi nu în sfinţenie.

Cel rău își va infiltra slujitorii în funcții înalte ale bisericilor. Vor ajunge în fruntea poporului Lui Dumnezeu ca lideri spirituali ai poporului sfânt. Ei vor ajunge în funcție, conduși fiind de cel rău și vor fi lupi în piei de oaie.

Acest fenomen va fi larg răspândit și Domnul Isus ne spune că nu vor fi puțini acei slujitori amăgitori.

Împăratul Ahab avea la curtea sa patru sute de proroci care îi proroceau numai de bine, dar erau falși. (2 Cronici 18:5). Prorocul Ilie se confrunta pe muntele Caramel cu patru sute cinzeci de proroci a lui Baal (1 Împărați 18:19).

Fenomenul înșelării credincioșilor va avea mare succes, din cauza numărului mare de proroci falși.

Cei mai mulți oameni consideră că adevărul este de partea prorocilor mincinoși, dar realitatea și adevărul sunt de partea Domnului indiferent de câți Îl acceptă și-L susțin.

"Vai de cei ce numesc răul bine și binele rău, care spun că întunericul este lumină și lumina întuneric, care dau amăraciunea în loc de dulceață și dulceața în loc de amărăciune! Vai de cei ce se socot înțelepți și se cred pricepuți"! (Isaia 5:20).

Majoritatea oamenilor își urmează orbește conducătorul bisericii și uită că ei trebuie să îl urmeze doar dacă el este în conformitate cu Legile Lui Dumnezeu. Adesea uităm că și conducători bisericii sunt oameni supuși greșelilor și ei sunt mult mai predispuși și mai atacați de cel rău, pentru că întotdeauna va încerca să distrugă conducătorii bisericii. Unii sunt puși în funcțiile acestea doar pentru a sluji celui rău și a-i aduce pe oameni într-o rătăcire permanentă.

Oamenii ar trebui să cerceteze dacă învăţătura pe care o primesc ei este de la Dumnezeu sau de la cel rău. „Cei ce povăţuiesc pe poporul acesta îl duc în rătăcire şi cei ce se lasă povăţuiţi de ei sunt pier-duţi"(Isaia 9:16).

„Căci va veni vremea când oamenii nu vor putea să sufere învăţătura sănătoasă; ci îi vor gâdila urechile să audă lucrurile plăcute şi îşi vor da învăţături după poftele lor. Îşi vor întoarce urechea de la adevăr şi se vor îndrepta spre istorisiri închipuite"(2Timotei 4:3,4).

El ne spune clar că oamenii din biserică vor schim-ba învăţătura sănătoasă cu lucrurile care gâdilă urechea, vor schimba şi slujitorii Domnului, cu oame-ni care să slujească poftelor şi plăcerilor lor. „Nu proroci în Numele Domnului, căci vei muri ucis de mâna noastră!"(Ieremia 11:21).

„Păziţi-vă de proroci mincinoşii. Ei vin la voi în haine de oi, dar pe dinăuntru sunt nişte lupi răpitori "(Matei 7:15).

Modelul cel mai eficient de a înşela pe cineva este de a oferi suficient adevăr încât să fie credibil şi suficientă minciună încât să aducă moartea. Pescarul oferă suficientă momeală ca să atragă, dar şi acul este ascuns înăuntru, la fel se întâmplă şi cu capcana la şoareci ş.a.

Prorocii mincinoşi spun şi suficient adevăr încât să rămână credibili, dar inoculează suficientă minci-ună încât să aducă moartea în biserică. De aceea, nu este suficient să ne mulţumim cu puţin adevăr şi restul minciună, ci trebuie să pretindem că ce ni se predică să fie adevărul.

Dacă o mică parte din hrana de pe masă ar fi stricată, atunci am refuza-o pe toată. De ce să nu facem așa când este vorba și de hrana spiritual?!

Sunt unii care știu că sunt bolnavi, dar se tem să afle ce boală au și să o trateze. Tot la fel e si cu bolile spirituale, uni refuză să știe adevărul, sau, dacă îl știu, nu îl împlinesc, iar credincioșii vor căuta întotdeauna adevărul, indiferent cât de dureros ar fi.

În unele biserici, vom auzi despre psihologie, filozofie, și etică seculară precum și alte născociri ale minților omenești. "De aceea, iată, zice Domnul, am necaz pe prorocii care își ascund unul altuia cuvintele Mele "(Ieremia 23:30). Înseamnă să te ferești pur și simplu de a spune adevărul, doar pentru a nu-ți face dușmani, să nu iți pierzi prietenii, sau pentru a nu supăra pe cineva.

Prorocul este doar un mesager și nu are nici un drept să adauge sau să scoată din mesajul primit, ci trebuie transmis, așa cum l-a transmis Dumnezeu.

„Cine va răbda până la sfârșit va fi mântuit."

Răbdarea nu prea mai este o alegere plăcută pentru unii oameni, mai ales în vremurile în care trăim, dar este singura care aduce rezultate benefice pentru cel ce rabdă. Răbdarea însă nu este totul.

"Evanghelia aceasta a Împărăției va fi propovăduită în toată lumea."

La această misiune suntem și noi chemați, fiecare din noi este chemat pentru a merge în lume și a propovădui Evanghelia. Chiar dacă noi nu vom merge, vor merge alți, iar împlinirea Cuvântului tot se va face. Dacă noi nu vom vorbi, pietrele vor striga.

Noi nu suntem chemați să slujim doar o biserică locală, ci suntem chemați pentru Împărăția Lui Dumnezeu.

După cum vedem cu toții, lumea de astăzi e plină de probleme, e împărțită și nu mai contenesc conflictele și neînțelegerile, înmulțindu-se de la o zi la alta. Se fac eforturi mari pentru a se ajunge la unitatea lumii, la înțelegere, la pace. În aceeași direcție fac eforturi mari și Bisericile creștine, pentru că nici ele nu au rămas toate credincioase, și anume, acea de a fi una, de a fi toți o Biserică, o credință, un Botez, de a avea toți aceeași credință în Dumnezeu, de a fi toți frați între noi, de a lucra și a ne ruga împreună, de a căuta împreună fericirea pe pământ și mântuirea în cer.

După cum spune Apostolul Pavel în Epistolele sale, unii, din iubire de dispută și de slavă deșartă, din încredere prea mare în capacitatea lor de a tâlcui Scripturile, au rătăcit de la adevăr și așa, în decursul istoriei, Biserica cea de la început, întemeiată de Dumnezeu și propovăduită de Apostoli, s-a împărțit în mai multe fracțiunii.

Noi suntem în tranzit pe acest pământ, aparținem Cerului, suntem Cetățeni ai Cerului. Suntem chemați nu să propovăduim interesele noastre personale, ci ale Împărăției Cerului. Ceea ce construiește omul întotdeauna va avea un sfârșit, iar ceea ce construiește Dumnezeu aceea rămâne.

Domnul să ne ajute sa fim pregătiți pentru venirea Sa! Să continuăm în dragoste și în răbdare până la sfârşit.

Acum vreau să închei cu o rugăciune pe care o ştiţi cu toţi ,şi anume rugăciunea Tatăl nostru:

"Tatăl nostru care eşti în ceruri! Sfinţească-se Numele Tău; vie împărăţia Ta; facă-se voia Ta, precum în cer şi pe pământ. Pâinea noastră, cea de toate zilele, dă-ne-o nouă astăzi; şi ne iartă greşelile noastre, precum si noi iertam greşiţilor noştri, **si nu ne lăsa pe noi în ispită,** ci izbăveşte-ne de cel rău. Căci a Ta este împărăţia şi puterea şi slava în veci. Amin!"(Matei 6).

După cum vedeţi, am îngroşat formularea **"şi nu ne lăsa pe noi în ispită" ceea ce este corect**, *"si nu ne duce pe noi in ispită"* **este gresit.**

Aici este vorba de o greşeală mare Dumnezeu nu ne duce pe noi în ispită, ci Satana e cel care duce oamenii în ispită. Am câteva Biblii scrise în diferite limbi şi am constatat că Biblia spaniolă conţine scrisă corect rugăciunea "Tatăl nostru."

Epistola lui Iacov capitolul 1 cu versetul 13 zice:

"Nimeni când este ispitit, să nu zică: „Sunt ispitit de Dumnezeu! Căci Dumnezeu nu poate fi ispitit ca să facă rău şi El însuşi nu ispiteşte pe nimeni."

Printr-o influenţă a celui rău, o schimbare plasată într-un punct principal, a avut un efect major, dintr-un singur cuvânt schimbat, sau scos, se răstoarnă complet tot sensul unei propoziţii. Astfel, Satana a atribuit nemernicia sa Domnului, iar oamenii nu şi-au dat seama.

Mii de oameni rostesc zilnic această rugăciune, unii chiar de câteva ori pe zi, fără să înţeleagă practic nimic din ceea ce Dumnezeu doreşte cu adevărat să spună.

Rugăciunea este comunicarea cu Dumnezeu asemenea unui copil cu tatăl lui.

Unii oameni obișnuiesc să vină la Dumnezeu doar când au nevoie. Noi trebuie să venim prima dată la El cu mulțumiri, și apoi să adresăm cerințele noastre, după care să adăugăm: "Facă-se voia Ta."

Dumnezeu ne-a spus și cum să nu ne rugăm:

"Când vă rugați, să nu bolborosiți aceleași vorbe, ca păgâni cărora li se pare că, dacă spun o mulțime de vorbe, vor fi ascultați."(Matei 6:7)

TOTUL PENTRU DUMNEZEU

***

Dumnezeu a făcut totul prin Cuvântul Lui! Deasupra golului imens, în primele clipe ale creației, Duhul Lui Dumnzeu Se mișca pe deasupra apelor!

În ultima carte din Biblie scrie că noul pământ, cerul nou, și Noul Ierusalim vor străluci de lumină, dar fără soare. Dumnezeu este dragoste și este și lumină.

Domnul Isus a venit în lume și a declarat că El este lumina lumii, luminând pe orice om care crede în El.

Soarele, luna și stelele au fost făcute ca să delimiteze timpul și să fie luminători. Fiecare zi a fost declarată de Dumnezeu ca fiind bună. Tot ceea ce Dumnezeu a făcut și face este bine. El nu face rău, căci Dumnezeu este bun și bunătatea Lui ține în veci.

În ziua a șasea, Dumnezeu a făcut pe om după chipul și asemănarea Sa! Dumnezeu i-a binecuvântat și le-a dat stăpânire peste tot ce era pe pământ.

Dacă Dumnezeu ți-a dat această viață, trăiește-o aducând mărire Lui. Tot ce faci să fie spre slava Lui Dumnezeu. De te odihnești, mănânci, porți o conversație sau muncești, să fie spre slava Lui Dumnezeu pentru a-I aduce laude, pentru că, prin fapta ta, să se preamărească numele Lui.

Trăim pentru Dumnezeu, nu pentru noi înșine în

ce priveşte adevăratul sens al vieţii. „Căci nimeni dintre noi nu trăieşte pentru sine şi nimeni nu moare pentru sine. Că dacă trăim, pentru Domnul trăim şi dacă murim, pentru Domnul murim. Deci şi dacă trăim şi dacă murim, ai Domnului suntem. Căci pentru aceasta a murit şi a înviat Hristos, ca să stăpânească şi peste morţi şi peste vii" (Corinteni 14:7-9).

Suntem copiii Celui Preaînalt, pământul nu ne aparţine, noi suntem călători şi trecători pe acest pământ. Pământul e doar un loc pentru a face misiune, un loc în care vom trăi pentru o perioadă de timp, pentru unii mai mult, pentru alţii mai puţin, dar nu mai mult decât ne este predestinat de Creatorul nostru.

Orice început are şi un sfârşit, naşterea îşi are începutul, iar moartea sfârşitul.

Tot ce agonisim pe perioada slujiri pe pământ, nu este al nostru, nu ne aparţine nouă. Noi cum venim aşa şi plecăm, totul aparţine Lui Dumnezeu, El ne dă cu bucurie, dar nu totul este pentru noi, ele sunt date pentru a da şi celorlalţi copii ai Domnului.

De multe ori suntem puşi la încercare, atunci când dai vei avea, atunci când nu dai şi ţii doar pentru tine, întotdeauna vei fi sărac şi în nevoi. De unde dai, Domnul binecuvântează, de unde nu dai, nici n-o să ai! "Căci, celui ce are i se va da şi va avea din prisos; iar, de la cel ce n-are se va lua chiar şi ce are" (Matei 13:12).

Noi trebuie să dăm totul pentru Dumnezeu, noi nu avem nimic, totul este al Lui, când vom da vom fi bogaţi şi nelipsiţi, pentru că El întotdeauna binecuvântează pe cei cu inima mare și mâna largă. Domnul zice:"tot ce veți da, să dați în Numele Meu."

Întotdeauna familia și lucrurile materiale să nu le punem mai presus de Dumnezeu. El să fie pe primul loc, și apoi celelalte lucruri de care depindem.

Nu cred că ți-ai dori ca tu să fii cel mai bogat, iar pe cel de lângă tine, pe aproape, să-l privești cum moare de foame. Nu cred că tu ai vrea să fii cel mai bogat din cimitir.

Dacă ai bani, împarte și cu cel sărac, dacă dai ți-se va da, totul ți se va întoarce. Acolo unde îți este comoara, acolo îți este și inima. „Nu strânge comori pe pământ unde le mănâncă moliile și rugina și unde le sapă și le fură hoții; ci strânge comori în cer, unde nu le mănâncă moliile și rugina, și unde hoții nu le sapă, nici nu le fură (Matei 6 :19)

Când primim de la Dumnezeu și ținem egoist, cu ambele mâini ceea ce am primit, murim spiritual.

Israeliților li s-a spus:"...Scopul zeciuielii este să ne învețe să Îi dăruim Lui Dumnezeu. El dorește ca noi toți, oamenii să devenim asemenea Lui. Să puneți pe Dumnezeu pe primul loc în viețile voastre" (Deuteronom 14:23).

Nici o parte din bani nu sunt ai noștri, totul Îi aparține Lui Dumnezeu.

Aceasta nu înseamnă că trebuie să ne dăm toți banii pentru lucrarea Domnului, însă trebuie să recunoaștem că totul Îi aparține Lui Dumnezeu. Orice cheltuim pentru noi înșine trebuie să fie cheltuit tot pentru gloria Lui Dumnezeu (1 Cor 10:31).

Ce Îi dăm Domnului e ca sămânța semănată. Dacă

semănăm puţin, vom culege puţin.

Acesta poate fi unul dintre motivele pentru care mulţi credincioşi sunt în dificultăţi financiare constant: „Nu s-au îmbogăţit faţă de Dumnezeu" (Luca 12:21).

Este imposibil ca cineva să fie bogat faţă de Dumnezeu şi Dumnezeu să Îi rămână dator în vreme de nevoie. Isus a spus: "Este mai bine să dai decât să primeşti" (Faptele apostolilor 20:35).

O caracteristică a unui credincios adevărat este că preferă să dea decât să primească. "Celui evlavios îi place să dea" (Proverbe 21:26).

Un alt motiv pentru dificultăţile noastre financiare ar putea fi lipsa dorinţei de a-i ajuta pe credincioşi în nevoie.

"Cine îşi astupă urechea la strigatul săracului, nici el nu va căpăta răspuns când va striga" (Proverbe 21:13). Pe de altă parte, "Cine are milă de sărac, împrumută pe Domnul, şi El Îi va răsplăti binefacerea". (Proverbe 19:17).

Desigur, trebuie să facem acest lucru cu înţelepciune.

"Daţi şi vi se da, căci cu ce măsură veţi măsura, cu aceea vi se va măsura" (Luca 6:38). Este o lege a Lui Dumnezeu care va determina dacă ai din belşug sau duci lipsă. Dacă suntem generoşi cu alţii, Dumnezeu va fi generos cu noi. Dacă suntem zgârciţi cu alţii, Dumnezeu va fi zgârcit cu noi.

Dragostea de bani este un factor care îi face pe mulţi credincioşi să fie în nevoie.

Unui om păcătos îi este greu să creadă că Dumnezeu

il iubește. Propria lui conștiință, care il acuză, îi spune că nu se poate să fie așa. Întreaga Biblie proclamă dragostea Lui Dumnezeu pentru oamenii păcătoși.

Noi trebuie să credem în dragostea Lui pentru că El o declară și trebuie să ne folosim de harul sfințitor al Lui Isus ca să primim și să ne bucurăm de acea dragoste din plin.

Sufletul nostru este iubit de El într-un mod atât de special, în vreme ce această iubire este cea mai înaltă încât întrece cunoașterea tuturor creaturilor.

Nu există nici o făptură creată care să poată cunoaște cât de mult, suav, și tandru ne iubește Făcătorul nostru.

Și, astfel, cu har și cu ajutorul Lui, putem privi cu uimire veșnică această dragoste înaltă, inestimabilă, care întrece totul, pe care Dumnezeul Atotputernic o are față de noi, în bunătatea Lui.

De aceea, putem cere, cu reverență, orice dorim de la Iubitul nostru Tată.

Dumnezeu este dragoste și, din acest motiv, este sursa întregii iubiri existente. Prima poruncă dintre toate pe care El a stabilit-o a fost aceea de a-L iubi cu toată inima.

„Noi Îl iubim pentru că El ne-a iubit întâi", este modelul scriptural și psihologic. Noi Îl putem iubi pe El așa cum trebuie, numai în măsura în care El ne aprinde mințile si sufletul cu dorință sfântă.

Și este o lege bine cunoscută a vieții spirituale că dragostea noastră pentru Dumnezeu va răsări și va crește din abundență exact în măsura în care crește cunoașterea față de Creatorul nostru.

Ascultarea va întări credința și credința va spori cunoașterea.

Ai grijă ce strângi în inima ta, pentru că aceea va dăinui. Am să vă relatez o poveste:

Odată un bătrânel ce mergea din sat în sat, avea o zicală mare ce-o spunea la toată lumea: dacă dai, ție-ți dai, dacă faci, ție-ți faci!

O femeie egoistă, fără milă și plină de răutate se gândi cum să a-muțească glasul acelui cerșetor.

Repede făcu o pâine și puse otravă întrânsa și dădu acelui om. Ea gândi că cerșetorul nu va mai veni la poartă.

Omul luând pâinea a mulțumit și-a văzut în continuare de drum rostind aceleași cuvinte.

Pe la jumătatea drumului se întalni cu fiul femei.

Obosit și înfometat întrebă dacă nu are și pentru el ceva de mâncare.

Bătrânul foarte amabil îi oferi pâinea de la mama lui de acasa.

După ce a mâncat feciorul, mulțumind a plecat spre sat, fără a bănui sărmanul de ceea ce sa întamplat.

Ajuns acasă începu să i se faca rău. Mama sa îngrozită întrebă ce mâncase înainte.

El răspunse pâinea cea frumoasă pe care i-o dăduse cerșetorului.

Mame-i inima-i cuprinse un fior de groază atuncea. Fiul ei își dădu suflarea și în fața ei se stinse.

Apoi își privi fapta, și-n urechi îi suna glasul moșului ce nu mai tace: 'Cine dă, lui iși dă. Cine face, lui iși face".

"Nu te lăsa biruit de rău, ci biruiește răul prin

bine."(Romani 12:21). Răul sau binele pe care îl fa-cem, ni se va întoarce.

Întotdeauna să fim dispuși să oferim, gata în orice moment, să fim de orice ajutor pentru semenul nostru.

"Iubiți-vă unii pe alții, cum v-am iubit Eu pe voi "(Ioan 13:34).

Ferește-te de oameni egoiști, perverși și mincinoși, întotdeauna te vor face să cazi în păcat. Și dacă vei continua, vei ajunge și tu la fel ca ei!

Să căutăm sfințirea și să nu ne înglobăm întrun anturaj nepotrivit. Vorba aceea românească, care cred că e și foarte adevărată:"spune-mi cu cine umbli, ca să-ți spun cine ești. "

Căutați persoane care să vă ridice, fizic si spiritual.

Un nume bun este mai de preț decât o bogăție mare.

Întotdeauna toate celelalte se vor sfârși, dar numele bun va dăinui.

Să nu bârfiți, să vorbiți întodeauna de bine, încurajați-vă unii pe alți, vorbiți din Cuvântul Lui Dumnezeu.

Înainte de a-ți slobozi gura cuvinte care nu-și au rostul, trece-le prin filtrul mintii, pentru că atunci vei fi un om priceput și plăcut înaintea Lui Dumnezeu și a oamenilor și oamenii te vor respecta și îți vor da întotdeauna întâietate între toate; iar cei care nu își gândesc cuvintele vor fi asemănați cu niște nebuni care vorbesc din nebunia lor, care nu sunt plăcuți înaintea oamenilor și vor fi mereu evitați.

Când vorbești, vorbește întotdeauna cuvinte frumoase, blânde, pline de dragoste, ca oamenii să vadă în tine un mesager al Cerului.

Întotdeauna să vorbești cu duhul blândeții cuvinte

de încurajare şi îmbărbătare şi nu cuvinte care nu-şi au rostul. „Dacă crede cineva că este religios şi nu-şi înfrânează limba, ci îşi înşeală inima, religiunea unui astfel de om este zadarnică"(Iacob 1:26).

Nu te încrede în oameni, încrede-te doar în Dumnezeu, pentru că El e singurul tău prieten adevărat pentru că oamenii vor fi mereu pe interes.

Dumnezeu e singurul prieten şi Tată minunat şi adevărat; vorbeşte cu El în fiecare moment, spune-I Lui toate secretele, gândurile şi activităţile tale, spune-I ca El să te conducă în tot ceea ce vei face.

Trebuie să dăm ascultare şi încredinţarea desăvârşită în mâinile Lui Dumnezeu, fără nici un fel de împotrivire, chiar şi dacă anumite lucruri par iraţionale şi greu de înţeles. Noi trebuie să ne pregătim în fiecare zi pentru venirea Sa şi să avem acea credinţă adevărată pe care El a spus-o, să mergem la bolnavi, la închisori, să cercetăm pe orfani şi văduve în necazul lor.

„Religia curată şi neîntinată, înaintea lui Dumnezeu Tatăl este: să cercetezi pe orfani şi pe văduve în necazurile lor şi să te păzeşti pe tine însuţi nepătat de lume" (Iacov 1:27).

"Spălaţi-vă deci şi curăţiţi-vă! Luaţi dinaintea ochilor Mei faptele rele pe care le-aţi făcut! Incetaţi să mai faceti răul!

Învătaţi-vă să faceti binele, căutaţi dreptatea, ocrotiţi pe cel asuprit, faceti dreptate orfanului, apăraţi pe văduvă"! (Isaia 1:16)

Noi suntem în această lume pentru a servi semenilor noştri şi nu pentru a trăi doar pentru noi înşine, în egoismul şi distracţiile acestei lumii. Lumea de afara este o nebunie, oferă tentații de tot felul, la începutul un pic și apoi din ce in ce mai mult, până ajungi să nu mai poți ieși, pentru că cel rău, când își prinde oamenii, nu le mai dă drumul, îi ține acolo amorțiți, le dă ce își doresc, pentru că el le cunoaște toate slăbiciunile, iar mintea și rațiunea omului devin paralizate.

Bătălia care se dă este pentru sufletele creștinilor care Îl iubesc din toată inima pe Dumnezeu și au o inima curată și nefățarnică, nu pentru toți cei care se cred creștini, pentru că sunt mulți care se dau servitori ai Domnului, dar ei nu slujesc Domnului Isus, ci celui rău și peste tot pe unde merg fac numai dezbinări și scandaluri.

Creștinii adevărați sunt cei care Îi slujesc Lui Dumnezeu în totalitate, în frică și recunoștință, în post și rugăciune, în studierea Bibliei și în dragoste față de Dumnezeu și de aproape.

Cel rău știe că mai este puțină vreme până la venirea Domnului nostru și urlă ca un tigru în timp ce caută cu disperare să abată aceste suflete de la calea Lui Dumnezeu, prin slăbiciunile și tentațiile acestei lumi. El va lupta cu mare disperare, să treacă de partea lui creștinii, și va încerca toate metodele posibile și toate mijloacele pentru a le lua totul, dar cel mai de preț sufletul.

Îți poate lua totul, dar ,dacă stai de partea Domnului cu multă râvnă, nu iți poate lua și nici distruge sufletul. Teme-te mai degrabă de Cel care poate distruge și trupul și sufletul, și dă-I Slava și Mărirea care I se cuvine, că te-a făcut o făptură așa de minunată.

Slăvit fie Dumnezeu și să ne ajute să stăm în picioare până la venirea Sa!

Mesajul care Îl are Dumnezeu pentru tine:

"Omule, privesc spre tine și te văd zdrobit, lovit de valurile acestei lumii, stai cu capul plecat și simți că viața ta se ofilește. Privești spre cer și te întrebi cât mai trebuie să rabzi în încercare, căci iată, cel rău te amăgește atât de mult, de parcă vrea să iți ia și ultima putere și speranță pe care o mai ai, dar omule, este oare mâna Mea prea scurtă ca să te izbăvească din încercare?

Ai uitat că Eu sunt acela care întotdeauna când m-ai chemat te-am ascultat? Când erai în încercare, am coborât din ceruri și te-am smuls din cursa celui rău, când ai crezut că nu mai este scăpare, mâna Mea din ceruri a coborât să te salveze, te-am ridicat și te-am pus pe stancă, ca cei din jurul tău să vadă că Eu sunt Dumnezeu și că sunt cu tine.

Știu că suspini și plângi, că nimeni din jurul tău nu te înțelege, dar nu uita, că Eu, Dumnezeul și Tatăl tău, sunt cu tine acolo unde ești, te iubesc atât de mult, de aceea în aceste clipe doresc să îți vorbesc și să îți spun; nu mai este mult și va veni o zi în care voi coborî asupra ființei tale și voi șterge lacrimile care curg adeseori pe obrazul tău, va veni o zi când durerea și povara pe care o porți vor dispărea și nu vor mai putea să te amăgească vreodată, te voi scoate din încercare și te voi îmbrăca cu putere, voi pune în sufletul tău pacea și liniștea după care tânjești după atâta vreme și te voi purta pe brațul Meu de biruință ori de câte ori cel rău te va lovi, îți voi lega rana cea adâncă, că Eu sunt Dumnezeu și că sunt cu tine!"

SFÂRȘITUL CUVÂNTULUI

✳✳✳

Cu siguranță cu privire la viața aceasta, consider cuvintele lui Solomon a fi printre cele mai profunde și pătrunzătoare cuvinte ale realități acestei lumii în care trăim. Ele descriu viața noastră și, citindu-le, vom remarca că viața noastră este fragedă și, în orice moment, moment pe care nimeni în afară de Dumnezeu nu-l cunooaște, ea se poate încheia.

Te-ai întrebat vreodată tu unde vei merge după ce nu vei mai fi? Ți-ai pus vreodată întrebarea aceasta? Dacă da, atunci e bine, dacă nu, întreabă-te!

Noi uităm cam repede de Dumnezeu și Îl dăm la o parte de multe ori din viața noastră, ca noi să putem face lucrurile care Lui nu-i plac, și care Îl întristează de foarte multe ori.

Când ai o problemă, oare la cine vei striga? Nu oare la Domnul, doar la El găsim scăparea, omule, nu te încrede în tine, nu în tine e salvarea. Salvarea e doar la Domnul.

Dumnezeu ne știe și ne cunoaște așa cum suntem, El știe totul despre noi, și cea mai nesemnificativă fracțiune de secundă din timpul nostru El o cunoaște.

O să vă citez câteva versete din Cuvântul Lui Dumnezeu despre realitatea acestei vieți, care pe mine m-au trezit la o realitate tristă, dar adevărată.

După cum Solomon a trecut prin viață, așa cum trece fiecare din noi, numai că el și-a trăit viața așa cum a dorit, făcând absolut totul pentru a găsi fericirea, dar, în final, a ajuns la concluzia cea adevărată, că nimic și nici o fericire nu e fără Dumnezeu.

"O deșertăciune a deșertăciunilor, zice Eclesiastul, o deșertăciune a deșertăciunilor! Totul este deșertăciune. "Ce folos are omul din toată truda pe care și-o dă sub soare? Un neam trece, altul vine, și pământul rămâne veșnic în picioare. Toate lucrurile sunt într-o necurmată frământare, așa cum nu se poate spune; ochiul nu se mai satură privind și urechea nu obosește auzind.

Ce a fost, va mai fi, și ce s-a făcut, se va mai face; nu este nimic nou sub soare. Dacă este vriun lucru despre care s-ar putea spune: "Iată ceva nou"!, de mult lucrul acela era și în veacurile dinaintea noastră.

Nimeni nu-și mai aduce minte de ce a fost mai înainte; și ce va mai fi, ce se va întâmpla mai pe urmă nu va lăsa nici o urmă de aducere aminte la cei ce vor trăi mai târziu.

Am văzut tot ce se face sub soare; și ,iată, ca totul este deșertăciune și goană după vânt! Mi-am pus inima să cunosc înțelepciunea și să cunosc prostia și nebunia. Dar am înțeles că și aceasta este goană după vânt.

Înțeleptul își are ochii în cap, iar nebunul umblă în întuneric. Dar, am băgat de seama că și unul și altul au aceeași soartă. Atunci am urât viața, căci nu mi-a plăcut ce se face supt soare: totul este deșertăciune și goană după vânt. Miam urât până și toată munca pe care am făcut-o sub soare, muncă pe care o las omului care vine după mine, ca să se bucure de ea. Și cine știe dacă va fi înțelept sau nebun? Și, totuși, el va fi stăpân pe toată munca mea, pe care am agonisit-o cu trudă și înțelepciune sub soare. Și aceasta este o deșertăciune.

Am ajuns până acolo că m-a apucat o mare deșertăciune de toată munca pe care am făcut-o sub soare. Căci este câte un om care a muncit cu înțelepciune, cu pricepere și cu izbândă și lasă rodul muncii lui unui om, care nu s-a ostenit deloc cu ea. Și aceasta este o deșertăciune și un mare rău. Căci, drept vorbind, ce folos are omul din toată munca lui și din toată străduința inimii lui, cu care se trudește sub soare? Toate zilele lui sunt pline de durere și truda lui nu este decât necaz: nici măcar noaptea n-are odihnă inima lui. Și aceasta este o deșertăciune. Cine, în adevăr, poate să mănânce și să se bucure fără El?

Căci El dă omului plăcut Lui înțelepciune, știință și bucurie; dar celui păcătos îi dă grijă să strângă și să adune ca să dea celui plăcut Lui Dumnezeu! Și aceasta este o deșertăciune și goană după vânt.

Toate își au vremea lor și fiecare lucru de sub ceruri își are ceasul lui. Nașterea își are vremea ei și moartea își are vremea ei; săditul își are vremea lui și smulgerea celor sădite își are vremea ei; plânsul își are vremea lui și râsul își are vremea lui; bocitul își are vremea lui și jucatul își are vremea lui; iubitul își are vremea lui și urâtul își are vremea lui; războiul își are vremea lui, și pacea își are vremea ei.

Ce folos are cel ce muncește din truda lui? Am ajuns să cunosc că nu este altă fericire pentru ei decât să se bucure şi să trăiască bine în viaţa lor; dar şi faptul că un om mănâncă şi bea şi duce un trai bun în mijlocul întregii lui munci este un dar de la Dumnezeu.

Dumnezeu va judeca şi pe cel bun şi pe cel rău; căci El a sorocit o vreme pentru orice lucru şi pentru orice faptă.

"Am zis în inima mea că aceasta se întâmplă numai pentru oameni, ca să-I cerce Dumnezeu şi ei înşişi să vadă că nu sunt decât nişte dobitoace. Căci soarta omului şi a dobitocului este aceeaşi; aceeaşi soartă au amândoi; cum moare unul, aşa moare şi celălalt, toţi au aceeaşi suflare, şi omul nu întrece cu nimic pe dobitoc; căci totul este deşertăciune. Toate merg la un loc; toate au fost făcute din ţărână şi toate se întorc în ţărână.

Şi am găsit că morţii, care au murit mai înainte, sunt mai fericiţi decât cei vii, care sunt încă în viaţă. Dar mai fericit decât amândoi am găsit pe cel ce nu s-a născut încă, fiindcă n-a văzut toate relele care se petrec sub soare.

Mai bine o mână plină de odihnă decât amândoi pumnii plini de trudă şi goană după vânt.

Am mai văzut o altă deşertăciune supt soare. Un om este singur singurel, n-are nici fiu, nici frate, şi, totuşi, munca lui n-are sfârşit, ochii nu i se satură niciodată de bogăţii şi nu se gândeşte: "Pentru cine muncesc eu şi-mi lipsesc sufletul de plăceri?" Şi aceasta este o deşertăciune şi un lucru rău. Dacă se pierd aceste bogăţii prin vre-o întâmplare nenorocită şi el are un fiu, fiului nu-i rămâne nimic în mâini. Cum a ieşit gol din pântecele mamei sale, din care a venit, aşa se în-

toarce şi nu poate să ia nimic în mână din toată oste-
neala lui. Şi acesta este un mare rău, anume că se duce
cum venise; şi ce folos are el că s-a trudit în vânt? Ba,
încă, toată viaţa lui a mai trebuit să mănânce cu necaz
şi a avut multă durere, grijă şi supărare.

Iată ce am văzut: este bine şi frumos ca omul să
mănânce şi să bea şi să trăiască bine în mijlocul muncii
lui, cu care se trudeşte sub soare, în toate zilele vieţii
lui, pe care i le-a dat Dumnezeu; căci aceasta este
partea lui.

Dar, dacă a dat Dumnezeu cuiva avere si bogăţii şi
i-a îngăduit să mănânce din ele, să-şi ia partea lui din
ele şi să se bucure în mijlocul muncii lui, acesta este
un dar de la Dumnezeu.

Mai bine să te duci într-o casă de jale decât să
te duci întro casă de petrecere; căci ,acolo, iţi
aduci aminte de sfârşitul oricărui om şi cine trăieşte
îşi pune la inimă lucrul acesta. Mai bună este întris-
tarea decât râsul; căci prin întristarea feţei inima se
face mai bună. Inima înţelepţilor este în casa de jale,
iar inima celor fără minte este în casa petrecerii.

Şi am găsit că mai amară decât moartea este femeia,
a cărei inimă este o cursă şi un laţ şi ale cărei mâini
sunt nişte lanţuri; cel plăcut Lui Dumnezeu scapă de
ea, dar cel păcătos este prins de ea.

Omul nu este stăpân pe suflarea lui, ca s-o poată
opri, şi n-are nici o putere peste ziua morţii; în lupta
aceasta nu este izbăvire şi răutatea nu poate scăpa pe
cei răi. Pentru că nu se aduce repede la îndeplinire
hotărârea dată împotriva faptelor rele, de aceea este
plină inima fiilor oamenilor de dorinţa de a face rău.

Totuşi, măcar că păcătosul face de o sută de ori răul şi străduieşte multă vreme în el, eu ştiu că fericirea este pentru cei ce se tem de Dumnezeu şi au frică de El. Dar, cel rău, nu este fericit şi nu-şi va lungi zilele, întocmai ca umbra, pentru că n-are frică de Dumnezeu. Iată cel mai mare rău în tot ce se face sub soare: anume că aceeaşi soartă au toţi. De aceea şi este plină inima oamenilor de răutate şi de aceea este atâta nebunie în inima lor tot timpul cât trăiesc. Şi după aceea? Se duc la cei morţi. Căci cine este scutit?

Oricine trăieşte tot mai trage nădejde; căci un câine viu face mai mult decât un leu mort. Cei vii, în adevăr, măcar ştiu că vor muri; dar cei morţi nu ştiu nimic şi nu mai au nici o răsplată, fiindcă până şi pomenirea li se uită. Şi dragostea lor şi ura şi pizma de mult au şi pierit, şi niciodată nu vor mai avea parte de tot ce se face sub soare.

Tot ce face mâna, ta să facă, fă cu toată puterea ta! Căci, în locuinţa morţilor, în care mergi, nu mai este nici lucrare, nici chibzuială, nici ştiinţă, nici înţelepciune!

Căci omul nu-şi cunoaşte nici măcar ceasul, întocmai ca peştii prinşi în mreaja nimicitoare şi ca pasările prinse în laţ; că şi ei sunt prinşi şi fiii oamenilor în vremea nenorocirii, când vine fără veste nenorocirea peste ei.

Cine sapă groapa altuia, cade el în ea.

Cum nu ştii care este calea vântului, nici cum se fac oasele în pântecele femeii însărcinate, tot aşa nu cunoşti nici lucrarea Lui Dumnezeu, care le face pe toate.

Bucură-te tinere în tinereţea ta, fii cu inima veselă cât eşti tânăr, umblă pe căile alese de inima ta şi plăcute ochilor tăi; dar să ştii că, pentru toate acestea, te va chema Dumnezeu la judecată. Goneşte orice necaz din inima ta şi depărtează răul din trupul tău; căci tinereţea şi zorile vieţii sunt trecătoare. Dar adu-ţi aminte de Făcătorul tău în zilele tinereţii tale, până nu vin zilele cele rele şi până nu se apropie anii, când vei zice: "Nu găsesc nici o plăcere în ei." O deşertăciune a deşertăciunilor, zice Eclesiastul; totul este deşertăciune. Să ascultăm dar încheierea tuturor învăţăturilor:

Teme-te de Dumnezeu şi păzeşte poruncile Lui. Acesta este datoria oricărui om.

Căci Dumnezeu va aduce orice faptă la judecată, şi judecata aceasta se va face cu privire la tot ce este ascuns, fie bine, fie rău."

UN NOU INCEPUT
✳✳✳

Dacă ești unul dintre oamenii care au căutat fericirea până acum în tot felul de plăceri, în realizări, în a deține tot mai multe bunuri materiale sau în faptul de a fi un om cât mai renumit, probabil ți-ai dat seama că acestea sunt doar niște iluzii care te lasă cu mâinile goale. Dacă ești conștient, de asemenea, că, mai devreme sau mai târziu, va trebui să părăsești toate aceste lucruri îndreptându-te spre viața de dincolo de moarte, atunci, acest mesaj este exact ceea ce ai nevoie.

Află azi că există rezolvare pentru întreaga ta neîmplinire și nefericire pământească și că există o soluție pentru asigurarea celui mai bun loc în care să-ți petreci veșnicia. Soluția se află doar în mâna Lui Dumnezeu.

Nevoia de a fi fericit poate fi satisfăcută doar printr-o relație personală cu Dumnezeu. Dacă crezi că Biblia este Cuvântul Lui Dumnezeu, primește azi tratament pentru sufletul tău atins de virusul numit păcat.

Dumnezeu dorește să trăim, dar dorește în același timp să-i lăsăm și să-i ajutăm și pe semenii noștri să trăiască. Mai mult decât atât, El dorește să trăim o viață îmbelșugată, împlinită, fericită, plină de realizări și satisfacții „Eu am venit ca oile să aibă viață și să o aibă din belșug" (Ioan 10:10).

Când ultima pagină a istoriei acestei planete răzvrătite se va încheia și când Planul Mântuirii va fi împlinit, toți cei mântuiți vor da deplină dreptate Lui Dumnezeu în toate procedeele Sale cu omul. Mari și minunate sunt lucrările Tale, Doamne, Dumnezeule Atotputernic !

Drepte și adevărate sunt căile Tale, Împărate al neamurilor!"(Apocalipsa 15:3).

La fel cum trupurile noastre pământești au fost la fel ca al primului om, Adam, tot astfel trupurile noastre înviate, cerești, vor fi asemănătoare Lui Hristos (1 Corinteni 15:47). "Și după cum am purtat chipul celui pământesc, tot așa vom purta și chipul Celui ceresc.

Căci trebuie ca trupul acesta, supus putrezirii, să se îmbrace în neputrezire și trupul acesta muritor să se îmbrace în nemurire" (1 Corinteni 15: 47;49,53).

Când Domnul va coborî Cetatea Sfântă, Noul Ierusalim cu îngerii Săi și împreună cu ei vom fi și noi, ce bucurie nespus de mare va fi atunci când vom fi în prezența Lui Dumnezeu și al Fiului Său, îngerii și noi toți, cei răscumpărați, vom cânta Domnului neîncetat și-L vom lăuda pentru dragostea și măreția Lui cea mare.

O bucurie nespusă va fi să fim cu Isus, Domnul nostru în Raiul Său Cel minunat. Ce bucurie va fi când totul va fi dragoste, totul va fi sfânt și când nu va mai fi nici urmă de păcat, nici răzvrătire, nici împotrivire, ci totul va fi sfințenie.

Ce bucurie nespus de mare să ne întâlnim cu Creatorul, să vorbim și să ne bucurăm împreună cu El de toate lucrurile pe care le-a creat pentru noi, să experimentăm totul, să zburăm prin Univers şi să atingem cele mai înalte culmi, cele mai înalte aspiraţii ale Galaxiilor şi-a tuturor planetelor la care nu am visat sau ne-am imaginat vreodată. Ce frumos va fi când ne vom revedea cu cei dragi ai noştri, cu părinţi, fraţii sau prieteni noştri şi vom fi pentru totdeauna împreună cu ei, şi nimic, niciodată, nu ne va mai despărţi de ei şi de Creatorul nostru minunat.

Alegi să îi slujeşti Lui Dumnezeu, să ai şi tu parte de harul şi darul Său minunat, accepţi să fii în Paradisul creat alături de El?

Eu voi alege frica de Domnul pentru că frica de Domnul este să urăşti tot răul.

Voi alege calea Domnului, pentru că a Lui cale este calea înţelepciunii.

Cel care îşi găseşte plăcerea în Cuvântul Domnului va fi binecuvântat în toate căile lui!

ÎNCHEIERE

✲✲✲

Această carte a fost scrisă în anul 2016 cu scopul transmiteri unui avertisment din partea Lui Dumnezeu pentru oameni, cu privire la evenimentele ce vor avea loc!

După ce am scris două capitole, m-am oprit din scris, și am făcut o pauză de vreo trei săptămâni, fiind foarte ocupată cu copii și lucrurile mele casnice.

Într-o zi de Sabat, Duhul Sfânt m-a conștientizat că nu am făcut bine că nu am mai continuat cu scrisul și m-am simțit vinovată din motivul acesta, că tot am amânat scrierile din pricina lucrurilor mele. Am simțit că parcă am păcătuit împotriva Lui Dumnezeu, pentru că El mi-a dat o sarcină și trebuia să o duc la bun sfârșit. În noaptea aceea Dumnezeu i-a vorbit și soțului meu, și ia spus următoarele cuvinte:"spune-i Ralucăi să se pună din nou pe scris".

Atunci clar am știut că Dumnezeu vrea să continui rapid cu scrisul, pentru că El are mesaje speciale și importante care trebuie transmise cât mai repede omenirii.

Abia după ce am terminat de scris tot ceea ce Domnul mi-a dat să scriu cu privință la Profețiile Americii, am înțeles mesajul și importanța acestei scrieri. Mi-am dat seama că timpul e pe sfârșite, că eu sunt responsabilă de această sarcină pe care El mi-a dat-o şi de mesajele Lui ce trebuiesc duse la bun sfârşit.

Nu a fost alegerea mea proprie, nu m-am gândit vreodată la a scrie o carte, dar ştiu că Dumnezeu lucrează în multe feluri şi ştiu că El vorbeşte copiilor Săi.

Sper să fie un mesaj important pentru toţi cei care aţi citit această carte şi v-aţi putut da seama că nimic nu e întâmplător în această lume, aşa după cum e scris şi vom trăi timpuri grele; e o avertizare şi Domnul vorbeşte pentru fiecare. Să fim pregătiţi pentru acele vremuri, să ne lăsăm viaţa în mâna Lui Dumnezeu şi El să fie călăuza noastră de acum şi până în veci!

Sper că această carte să fie constructivă pentru viețile fiecăruia și să lucreze Dumnezeu la inima fiecărei persoană după nevoile și necesitățile personale.

"Pot totul în Hristos care mă întărește!"

"Veniti la Mine, toti cei trudiți și împovărați și Eu vă voi da odihnă.

Luati jugul Meu asupra voastră și învătați de la Mine, căci Eu sunt blând și smerit cu inima; și veți găsi odihnă pentru sufletele voastre.

Căci jugul Meu este bun și sarcina Mea este ușoară."

(Matei 11:28-30)